हिन्द पॉकेट बुक्स

सात समुंदर पार

मुल्कराज आनंद का जन्म 12 दिसम्बर 1905 को पेशावर में हुआ था, जो अब पाकिस्तान में है। भारत में ये महाराष्ट्र में रहे। वे भारत में अंग्रेज़ी साहित्य के क्षेत्र के प्रख्यात लेखक थे। साहित्य जगत में उनका नाम हुआ उनके उपन्यास *अनटचेबल्स* से, जिसमें उन्होंने भारत में अछूत समस्या का बेबाक चित्रण किया। भारत में रचा गया उनका प्रमुख उपन्यास था *द प्राइवेट लाइफ़ ऑफ़ ऐन इंडियन प्रिंस*। मुल्कराज आनंद को साहित्य एवं शिक्षा के क्षेत्र में भारत सरकार द्वारा सन 1967 में पद्म भूषण से सम्मानित किया गया था। 99 वर्ष की आयु में सन 2004 में उनका निधन हुआ।

सात समुंदर पार

मुल्कराज आनन्द

हिन्द पॉकेट बुक्स
पेंगुइन रैंडम हाउस इम्प्रिंट

हिन्द पॉकेट बुक्स

यूएसए | कैनेडा | यूके | आयरलैंड | ऑस्ट्रेलिया
न्यू ज़ीलैंड | भारत | साउथ अफ्रीका | चीन | सिंगापुर

हिन्द पॉकेट बुक्स, पेंगुइन रैंडम हाउस ग्रुप ऑफ़ कम्पनीज़ का हिस्सा है,
जिसका पता global.penguinrandomhouse.com पर मिलेगा

पेंगुइन रैंडम हाउस इंडिया प्रा. लि.,
चौथी मंजिल, कैपिटल टावर -1, एम जी रोड,
गुड़गांव 122 002, हरियाणा, भारत

पेंगुइन
रैंडम हाउस
इंडिया

प्रथम संस्करण हिन्द पॉकेट बुक्स द्वारा 1969 में प्रकाशित
यह संस्करण हिन्द पॉकेट बुक्स में पेंगुइन रैंडम हाउस द्वारा 2022 में प्रकाशित

10 9 8 7 6 5 4 3 2

ISBN 9789353496807

मुद्रकः रेप्रो इंडिया लिमिटेड

www.penguin.co.in

सात समुंदर पार

"मार्सेल्स !"

"हम मार्सेल्स पहुंच गए हैं !"

"हिप, हिप, हर्रा !"

सिपाही जहाज़ पर खड़े आवेश में चिल्ला रहे थे।

लालू बैठा ताश का खेल देख रहा था। अब वह उठकर 'मार्सेल्स' देखने लगा, जिसका फ्रांसीसी नाम मार्साई है।

जब जहाज़ फ्रांस के तट पर लगा, सूरज पश्चिमी क्षितिज की ओर डूबने जा रहा था। जहाज़ से जो सामान पहले आता था, इस बार उससे बिलकुल भिन्न था, क्योंकि इस बार भारतीय सेना की पहली पल्टन यूरोप में लड़ने आई थी। गर्म, सुर्ख तीसरे पहर का समय था, खाड़ी से ठंडी तेज़ हवा आ रही थी और नगर सीधी चट्टानों से घिरा हुआ था।

"तब क्या जंग यहां हो रही है ?" एक सिपाही ने पूछा।

किसीने उसके प्रश्न का उत्तर नहीं दिया। क्योंकि कोई नहीं जानता था कि युद्ध कहां हो रहा है। दरअसल सिपाहियों को उस वक्त तक यह भी मालूम नहीं था कि वे कहां जा रहे हैं जबकि जहाज़ में वायरलेस द्वारा लार्ड किचनर की घोषणा नहीं सुन ली गई। ब्रिटिश सेना के कमांडर-इन-चीफ लार्ड किचनर ने, जो हिन्दुस्तान में भी कमांडर-इन्-चीफ रह चुके थे, लार्ड-सभा को बताया था कि भारतीय सेना के दो डिवीज़न फ्रांस जा रहे हैं। लार्ड-सभा के सदस्यों ने खुश होकर ताली बजाई और भारतीय सेना के बहादुर सिपाहियों को अभिवादन भेजा। सम्राट ने भी सन्देश भेजा था, जिसमें सैनिकों को अपने और अपनी मलिका मेरी के उन व्यक्तिगत सम्बन्धों की याद

दिलाई थी जो भारतीयों के साथ दिल्ली-दरबार के समय से स्थापित थे। सैनिकों को उनकी राजभक्ति पर बधाई देते हुए विश्वास दिलाया था कि उन्होंने आगे बढ़कर वीरता से लड़ने की जो मांग की है, उससे वे बड़े प्रसन्न हैं।··· इस सन्देश से सिपाहियों में बड़ा जोश फैला और अपनी मंज़िल के बारे में पहली पक्की खबर सुनकर उत्सुकता बढ़ी और सवालों के मारे अफसरों की नाक में दम आ गया—"फ्रांस कहां है?" "क्या वही इंग्लैण्ड है?" "दुश्मन कहां है?" "वह यहां से कितनी दूर है?"···अब एक सिपाही पूछ रहा था "क्या, जंग वहां लगी है?"

लालू को लगा जैसे निरीह प्रश्नकर्ता ने उसके मुंह की बात छीन ली है।

कहीं उसके मुख से कोई उसकी मनोगत भावनाएं न पढ़ रहा हो, लालू इस आशंका से जहाज़ के अगले भाग की ओर बढ़ चला।

"तो हमने कालेपानी को कुशल-क्षेम से पार कर लिया।" लालू बड़बड़ाया। काला नहीं बल्कि नीला पानी हज़ारों मील तक फैला हुआ अद्‌भुत जान पड़ता था। जहां लहर से लहर टकराती थी वहां सफेद भाग के टुकड़े थे। जहाज़ के साथ हवा के टकराने से 'सायं-सायं' की आवाज़ पैदा होती थी। वह गोरी जाति से इसलिए नाराज़ था कि वे ऐसे-ऐसे भारी इंजन बनाकर आप के भागी बने थे जो लोहे और लकड़ी के बने शहरों को समुद्र पर खींच ले जाते हैं जहां यह पता लगना भी कठिन था कि पूर्व-पश्चिम और उत्तर-दक्षिण किधर है।

अगर उसका बाप जीवित होता तो वह अवश्य उन सबके लिए, जो समुद्र पार जा रहे थे, अमंगल की भविष्यवाणी करता और युद्ध को प्रकृति का विरोध करनेवाले अंग्रेज़ों के लिए अभिशाप घोषित करता।

'पर मैं क्यों ऐसी बातें सोचकर अन्धविश्वासी बनता जा रहा हूं?' उसने अपनी भर्त्सना की। वह पिता की शिक्षा को नहीं मानता था और उसने सदा उसका विरोध किया था। यहां तक कि उसे यह भी एहसास नहीं था कि उसने न केवल पिता के कुछ स्थायी गुण, जैसे उसका मंझोला सुगठित शरीर, स्वदेश-प्रेम, उदारता,

स्वाभिमान और विनोदशीलता, बल्कि आस्था-विश्वास और उसकी निरीहता को भी अपनाया है।

कुछ बतखें उनकी ओर आ रही थीं और बहुत-सी खाड़ी की पहाड़ी पर बैठी जान पड़ती थीं। पर ध्यान से देखने पर पता चलता था कि वे मकान हैं।

उस भिखारी की तरह जिसे सहसा धन मिल जाए, उसने महसूस किया कि इस अभियान पर जाना भी कितना आनन्ददायक है! आगे-पीछे दोनों ओर के जहाज़ों की चिमनियों का धुआं आकाश की ओर उठ रहा था। समुद्र तूफान से व्यग्र उसकी आत्मा की भाषा बोलता जान पड़ता था जबकि उल्लास में भरी हवा धूप में अठखेलियां कर रही थी, और जहाज़ उसे अज्ञात और अनाम की ओर लिए बढ़ा जा रहा था। आखिर वह विलायत जा रहा था—इंगलैंड, जो उसके सपनों की भूमि थी, जहां से साहब आते थे और जहां सब लोग, यहां तक कि किसान और गरीब भी, कोट और पतलून पहनकर चुस्त-चौबन्द जीवन बिताते थे। वह सोच रहा था, कि आखिर उसके भाग्य में क्या बदा है।

बूटों की 'खट्-खट्' से उसके पैर तनिक लड़खड़ाए और उसने अपने भीतर एक विचित्र ग्लानि का अनुभव किया। उसे इस बात का गर्व था कि जबकि दूसरे सिपाही के करते-करते बीमार पड़ गए थे, वही अकेला बच रहा था, और अब यात्रा के अन्त में वह यह मूर्खता नहीं करेगा। शायद उसने सिगरेटें ज्यादा पी ली थीं, जो सरकार मुफ्त बांट रही थी। या शायद अब जबकि वे मंज़िल पर पहुंच रहे थे, यह अज्ञात का भय था। पिछली रात उसे अच्छी तरह नींद नहीं आई। सपने में वह नन्दपुर पहुंच गया, जहां उसकी मां उसके पिता के शव पर आंसू बहा रही थी और उसका भाई दयालसिंह ऐसे समय जब घर पर उसकी सख्त ज़रूरत थी, भाग आने के लिए उसे कोस रहा था। अब यहां से गांव बहुत दूर जान पड़ता था।···

"ओह लालू! दरियाई घोड़े के बछड़े! चलो हम चलकर तैयार हो जाएं।" सूबेदार-मेजर अर्बेलसिंह के बेटे नौजवान सूबा ने कहा। उसका गोल सुर्ख चेहरा यों पुलकित हो उठा था, जैसे उसे

वह पद मिल गया हो जिसके लिए उसका बाप प्रयत्न कर रहा था, जिसके बारे में सूबा ने सबको सगर्व बताया था।

"तुम चलो, मैं आ रहा हूं।" लालू ने उसे टालने के लिए कहा और वह दूसरे सिपाहियों के बीच खड़ा रहा, जो जंगले पर झुके उन छोटे-छोटे रस्सों को देख रहे थे, जिनके द्वारा जहाज़ को घाट की ओर खींचा जा रहा था।

लालू ने हवा में बसी हुई धूप की भीनी सुगन्ध को सूंघा और महसूस किया कि बन्दरगाह का दरवाज़ा एक ऐसा अजूबा है जिसे सिर्फ हृदय ही अनुभव कर सकता और याद रख सकता है।

"बूम-जूम!" कहीं दूर से तोपों की आवाज़ सुनाई दी।

"ओहो! जंग वहां हो रही है!"

"सचमुच!..."

"फ्रंट!" सिपाही आश्चर्यचकित और भयभीत-से सामने देखते हुए बुदबुदाए।

लेकिन एक सिख एन॰ सी॰ ओ॰ ने कहा,"क्या तुम्हारी मत मारी गई! ये फ्रांसीसी जहाज़ों की तोपें हैं जो हमारा स्वागत कर रही हैं।"

इधर के जहाज़ों ने भी सलामी का जवाब दिया और तोपों की 'बूम-जूम' बन्द हो गई।

ज्योंही जहाज़ रुका, कुछ फ्रांसीसी अफसर अंग्रेज़ अफसरों के साथ ऊपर आए और उन्होंने पल्टन के अफसरों के साथ हाथ मिलाया। फ्रांसीसी अफसर गंभीर और उदास थे और हिन्दुस्तानियों जैसे जान पड़ते थे।

सिपाही उनकी ओर देख-देखकर हैरान हो रहे थे। अफसरों की मौजूदगी में बोलते डर लगता था; इसलिए या तो वे चुप थे, या वहां से खिसक रहे थे।

जहाज़ के भोंपू की तेज़ आवाज़ ने दिल को दहला दिया।

लालू एकदम घबरा गया और नीचे आकर चचा किरपू, दादा धन्नू या हवलदार लछमनसिंह को ढूढ़ने लगा, क्योंकि उसे कुछ नहीं सूझ रहा था कि आगे करना क्या है। लेकिन यह खबर अब तक फैल चुकी थी कि सिपाही यहां उतरकर एक-दो दिन आराम करेंगे

और उसके बाद जितनी जल्दी हो सका उन्हें रेलगाड़ी से मोर्चे पर भेज दिया जाएगा, ताकि सिपाहियों में निराशा का यह भाव उत्पन्न न हो कि सरकार उन्हें आगे बढ़कर जर्मनों को हराने का मौका नहीं दे रही। इससे लालू की घबराहट कुछ दूर हुई और वह जहाज़ से नीचे उतरने की तैयारी करने लगा।

जब वह उतरा तो उसे चोटी से एड़ी तक पसीना आ गया। बन्दरगाह में हज़ारों आदमी समझ में न आनेवाले नारे लगा रहे थे और वह उनके प्रति अपने मन में एक विचित्र अनुराग अनुभव कर रहा था। वह अपनी बर्थ की ओर जाते हुए रास्ता भूल गया। आखिर उसकी नज़र चचा किरपू पर पड़ी और वह दौड़कर उसकी ओर चला।

"आहिस्ता, आहिस्ता! फ्रांसविले कहीं भाग नहीं जाएगा!" चचा किरपू ने शरारत से आंख झपककर और लालू की जल्दबाज़ी पर मुंह बनाते हुए कहा।

"तुम पहले भी कई लड़ाइयां लड़ चुके हो, इसलिए तुम्हारे लिए कुछ भी नया नहीं है।" लालू ने चिढ़ाया।

"बेटा, जैसे तुम दुल्हन की तरह सकुचाते हो, मैं नहीं सकुचाता।" चचा किरपू ने कहा और सस्नेह उसकी पीठ थपथपाई।

"दादा धन्नू कहां है?" लालू ने एक क्षीण मुस्कान होंठों पर लाकर पूछा।

"वह तो सबसे पहले वर्दी पहनकर तख्ते पर जा पहुंचा ताकि नौजवान उससे प्रेरणा लें।" किरपू बोला।

"चलो, हम भी चलें।" लालू ने किरपू को खींचते हुए कहा।

जब वे जहाज़ के तख्ते पर आए तो घाट पर पठानों, सिखों, डोगरों, गोरखों, खाकी वर्दी वाले मुसलमानों, नीली वास्कट वाले फ्रांसीसी नाविकों, कुलियों और अंग्रेज़ टामियों की अजीबो-गरीब भीड़ थी। चिल्लाने, कोसने और अभिवादन करने की मिली-जुली और समझ में न आने वाली आवाज़ें आ रही थीं। वह उन सिपाहियों की पंक्ति में जा घुसा, जो सीढ़ियां उतर रहे थे और इससे पहले कि वह जान पाता कि वह कहां है वह किरपू से दूर धरती पर भीड़ में खड़ा था। सिपाही घबड़ाए हुए-से एक-दूसरे की ओर देख रहे थे या

हाथ के इशारों और संकेतों से फ्रांसीसियों के साथ बातें कर रहे थे। जब कुछ समझ नहीं पाते थे तो निराश होकर आगे चल देते थे। फ्रांसीसी अपनी भाषा में बोल रहे थे और भारी-भरकम शब्दों में वे जो जानकारी देना चाहते थे, वह हिन्दुस्तानी सिपाहियों को 'धों, धों'-सी जान पड़ती थी।

लेकिन मूक टामियों की अपेक्षा ये फ्रांसीसी बातें करते थे, मुस्कराते थे, हाथ और सिर हिलाते हुए विनम्र और सहृदय जान पड़ते थे।

लालू ने यह देखने के लिए कि मांस की धरती और हिन्दुस्तान की धरती के स्पर्श में कोई अन्तर है, पर ज़ोर से मारा, पर घाट की पक्की और कठोर धरती, जिसपर जहाज़ों की परछाइयां पड़ रही थीं और जो क्रेनों, मस्तूलों और लोहे के गार्डरों से अंटी पड़ी थी, हिन्दुस्तान की भुरभुरी धरती से अवश्य भिन्न थी।

बिगुल बज उठे, ओर सिपाहियों ने लपक लपककर पंक्तियों में खड़ा होना शुरू कर दिया।

लालू ने हवलदार लछमनसिंह को उस बड़े फाटक की ओर बढ़ते देखा जो घाट से सड़क पर खुलता था। वह उसके पीछे दौड़ा। उसके दस्ते के सिपाही पहले ही कतार में जा लगे थे जबकि वह अभी ठीक-ठीक हुक्म जानने के लिए हीला-हवाला कर रहा था।"बेटा, कतार में जाओ।" लछमनसिंह उस बहादुर डोगरा सिपाही से मुस्कराकर कह रहा था जिसे लालू हमेशा पसीने से सराबोर देखता था। कारण, हाकी खेलना, गोला फेंकना अथवा पल्टन का कोई भी काम करना होता था तो वह पूरी मुस्तैदी से करता था।

लछमनसिंह की सहृदयता से प्रभावित होकर ज्योंही लालू पंक्ति की ओर बढ़ा, सूबा 'ओ, उल्लूसिंह!' कहता हुआ आया ओर उसे घसीटकर अपने दस्ते में ले गया।

"अच्छा, यह बताओ तुम्हें फ्रांस की धरती कैसी लग रही है?" लालू ने चचा किरपू से पूछा।

"यह धरती?" किरपू ने मुस्कराते हुए कहा, इस धरती का क्या कहना! यह ज़िन्दगी के साथ आई और मौत तक चलेगी।"

"अंधा बसंत की बहार क्या जाने!" लालू बोला।

"एक बहार आदमी में भी है और दूसरी बसंत में।" चचा

किरपू ने जवाब में कहा।

लालू उत्साह में भरा हुआ था क्योंकि उसकी प्रतिक्रिया किरपू से भिन्न थी। पर अब वह विमुग्ध और विमूढ़-सा इस अनुभवी सिपाही की ओर देख रहा था जो एक सनकी की भांति भाग्य को स्वीकार करता था और जो हर चीज़ पर किसी आघात से उत्पन्न सौजन्य से मुस्कराता था। फिर उसने दादा धन्न के शान्त-गम्भीर मंगोल चेहरे की ओर देखा। इस व्यक्ति ने समय, स्थान, जीवन ओर मृत्यु के बहुत-से धक्के सहे थे और अब बिलकुल नहीं बोल रहा था जैसे वह निर्लिप्त और अमर हो गया हो। उसका आचरण लालू के कौतूहल और सूबा की शेखी से कितना भिन्न था!

बैंड ने 'रूट-मार्च' की धुन बजाई, अफसरों का हुक्म सुनाई पड़ा ओर फौजी बूटों की 'ठप-ठप', बांहों के तेज़ी से हिलने और वर्दियों की सरसराहट से वातावरण मुखरित हो उठा।

"विवोंलेईंदू!···"[1]

बंदरगाह की दीवारों और ऊंचे सफेद मकानों की तिरपालों के नीचे खड़ी भीड़ के नारे हवलदारों की 'लेफ्ट-राइट,' 'लेफ्ट राइट!' से ऊंचे सुनाई देने लगे।

लालू के शरीर में कंपकंपी-सी दौड़ गई और अभिवादन कर रहे लोगों की भीड़ में गुज़रते हुए उसे संकोच हो रहा था। लेकिन नारे बराबर लग रहे थे।

सिपाहियों की ओर से टॉमी चिल्लाया,"थ्री चीयर्ज़ फार दि फ्रेंच—हिप, हिप, हुर्रा!"[2]

सिपाहियों ने दोहराया, "हिप, हिप, हुर्रा! हिप, हिप, हुर्रा!"

"विवोंलेईंदू! विवोंग्लेईंदू! विवलेआलाई!···"[3]ज्योंही सिपाही एक छोटे-से किले के तनिक आगे मैदान में दाखिल हुए भीड़ के नारे और अधिक दुर्बोध हो उठे। किला एक पहाड़ी पर बना हुआ था। यहां दुकानें खत्म हो जाती थीं और हरे रंग का समुद्र एक कोण

1. हिन्दुस्तानी ज़िन्दाबाद।
2. फ्रांसीसियों को तीन बार बधाई—शाबाश, वाह-वाह।
3. हिन्दुस्तानी ज़िन्दाबाद, एंगलो इंडियन ज़िन्दाबाद। मित्रराष्ट्र ज़िन्दाबाद

बनाता था जिसमें इंद्रधनुष के सभी रंगों की सैकड़ों छोटी-छोटी नावें खड़ी थीं। लालू चूंकि उन औरतों की ओर देख रहा था जो भारतीय सेना की ओर हाथ हिला-हिलाकर चिल्ला रही थीं, उसने ठोकर खाई और उसका पांव उखड़ गया।

"दिलफेंक, देखकर चलो।" सूबा ने कहा।

"अंधा कब बसंत की बहार देख पाता है।" लालू ने अपना वही मुहावरा दोहराया।

ज्योंही सिपाही बाईं ओर घूमकर पहाड़ी पर चढ़ने लगे, दूकानों को साफ-सुथरी पटरियों और फलों से सजी हुई आलीशान इमारतों के आगे भीड़ और बढ़ गई। उनमें अधिकांश औरतें और बच्चे थे और बिलकुल हिन्दुस्तानी रिवाज के अनुसार वे 'हिन्दुस्तानी ज़िन्दाबाद, अंग्रेज़ ज़िन्दाबाद और मित्रराष्ट्र ज़िन्दाबाद!'चिल्लाते हुए सिपाहियों पर फूलों की वर्षा कर रहे थे।

लालू उन सुन्दर मुस्कराती लड़कियों पर से अपनी आंखें नहीं हटा सका, जिनकी छातियां आधी खुली हुई थीं। उनके चेहरे जिस हर्षोन्माद से चमक रहे थे उसे लालू सिर्फ अपने लिए समझ रहा था। ये हिन्दुस्तानी औरतों से कितनी भिन्न थीं, जो जवान होने से पहले ही बूढ़ी हो जाती हैं, थकी-थकी और थुलथुल जान पड़ती हैं। सिर्फ कुछ ग्वालिने होती हैं जिनकी छातियां सूच्याकर पाषाण की तरह उभरी रहती हैं।...यहां अधेड़ उम्र की औरतें भी कैसी सजी संवरी हुई हैं जबकि हिन्दुस्तानी औरतें सिर्फ एक-दो बच्चे जनकर ही शृंगार-रहित रहने में ही शान समझती हैं। "विवोंलेईंदू!"हज़ारों गलों से आवाज़ निकली, जिसे पहाड़ी के दोनों ओर खड़े लोग दोहराते चले गए।

"क्या कह रहे हैं ये...?" किरपू ने गाली देते हुए पूछा और अन्तिम दो-तीन शब्द कुछ इस स्नेह से उच्चरित किए कि भारत की उस ठेठ गाली में निहित अश्लीलतापूर्ण अभिव्यंजना जाती रही।

"बन्दर शीशा देखना क्या जाने!" लालू ने अपने पुराने मुहावरे को पहाड़ी लोगों को बन्दरों से उपमा देने के अनुरूप ढालते हुए कहा।

"तुम भी तो नहीं जानते!" किरपू बोला।

"वे कुछ 'हिन्दू-हिन्दू' कह रहे हैं।" लालू ने उत्तर दिया।

सूबा ने लालू से कहा, "वे कह रहे हैं हिन्दुस्तानी ज़िंदाबाद। मैं समझ सकता हूं क्योंकि मुझे फ्रांसीसी आती है।"

नारें बराबर लग रहे थे।

"तुम इसका मतलब नहीं जानते, जानते हो?" लालू ने सूबा से पूछा।

"ओ, पढ़े-लिखे उल्लुओ! मानी-शानी की बात छोड़ो।" किरपू बोला, "मूर्ख समझ सकता है कि वे स्नेह और आदर से हमारा स्वागत कर रहे हैं। मेरे पीछे चिल्लाओ—'फ्रांसीसी ज़िन्दाबाद!' "

"फ्रांसीसी ज़िन्दाबाद।" सिपाही चिल्लाए। नारा काफी ऊंचा उठाया गया था। आह्लादपूर्ण हंसी का नाद चारों ओर गूंज गया।

"बोलो, श्रीरामचन्द्र की जय!" एक हिन्दू एन॰ सी॰ ओ॰ ने कहा।

सिपाहियों ने नारा दोहराया।

"अल्लाह-हो-अकबर!" किसीने कहा। लम्बे-तगड़े मुसलमान सिपाहियों ने उसे ज़ोरों से दोहराया।

"वाह गुरुजी का खालसा! वाह गुरुजी की फतह!" कहीं से कोई सिख चिल्लाया और दूसरों ने उसे दोहराया। कोई एक सिपाही औरों की अपेक्षा ऊंची आवाज़ में बोल उठा, "बोले सो निहाल, सत् श्री अकाल।"

सिपाहियों का यह काफिला, फ्रांसीसियों के अभिवादन और सहृदयता से प्रभावित जवाबी नारे लगाता हुआ, उन्माद और उत्साह के वातावरण में चल रहा था। गिरजों, स्मारकों, मकानों की कतारों और चरागाहों के पास से गुज़रता हुआ वह पार्क बोर्ले के रेसकोर्स में पहुंचा जहां अग्रिम दस्ते ने सैनिकों के आराम के लिए खेमे लगा दिए थे।

पैदल सिपाहियों के पीछे घुड़सवार अंग्रेज़ और फ्रांसीसी अफसर थे। सब एकदम ठहर गए। लाहौर डिवीज़न का जनरल अपना घोड़ा दौड़ाकर कतार के सिरे पर पहुंचा और मेगाफोन मुंह से लगाकर टूटी-फूटी हिन्दुस्तानी में उसने ऐलान किया :

"हिन्दुस्तान के बहादुरो! जिस शान से फ्रांस के लोगों ने तुम्हारा

स्वागत किया है और जिस शान से तुमने अपने-अपने धार्मिक नारों के साथ उसका जवाब दिया है मुझे उम्मीद है कि तुम अपना कर्तव्य भी उसी बहादुरी से पूरा करोगे, जिसके लिए तुम प्रसिद्ध हो! ...”

बैंड ने ‘गॉड सेव दि किंग’ की धुन छेड़ी और तमाम सिपाहियों ने सलामी दी। इसके बाद विभिन्न दस्ते अपने-अपने कैम्पों में चले गए।

“जागो, जागो, नींद के मारो, जागो! यह रामनाम-स्मरण का समय है।” चचा किरपू ने अपने बिस्तर में दुबके हुए मिस्री सिगरेट का कश लगाकर कहा।

“बेचारे थके हुए हैं।” दादा धन्नू ने अपने गिर्द कम्बल लपेटते और सर्दी से कांपते हुए सस्नेह कहा और उसने भगवान के विभिन्न नाम जपने शुरू किए, “ओम! हरि ओम्! हे ईश्वर!”

“अगर सुबह सवेरे नहीं जागेंगे तो हमें स्वर्ग का टिकट नहीं मिलेगा।”

लालू ने शेर की तरह शरीर अकड़ाकर जम्हाई ली और फिर उठकर पुकारा, “ओए, सूबिया!”

“कौन? क्या है?...” सूबा हड़बड़ाकर गहरी नींद से उठा। लाल-सुर्ख आखों से उसने लालू की ओर देखा और फिर करवट बदलकर सो रहा।

“क्या बिगुल बज चुका?” लालू ने पूछा और वह जल्दी-जल्दी बिस्तर से निकला, जैसे डर गया हो।

“नहीं, मैं कह रहा था कि तुम्हें प्रार्थना के लिए देर हो जाएगी।” ‘किरपू बोला।

“प्रार्थना आदमी कहां करे?” लालू ने कपड़े पहनते हुए कहा।

“भगवान का नाम पवित्र है।” किरपू के बोलने से पहले ही दादा धन्नू ने कहा। उसने जम्हाई लेकर अपनी बड़ी-बड़ी आंखें बंद कर ली और भगवान के विभिन्न नाम और विशेषण उसके होंठों पर बार-बार आने लगे। उसका मुंह थकी हुई बतख की तरह खुला था। बहस को टालने का उसका यही ढंग था क्योंकि जब से वह जहाज़ में अंग्रेज़ी चिकने कमोड पर फिसल गया था वह सबके परिहास और ठिठोली का निशाना बना हुआ था।

"ओम! हरि ओम्!" लालू ने उसकी नकल उतारी, "सर्व-शक्तिमान परम पिता, तू आप अपने नरक में पड़ा हमेशा दुख भोगता रहे!" ओर वह ईश्वर को कोसता हुआ कैम्प से बाहर चला गया।

"रेसकोर्स पर लगे खेमों के बीच घास का तिनका-तिनका उगते हुए सूरज के प्रकाश में चमक रहा था और जहां नीला आकाश सफेद पहाड़ियों के साथ क्षितिज बनाता था वहां से तेज़ ठंडी हवा आ रही थी।

लालू घास पर चल रहा था।

उसे आए कुछ अधिक देर नहीं हुई थी कि सूबा उसके पीछे दौड़ता हुआ आ पहुंचा।

वह लाड़ से बिगड़ा हुआ था। उसे इस पल्टन के हिन्दुस्तानी अफसर का बेटा होने का अभिमान था। सूबा अपने बाप को सुबह-सुबह नमस्कार करने जाना चाहता था, जिसका मतलब आम तौर पर यह होता था कि उसे जेबखर्च चाहिए। उसने लालू को भी बाहर चाय पिलाने का वादा करके अपने साथ ले लिया।

वे दोनों सूबेदार मेजर के कैम्प की ओर चले। यह देखकर कि कुछ महत्त्वपूर्ण अंग्रेज़ और फ्रांसीसी अफसर वहां जमा हैं, वे रुक गए और इस बात पर विचार करने लगे कि सूबा वहां जाए या नहीं।

लेकिन अपनी विशिष्ट तीव्रता के कारण सूबा दौड़ता हुआ अपने पिता के खेमे की ओर चला गया, जबकि लालू वहीं खड़ा रहा और उसने अफसरों के भय से आंखें दूसरी ओर घुमा लीं। इस भय से कि कोई उसे देख न ले वह यों चलने-फिरने लगा जैसे महज़ हवा खाने निकला हो। अगर कहीं किसी साहब ने देख लिया तो इस बात पर एतराज़ हो सकता है। उसने कदम तेज़ कर दिए क्योंकि अफसरों के खेमे उसके मन में वह भय जगा रहे थे जो फिरोज़पुर छावनी में साहबों के झाड़ीदार बंगलों से पैदा होता था, जहां फाटकों में से झांकना भी अपराध समझा जाता था।

वह पाखाने की ओर बढ़ गया।

जब बाहर आया तो कैम्प में ऐसी चहल-पहल थी जैसे यह एक आम हिन्दुस्तानी छावनी हो। सुबह-सवेरे उठने वाले, जिनमें अधिकांश

सिपाही थे, इधर-उधर चल-फिर रहे थे। कुछ सामान खोल रहे थे, कुछ जूतों पर पॉलिस कर रहे थे, कुछ पीतल के बटन चमका रहे थे, कुछ घर से साथ लाई हुई दातुन कर रहे थे और कुछ भजन गाने और भगवान का नाम जपने में व्यस्त थे।

लालू ने मुंह उठाकर सूरज की ओर देखा और फिर महज़ आनन्द-मुद्रा में छोटे खेमों की रस्सियां फांदता हुआ अपने खेमे की ओर चला।

"ओह, तुम किधर घूम रहे हो?" चचा किरपू चिल्लाया।

लालू ने जल्दी भीतर जाकर बूट पहने, सिर पर पगड़ी सजाई और फिर बाहर चला पाया।

"यह लड़का तो पागल हो गया है!" किरपू ने दादा धन्नू से कहा।

चार नम्बर कम्पनी के चंद सिख सिपाही अपने केशों में कंघी कर रहे थे। लालू को याद आया कि जब उसके सिर पर लम्बे-लम्बे बाल थे तो उसे कितनी कोफ्त होती थी। उसे याद आया कि जब उसने केश कटवा दिए थे तो गांव के कट्टरपंथियों ने उसका मुंह काला करके और गधे पर बैठाकर भयानक बर्बरता का प्रदर्शन किया था। यह अपमान उसे बहुत खला था और वह तमाम सिखों से नफरत करने लगा था। उसका ख्याल था कि अपने सिर पर और मुंह पर जटा-जूट लिए यह सिख यूरोपियनों को बड़े अजीब लगेंगे। और वह हैरान था कि विदेश जाकर या फिर हिन्दुस्तान लौटकर कितने ही लोगों ने केश कटवा दिए थे। लेकिन साहबों को सिखों का केश कटवाना पसन्द नहीं था क्योंकि वे चाहते हैं कि सिख अपने रस्म-रिवाज के पाबंद रहें। यह दूसरी बात है कि जब लैंस-नायक लोकनाथ ने फिरोज़पुर में उसकी शिकायत की थी तो पादरी आडले साहब ने उसे माफ कर दिया था। लेकिन अगर हवलदार लछमनसिंह और कैप्टन ओवेन का बस चलता तो उसे 'क्वार्टर-गारद' मिलता, एक हफ्ता सिर्फ रोटी-पानी पर रहना पड़ता और रिकार्ड अलग खराब होता। इसके बजाय लोकनाथ की तरक्की रोक ली गई थी और उसे दूसरी पल्टन में बदल दिया। इसका एक कारण यह भी था कि सूबेदार मेजर अर्बेलसिंह अपने बेटे सूबा को सबसे आगे

करके तरक्की देना चाहता था। लालू सोचता था कि लोकनाथ जाने कब उससे बदला चुका ले···।

उसीकी पल्टन के कुछ मुसलमान सिपाही एक दायरे में बैठे हुक्का पी रहे थे। कुछ काले रंग के हिन्दू अर्दली और मज़दूर अपनी बोली में बातें करते हुए शुद्ध पवित्र रसोइयों में रोटियां पका रहे थे जबकि एक जोधपुरी लैंसर किसी स्त्री को कुछ समझाते हुए अपने हथियारों और सिर से संकेत कर रहा था। वह औरत क्या कर रही थी? लालू सुनने के लिए रुक गया।

हिन्दू अर्दली गालियां दे रहे थे। लगता था कि औरत उनकी रसोई में घुस गई थी।

लालू सिर हिलाकर हलके से मुस्कराया।

औरत फ्रांसीसी में बड़बड़ाने लगी।

लालू घबराया और वह सलाम करके आगे बढ़ जाना चाहता था क्योंकि वह डर रहा था कि कहीं कोई अफसर उसे मेम साहब से बातें करते न देख ले। जोधपुरी लैंसर भी बहुत परेशान था। बोला, "पता नहीं, साली क्या चाहती है।"

फ्रांसीसी महिला अपनी परेशानी पर हंसी और फिर अंग्रेज़ी में कहा, "पिक्चर!" उसने लालू और जोधपुरी लैंसर को अपने सिर, आंख, नाक और अंगुलियों की तरफ इशारा करके अपना मतलब समझाया।

लेकिन एक मेम साहबा की उपस्थिति-मात्र ने, जो हिन्दुस्तान के लिए इतनी रहस्यमय और पहुंच से दूर होती है, उन्हें किंकर्तव्यविमूढ़ बना दिया था।

लालू ने कनखियों से इधर-उधर देखा। उसके दाईं ओर घुड़सवार थे। बाईं ओर रसोइये और कहार चिल्ला रहे थे। और सामने बलोच और गोरखे बैठे धूप सेंक रहे थे। फिर उसने अफसरों के क्वार्टरों की ओर देखकर उधर इशारा कर दिया क्योंकि उसका खयाल था कि मेम साहबा को सूबेदार मेजर साहब के खेमे में भेज देना बेहतर रहेगा। पर उसकी आंखे सूबा से चार हुई जो एक घुड़सवार फ्रांसीसी अफसर के साथ-साथ भागा चला आ रहा था।

लालू और जोधपुरी लैंसर ने सिपाहियों के अन्दाज़ से सलूट

किया।

अफसर ने महिला से अपनी भाषा में बात की, खिलखिलाकर हंसा और फिर सूबा से अंग्रेज़ी में कहा, "मिस इन लोगों की तस्वीर बनाना चाहती है।"

"मेम साहब, मेरी तस्वीर बनाओ।" सूबा ने आगे बढ़कर कहा। फ्रांसीसी महिला मुस्कराई, अफसर से कुछ कहा और फिर जोधपुरी लैंसर, लालू और सूबा से इकट्ठे खड़े होने को कहा।

लेकिन सूबा आगे बढ़ा और छाती ठोककर इशारा किया कि वह अकेला अपना चित्र बनवाना चाहता है।

अब उत्सुकता और कौतूहल में भरे दूसरे सिपाही भी आ जमा हुए।

अब फ्रांसीसी अफसर ने हिन्दुस्तानी में कहा, "मेम साहब ग्रुप का चित्र बनाएंगी।"

"ग्रुप बनाओ और सबकी तस्वीर बनने दो।" लालू ने सूबा से कहा।

"हां, हम भी अपनी तस्वीर बनवाएंगे।" दूसरे सिपाही बोले, जो अब तक उस चित्रकार महिला के गिर्द इकट्ठे हो गए थे।

वे सबके सब दूर हट गए और मूंछों को ताव देते हुए यों सीधे खड़े हो गए जैसे उनका फोटो खिंच रहा हो।

महिला और अफसर ने एक क्षण बात की। दोनों हंसे। फिर अफसर एक ओर हट गया और महिला ने चित्र बनाना शुरू किया।

महिला ने ग्रुप का चित्र बनाया। पर अब उसके सामने बहुत लोग थे, जो चित्र बनवाने के इच्छुक थे। पास के खेमों से और सिपाही आ गए थे। वे फ्रांसीसी महिला को यों देख रहे थे जैसे वह कोई विचित्र प्राणी हो! वह इतनी मिलनसार, इतनी अनौपचारिक और उन मेमों की तुलना में एकदम असाधारण थी जो हिन्दुस्तान आती थीं और कभी किसी देसी को प्रणाम नहीं करती थीं। वे उसके सामने जा खड़े हुए थे और चित्र बनवाने में गर्व महसूस कर रहे थे।

महिला कुछ ही रेखाओं में बैठे, खड़े, बतियाते और चलते-फिरते सिपाहियों के चित्र बना देती थी, और उन्हें पता भी नहीं चलता था कि उनका चित्र बन गया है।

जब फ्रेंच महिला कई चित्र बना चुकी तो सूबा अपनी अकेले की तस्वीर बनवाने का आग्रह करने लगा, पर उसने स्कूल में जो मामूली फ्रांसीसी सीखी थी उसमें वह अपना आशय मेम साहब को न समझा सका। जब वह अपना अतिरिक्त परिचय जताने के लिए आगे बढ़ा तो 69वीं राइफल्स् की नम्बर 2 कम्पनी के लम्बे-तगड़े अफसर जमादार सुचेतसिंह को बुरा लगा और वह बोला :

"हटो, हटो। मेम साहब के गिर्द घेरा मत डालो।"

"आओ, इधर आओ! ···हम चलें!" सूबा ने कहा।

"तुम बड़ी शेखी बघार रहे हो!" सुचेतसिंह ने सूबा से कहा, "अगर तुमने उससे जानकारी बढ़ाने की कोशिश की तो मैं तुम्हारा 'कोर्ट-मार्शल' करा दूंगा! मुझे कोई परवाह नहीं कि तुम किसके बेटे हो!"

इस चेतावनी के बाद सिपाहियों की भीड़ छंटने लगी।

"आओ मेरे दिलफेंक! वह तुम्हारी पहुंच के बाहर है।" लालू ने सूबा से कहा, "और अपने पिता के सामने जवाबदेही को तैयार हो जाओ, क्योंकि मुझे विश्वास है कि सुचेतसिंह ज़रूर शिकायत करेगा···"

"बेटा, इधर देखो! मैं जल्द ही जमादार बन जाऊंगा!" बड़ी सड़क की ओर बढ़ते हुए सूबा ने लालू से कहा, "सूबेदार साहब ने मुझे आज ही बताया है। इसलिए अगर अपनी खैर चाहते हो तो मेरे साथ तमीज़ से बात करो!"

"ओह, जा, जा, मुझपर रोब न छांट!" लालू बोला।

"ओ···" सूबा ने गाली देकर कहा, "आओ हम जश्न मनाएं। जब मैं अफसर बन जाऊंगा, तुम तब भी मेरे दोस्त होगे!"

"हमें कहां जाना है?" लालू ने पूछा, "सीमा से बाहर जाने के लिए इजाज़त लेनी होगी।"

"तुम मेरे साथ आओ।" सूबा बोला, "इस सड़क के सिरे पर एक स्टाल है। जब हम कैम्प को आ रहे थे मैंने तब देखा था। वह शराब की दूकान मालूम होती है, क्योंकि लोग लाल, पीली और हरी शराब के गिलास अपने सामने रखे बैठे थे। आओ, हम कैम्प में से यों गुज़रेंगे जैसे हम बाहर न जा रहे हों और फिर सड़क के सिरे पर

खड़े सन्तरी की भी आंख बचाकर निकलने का प्रयत्न करेंगे या मैं उसे कह दूंगा कि मैं सूबेदार मेजर अर्बेलसिंह का बेटा हूं। आओ, हम जश्न मनाएंगे। अब तुम्हें लोकनाथ से डरने की ज़रूरत नहीं। मुझे तरक्की मिल गई है और वह वहीं दलदल में पड़ा रहेगा।...”

“यह सम्भव नहीं कि शेर के बच्चे के पंजे न हों।” लालू बोला, “मेरा खयाल है कि अगर तुम जमादार बन गए तो न सिर्फ लोकनाथ, बल्कि हम सब दलदल में पड़े रहेंगे।”

“तुम्हें मालूम है कि मेरे बापू की आज रात आफिसर-मेस में दावत है, जहां फ्रांसीसी अफसर अंग्रेज़ी साहब, राजा-महाराजा और कुछ चुनिंदा हिन्दुस्तानी अफसर होंगे।” सूबा ने गर्व से गाल फुलाकर उसे बताया, “और कहा जाता है कि हिन्दुस्तानी कोर के कमांडर-इन्-चीफ सर जेम्स विलकॉक्स जल्द यहां आ रहे हैं। उनके एडीकांग रिसालदार ख्वाजा मुहम्मद खां भी उनके साथ होंगे और वे मेरे पिता के घनिष्ठ मित्र हैं। वे यूसुफ जई के पठान हैं, लार्ड किचनर के भी एडीकांग रह चुके हैं और एक न एक दिन मैं भी एडीकांग बनूंगा।...”

“बेटा, इन्तज़ार करो। तुम एडीकांग क्या उससे भी बड़े बन जाओगे।” लालू ने विद्रूप भाव से कहा।

“सचमुच, तुम्हारा भी यही खयाल है?” सूबा ने उसके व्यंग्य की ओर ध्यान न देते हुए पूछा, “तब मैं तुम्हें जमादार बना दूंगा।”

कुछ सिख सिपाही कच्छे पहने कपड़े धो रहे थे जबकि फ्रांसीसी बच्चे उन्हें घेरे खड़े थे। एक सिख सिपाही बीन निकाल लाया और उन्हें खुश करने के लिए बजाने लगा। इसपर कुछ फ्रांसीसी सिपाही भी आ खड़े हुए। उनका खयाल था कि बीन बजानेवाला सांप भी दिखाएगा। सिपाही ऐसा अभिनय कर रहा था जैसे उसके सामने धरती पर सांप हो और वह उसके फन के गिर्द बीन बजा रहा हो। उसने जान-बूझकर अपने गाल इतने फुला लिए कि वे दो बड़े गेंद जान पड़ते थे। इसपर बच्चे डरकर भाग गए। लेकिन जब सिपाही मुस्कराया तो वे आश्वस्त होकर लौट आए।

लालू ने, जो यह दृश्य देखने खड़ा हो गया था, प्रसन्न होकर एक फ्रांसीसी सिपाही से सिगरेट स्वीकार किया। वह चाहता था कि उसकी पल्टन शान्ति के दिनो में एक छावनी से दूसरी छावनी की

तरह यहां भी बदल जाए। लेकिन युद्धकाल में? आज जबकि वह फ्रांस में था तो खुश होते हुए भी उसके मन में अज्ञात का भय था। युद्ध में कुछ भी घटित हो सकता था।…

"मैं 69वीं राइफल्स् के सूबेदार मेजर अवैलसिंह का लड़का हूं और उन्होंने मुझे स्टाल से सिगरेट लेने भेजा है।" सूबा ने संतरी से निस्संकोच कहा।

संतरी एक लम्बे कद का बलोच था। उसने तुर्रेदार पगड़ी बांध रखी थी। उसने सूबा पर एक कड़ी नज़र डालकर पूछा, "तुम्हारे साथ वह कौन है?"

"वह सिपाही लालसिंह सूबेदार मेजर साहब बहादुर का अर्दली है।" सूबा ने झूठ बोला।

"जाओ, लेकिन ज्यादा देर मत लगाना।" संतरी ने कहा।

दोनों लड़कों ने सीमा पार की और सीधे स्टाल पर पहुंचे, जो चौराहे पर स्थित था।

चंद फ्रांसीसी सिपाही और कुछ टॉमी खड़े "बियर' पी रहे थे। लालू घबराया और डरा। उसे एक ऐसे स्टाल पर, जहां सिर्फ गोरे हों, जाते हीनता का अनुभव हो रहा था। तीन साल तक बिशप कॉटन स्कूल, शिमला में पढ़कर जो आत्मविश्वास उत्पन्न हुआ था, सूबा उसके कारण मित्र को अपने साथ खींच ले गया।

स्टाल का फ्रांसीसी मालिक उनकी ओर आकर्षित हुआ और अपने सफेद ऐप्रन से हाथ पोंछते हुए बोला, "मोशिए!"

सूबा ने कुछ बोतलों की ओर संकेत किया।

टॉमियों ने पहले तो दोनों सिपाहियों की ओर घूरकर देखा, जैसे वे हैरान हों कि हिन्दुस्तानी भी शराब पीने लगे हैं, फिर हिन्दुस्तान में अपने चुप रहने के व्यवहार के विपरीत उनमें से एक ने कहा, "बहुत अच्छे! देखो, ब्लाइटी!"

"ब्लाइटी क्या?" सूबा बोला।

"उसका मतलब है विलायती।" लालू ने हंसते हुए कहा।

फ्रांसीसी साहब ने अपनी उंगलियों से एक बोतल बजाई जिसमें कोई सफेद शराब थी। उसने उसकी ओर संकेत किया।

लेकिन इससे पहले कि सूबा कुछ कहे एक अंग्रेज़ सार्जेण्ट-मेजर

स्टाल में आया और उसने टॉमियों और सिपाहियों की ओर घूरकर देखा।

"यह क्या तमाशा है, तुम अपने-आपको कहां समझ रहे हो? यह छावनी है या युद्ध का मैदान?"

सिपाहियों के सिर झुक गए और ठुड्डियां छाती से जा लगीं।

"यह सीमा से बाहर है।" सार्जेंट-मेजर ने फिर कहा। उसने टॉमियों की ओर झुककर उन्हें झिड़का और सिपाहियों पर नाक-भौं चढ़ाईं।

अगले कुछ दिनों में हिन्दुस्तानी कोर का ऑलियन्स् पहुंचना शुरू हुआ, जहां उन्हें नई मशीनगनें, मेकैनिकल ट्रांसपोर्ट, मैडिकल सामान और वे सब चीजें दी जानी थीं जो पश्चिम के युद्धक्षेत्र में लड़नेवाली अथवा साम्राज्य की समुद्र पार की चौकियों की रक्षा करनेवाली सेना के लिए आवश्यक थीं। वे जो बन्दूकें और कारतूस अपने साथ हिन्दुस्तान से लाए थे वे मार्साई में लौटा दिए थे और उन्हें नये हथियार मिल गए थे। सिपाहियों ने नई राइफल चलाना सीख लिया था। लेकिन उम्मीद थी कि उन्हें नई मशीनगनें नहीं दी जाएंगी क्योंकि उनके लिए और कठिन अभ्यास करना ज़रूरी था। नये गर्म कपड़े भी दिए गए थे; इसलिए उन्हें खोलने, बांधने और उनके साथ ड्रिल करने में भी काफी समय लग जाता था। कहा जाता था कि यह युद्ध जो वे लड़ने जा रहे हैं, पहले युद्धों से भिन्न है। यह युद्ध दस्ती बमों और अन्य भयंकर गोलों आदि से लड़ा जाएगा और यह अफवाह आम थी कि जर्मनों ने एक ऐसी तोप का आविष्कार किया है जो सत्तर मील की दूरी तक मार करती है। लेकिन हिन्दुस्तान में साहबों ने क्यों इन बातों के बारे में नहीं सोचा? निस्संदेह उन्हें जल्दी में छावनियों से कूच करना पड़ा और शिमला-स्थित आर्मी हेड क्वार्टर के पास इतना समय ही नहीं था। लेकिन तैयारियां जल्दी-जल्दी हो रही थीं। अफसर बड़े सहृदय थे, गोरखों को थपकी देकर कहते थे कि अपनी खुखरियां तेज़ कर लो, घुड़सवारों से कहते थे कि अपने घोड़ों की प्राणों से अधिक परवाह करो और दूसरों को प्रोत्साहन देते थे कि कुश्ती आदि लड़कर शरीर स्वस्थ रखो क्योंकि तुम्हें 'हूणों' का

मुकाबिला करना है, जिनका डीलडौल हिन्दुस्तानियों से दुगना है।··· और सिपाही सोचते थे कि अब आ गए, सो आ गए। इस बात की क्या चिन्ता कि हमारे पास बड़ी तोपें हैं या छोटी तोपें या हम भिखारियों की तरह चटाइयों पर सोते हैं या राजकुमारों की भांति नर्म-नर्म गद्दों पर। यात्रा आत्मविश्वास की दृष्टि से अच्छी रही, क्योंकि पंडितों की भविष्यवाणी या अभिशाप के अनुसार वे समुद्र पार करते हुए मरे नहीं थे···

69वीं राइफल्स् उन पहली रेजिमेंटों में से एक थी, जिन्हें आलियन्स् भेजा जाना था।

2

ऑर्लियन्स् में दो डिवीज़नों के कैम कस्बे से छः मील के फासले पर कांप द सर्सेते नाम के पार्क में लगे। और पहुंचते ही उन्हें तुरन्त घोड़े और गाड़ियां जुटा दी गईं।

मौसम कभी-कभी धूप निकलने के अलावा ग्राम तौर पर खराब हो गया। ठंडी हवा चलने पर ऑर्लियन्स् के गिर्द उगी वनस्पति रंग बदलकर हरी से सुनहरी, मध्यम पीली और ताम्बे जैसी हो जाती। पश्चिम से काली घटा उठती और मैदान पर मंडराकर धरती को सराबोर कर जाती।

वे सिपाही जिन्हें दक्षिणी फ्रांस की समान वायु में भी ठंड लगती थी अब जाड़े से कांपने लगे। दिन-भर चाय की पत्तियों, गर्म पानी, दूध और चीनी का सम्मिश्रण पीते रहते, जिसे रसोइये बड़ी-बड़ी देगों में एकसाथ उबालते और जिसे चाय कहा जाता था। उन्हें मार्साई ही में सर्दी की वर्दियां दे दी गई थीं और उनमें से अधिकांश सख्त सर्दी के आदी हो चुके थे। किन्तु हिन्दुस्तान में जब मूसलाधार वर्षा होती थी, तो धरती धुलकर गर्म हो जाती थी और उसमें से सोंधी-सोंधी खुशबू उठती थी, जबकि यहां लगातार झड़ी लगी रहती थी और खेतों में सील और कीचड़ हो जाती।

मगर मोटरलारियां देखकर जोश फैला, उससे उत्साह कुछ बढ़ गया। यहां जो गाड़ियां मिलीं वे उनसे बढ़िया थीं जो सिपाहियों ने

हिन्दुस्तान में देखी थीं। वे मेघाच्छादित आकाश के नीचे खेमों से निकले और चमचमाती नई गाड़ियों के गिर्द जमा होकर उन्हें विस्मय-भरी आंखों से देखने लगे। ट्रकों के रंग-रोगन के अलावा उनकी मज़बूत बॉडी में मानो रफ्तार भी भरी जान पड़ती थी। छकड़े के गुण-अवगुण जाननेवाले उन्हें प्रशंसा की दृष्टि से देख रहे थे।

"ऐसी भारी गाड़ियां कैसे चलती हैं?"दादा धन्नू ने अपनी चुंधियाई और भीतर को धंसी हुई आंखें अपने साथियों पर गड़ाकर पूछा, "मेरा मतलब यह है कि ये रास्ते में दूसरी गाड़ियों के पास से कसे गुज़रती है क्योंकि इनमें से एक ही सड़क की तीन-चौथाई घेर लेती होगी।"

"मैं इंजन देखना पसंद करूंगा।" लालू ने उन गाड़ियों को बनानेवालों की बुद्धि की सराहना करते हुए कहा।

"इस छोटे-से टीन के शेड में रखा हुआ छोटा-सा इंजन आदमियों और हथियारों से भरी इतनी बड़ी गाड़ी को कैसे खींचता होगा?" चाचा किरपू ने कहा। इतनी बड़ी-बड़ी बसें देखकर उसका सनकीपन लुप्त हो गया था।

"बात यह कि साहब लोग चमत्कार कर सकते हैं!" दादा धन्नू बोला।

"तारों की गति नक्शे में बन्द कर लेते हैं, ठीक है न?" लालू ने दादा धन्नू की नकल उतारते हुए कहा, "समय को घड़ी की सुइयों में बांध लेते हैं और बिजली से यों काम लेते हैं, जैसे वह खच्चर हो।" और उसे शरारत सूझी। उसने ट्रक का हॉर्न बजा दिया। दादा धन्न, चचा किरपू और कुछ दूसरे लोग जो निकट खड़े थे चौंककर पीछे हट गए।

"और तुम सब गधे हो! तुम्हें जोतकर खूब कोड़े लगाए जाएं, ताकि तुम्हारे दिमाग में भी कुछ अकल आए।" सूबा ने कहा। वह एक खेमे से निकलकर एक ट्रक के पास आ खड़ा हुआ था और खेमे में वह अपने पुराने साथियों को अपनी जमादारी की वर्दी दिखाने आया था। जब उसे कर्नल के सामने पेश किया गया तो उसे मार्साई में की गई शरारत का दण्ड देने के बजाय तरक्की देकर जमादार बना दिया गया।

"हॉर्न किसने बजाया था?" उसने गुस्से में पूछा। जब देखा कि सब लोग विरोध-मुद्रा धारण किए चुप खड़े हैं तो उसने उन्हें प्रसन्न

करने की सोची। "इन ट्रकों में कोई बहुत विशेषता या रहस्य नहीं। तुम हिन्दुस्तान में जो मोटरकारें देखते आए हो, ये उनसे कुछ बड़े हैं। हम अफसरों के लिए आश्चर्य की बात यह है··· लेकिन मुझे तुम्हें नहीं बतानी चाहिए, क्योंकि बात गुप्त है···"

"तब मत बताओ।" चचा किरपू ने कहा, "हवलदार लछमनसिंह खड़े हैं, और मुझे विश्वास है कि उन्हें मालूम होगी।···"

"ओए नहीं, मूर्ख, कुछ बातें सिर्फ अफसरों ही को मालूम होती हैं।" सूबा ने बताने की उत्सुकता में कहा, "कहा जाता है कि मोन्स में मित्रराष्ट्र-सेनाएं भारी नुकसान उठाकर पीछे हटी हैं। सरकार को सामान पहुंचाने और भूमि और समुद्र पर ट्रांसपोर्ट की बड़ी कठिनाई है। तुम्हें नहीं मालूम कि जनरल स्टाफ और अंग्रेज़ अफ़सर कितनी जानतोड़ कोशिश कर रहे हैं क्योंकि यह बात उजागर हो चुकी है कि अंग्रेज़ी सरकार युद्ध के लिए बिलकुल तैयार नहीं थी। ···अगर तुम समझते हो कि सरकार को फ्रंट के लिए गाड़ियों की मांग पूरी करनी है तो इस हालत में भी हमें ये गाड़ियां मिल गई, इसके लिए हमें सरकार का धन्यवाद करना चाहिए।···"

सूबा के व्यवहार में एकदम जो अतिशयोक्ति और अभिमान आ गया था लालू ने उसे भांप लिया था। शेखी वह हमेशा बघारता था, लेकिन कल तक उसकी उद्दण्डता पर साधारण सिपाही होने का अंकुश था। अब जबकि उसे जमादार बना दिया गया था वह दम्भी बन गया और सर्वज्ञता का दावा करने लगा।

"यह सब इस कारण है कि लार्ड किचनर की हिन्दुस्तानियों पर विशेष कृपा है।" सूबा ने कहा।

"मेरे पिता सूबेदार मेजर साहब लार्ड किचनर को जानते हैं···" उसने बात जारी रखी और अफसरों के क्वार्टर में जो गप्प सुनी थी उसे दोहराना शुरू किया।

"जमादार साहब, लार्ड किचनर ने ही तो हिन्दुस्तानी फौज के लिए नई बैरकों और नई छावनियों की व्यवस्था की थी।" लछमनसिंह बोला। वह बातचीत को साधारण विषय पर लाना चाहता था, "वह एक महान अफसर था। उसने बहुत-सी ऐसी बातें की जो फौजी मामलों में सरकारी नीति के खिलाफ थीं। मुझे याद है कि उसने

एक बात यह की थी कि हरेक ब्रिगेड में अंग्रेज़ी पल्टन की संख्या दो से एक कर दी।"

यस, यस," सूबा ने अंग्रेज़ी में कहा, क्योंकि वह जानता था कि हिन्दुस्तानी सिपाहियों में साहबों की भाषा बोलने से महत्त्व बढ़ता है, "मुझे याद है कि मेरे पिता सूबेदार-मेजर साहब लार्ड किचनर साहब के खास अर्दली अफसर थे···"

"ओह, तुझे उन बातों का क्या पता?" चचा किरपू ने उसकी शेखी से चिढकर कहा, "तू मेरी इस नन्ही अंगुली जितना बच्चा था, पल्टन में इधर-उघर नंगा घूमता था और कौए तेरे चूतड़ों पर चोंचें मारते थे···"

सब हंस पड़े। चचा किरपू पुराना आदमी था, वह पल्टन में भर्ती होनेवाला पहला सिपाही था और अपने व्यंग्य-प्रहारों के लिए प्रसिद्ध। अंग्रेज़ अफसर हो, हिन्दुस्तानी अफसर हो, कोई एन॰ सी॰ ओ॰ या सिपाही हो, उसे किसीसे कुछ भी कहने की छूट थी, अतएव सूबा भी हंसने लगा, पर उसका चेहरा उतर गया और आंखों की पुतलियां घूम गई।

"मूर्ख से जब पूछा गया कि 'तुम कौन हो?' तो उसने उत्तर दिया, 'पिदरे मन सुल्तान बूद (मेरे पिता सुल्तान थे)!" किरपू ने अपने टूटे स्वर में फारसी मुहावरा दोहराया।

"अब इसे इसके बचपन की याद न दिलाओ।" लालू ने कहा।

"बको मत।"सूबा चिल्लाया। उसका चेहरा लालू पड़ गया।

"अगर तुमने।" फिर मुझसे ऐसा मज़ाक किया तो मैं तुम्हें कर्नल साहब के सामने पेश करूंगा।"

"अगर कर्नल साहब के सामने पेश होने से उसके साथ यही सलूक होना हो, जो तुम्हारे साथ हुआ तो मुझे भी पेश कर दो।" किरपू ने धीरे से कहा, "यह स्टार मेरे बूढ़े कंधे पर भी अच्छा लगेगा और मुझे गहरे भूरे रंग की पेटी भी पसंद है।···"

लोग फिर हंसे। सूबा भी हंसी में सम्मिलित था। लेकिन जमादार की आंख से आंख मिलते ही लालू का सिर झुक गया और चेहरा पीला पड़ गया था।

"चचा, अब होश में आओ। मसखरे मत बनो।" हवलदार

लछमनसिंह ने जमादार का पक्ष धारण किया, चाहे उसकी सहानुभूति दूसरों के साथ थी।

"सूबा, मुझे माफ कर दो।"लालू ने अपनी गलती महसूस की।

"याद रखो, मैं अब से जमादार साहब हूं।" सूबा ने तेज़-तेज़ निगाहों से देखते हुए कहा, "समझे?"

चचा किरपू और सिपाही लालसिंह फौजी ढंग से सीधे खड़े हो गए।

"कल से तुम दोनों 'मशक्कत' ड्यूटी के लिए आओ।" जमादार ने हुक्म दिया और वह तनिक लड़खड़ाता हुआ अफसरों के खेमे की ओर चल दिया।

लालू, किरपू और लछमन के पास जो सिपाही खड़े थे वे चमचमाते ट्रकों से दृष्टि घुमाकर एक-दूसरे के मुख की ओर देखने लगे। सारा जोश, सारी खुशी उन त्योरियों में छिप गई जो बड़े अफसरों द्वारा किए गए पिछले अपमानों से पड़ गई थीं। वे यों खड़े थे जैसे बिजली छू गई हो। एक ऐसे अफसर द्वारा अपमान, जो कल तक उन्हींका एक साथी था, जीवन के नये वातावरण और इस सभ्यता की विचित्र बातों में ताजा घाव-सा लगा। उन्होंने जहाज़ और रेलगाड़ी द्वारा उन देशों का सफर किया था जिन्हें पहले कभी नहीं देखा था और उन्हें यात्रा की तमाम सुविधाएं प्राप्त थीं और लोगों से हर जगह स्नेह और सम्मान मिला था, इससे वे विलायत को स्वर्ग और अपने-आपको इंसान समझने लगे थे। हिन्दुस्तान में पशुओं का सा जो व्यवहार होता था, उसे वे भूल गए थे। सामान्य गोरी जनता के सम्पर्क में आने से उन्हें मालूम हुआ कि यहां कुली सिर्फ काम करते समय कुली है वरना वह भी सूट-बूट पहनकर साहब बन जाता है और अपनी मित्र लड़कियों के साथ शान से घूम सकता है। इससे उन्होंने भय और गुलामी की उस भावना को भूलाना शुरू किया जो हिन्दुस्तानी छावनियों में बड़े अफसरों ने उनमें उत्पन्न कर दी थी।...और इस घटना से सहसा उन्हें फिर अपनी वास्तविक स्थिति का बोध करा दिया।

जमादार सूबासिंह ने 'मशक्कत' का जो दंड दिया था, वह वास्तव में मेले की सैर बन गया।

लालू और किरपू जब सिपाहियों के एक दल के साथ, जिनमें से

हरेक को एक-से ही अपराधों के लिए दंड दिया गया था, पल्टन के हिस्से के घोड़े लेने बाहर आए तो देखा कि वे मैदान, जिन्हें वर्षा ने दलदल बना दिया था, लोहे के चमचमाते ट्रकों और मोटरलारियों से भरे हुए और सब प्रकार की गाड़ियों, हर कद और हर रंग के घोड़ों से पटे हुए हैं।

घोड़ों की हिनहिनाहट, थूथनियों की फरफराहट और बेसुरी आवाज़ों से फिज़ा गूंज रही थी।

"क्या हम यही गाड़ियां लेने आए हैं?" चचा किरपू ने पूछा, "साज तो देखो! इसका कॉलर ही नहीं, और उस दूसरे का सिर या रकाबें ही नहीं!"

"और वाह-वाह, घोड़े तो देखो!" 69वीं राइफल्स् के बिगुलची नौजवान खड़कू ने कहा।

"बाप रे बाप!" लालू बोला, "यह तो काना मालूम होता है!"

"तुम इन गाड़ियों को 'मालरोड' पर भी नहीं चला सकते और युद्ध में सीमा-प्रांत के युद्ध में तो ले जाने का सवाल ही पैदा नहीं होता!" लंगूर जैसे डोगरा सिपाही हनुमंतसिंह ने कहा जो आम तौर पर चुप रहता था।

"मुझे तो यही शक है कि ये किसी काम आ भी सकेंगी!" एक एन॰ सी॰ ओ॰ ने कहा।

"जमादार सूबासिंह कहेगा, वे हमारे लिए क्या नहीं कर रहे?" लालू बोल उठा। और वह कोई फब्ती कसने वाला था कि उसने पीछे से जमादार को आते देख लिया और आंख झपककर चुप हो गया।

"आओ भई, आओ काम करें।" जमादार सूबासिंह ने कहा। उसका गोल-मटोल चेहरा मुस्कराहटों से खिला हुआ था। वह शायद इसलिए भी खुश था कि जमादार की हैसियत से वह 'मशक्कत' पार्टी का निरीक्षण करने आया है।

ज्योंही वह निकट आया सिपाहियों ने फौजी ढंग से सलूट किया, जो उसने छड़ी उठाकर स्वीकार कर लिया।

"बहुत बढ़िया घोड़े हैं!" जमादार ने चुस्ती से कदम बढ़ाते हुए कहा और वह सिपाहियों को झुंड के मध्य में ले गया जहां सूंघता, फरफराता और खुर पटकता हुआ घोड़ों का रेवड़ घास चर रहा था।

"शानदार!" सिख एन॰ सी॰ ओ॰ चाननसिंह ने कहा।

"और इस बात को देखते हुए कि सरकार को एकाएक लड़ाई में कूदना पड़ा है।" जमादार ने कहना जारी रखा, "एक ओर जर्मनी से लड़ने की कठिनाइयां हैं, दूसरी ओर सिपाहियों की सुविधा के लिए वह सब प्रबन्ध करना पड़ रहा है, इतनी चीज़ें इकट्ठी कर लेना वाकई उनका एक चमत्कार है।"

"उन्हें युद्धक्षेत्र में लड़ने के बजाय इन गाड़ियों की मरम्मत में अधिक कठिनाइयों का सामना होगा।" किरपू कब चुप रहनेवाला था!

"चचा, तुम्हारी समझ में तो जैसे कयामत ही आ गई।" सूबा ने हंसते और किरपू की पीठ थपथपाते हुए कहा।

"डूबता हुआ ब्राह्मण अपने भक्तों को भी ले डूबेगा।" किरपू ने विद्रूप-भाव से कहा, "इसलिए जहां सरकार जाएगी, अच्छे चेलों की तरह हुज़ूर, हम भी जाएंगे।"

"गुस्ताख, ढीठ चचा!" सूबा ने हंसते हुए कहा। उसने बांहें सस्नेह किरपू के गले में डाल दी, जैसे बूढ़े ने उसकी आन्तरिक सहृदयता को छू दिया हो।

"भाई, जैसाकि जमादार साहब कह रहे हैं," हवलदार चाननसिंह किरपू से बोला, "आदमी को सरकार का अनादर नहीं करना चाहिए।"

लालू ने पहले सूबा को, फिर किरपू की मूक, गम्भीर मुद्रा को देखा, और फिर चाननसिंह और दूसरे सिपाहियों के मुख की ओर देखा, जो बड़े आदर से जमादार के पीछे-पीछे चल रहे थे और उसके मुख से निकले हर शब्द को ब्रह्माक्षर मानते थे।

"आओ, यार लालसिंह, आओ! तुम क्यों पीछे रह रहे हो?" सूबा ने पुराने मित्र-भाव से कहा, "हम किसी साहब या दुभाषिये को देखें जो हमें बताएगा कि हमारे घोड़े कौन-से हैं।"

सहृदयता का यह संकेत पाकर लालू ने कदम ज़रा तेज़ किए और रेड़ों के तख्तों पर से कूद गया, जो उसके गांव के छकड़ों से भी प्राचीन युग के जान पड़ते थे, और उन गाड़ियों के पास से गुजर गया जो घुग्घी के बाप के इक्के से तो बेहतर थीं, लेकिन मान-बाद और दूसरे बड़े शहरों की फिटनों जैसी थीं और उनके पेचों पर बरसों से मिट्टी जम जाने के कारण ज़ंग लग गया था।

ज्योंही वह चाचा किरपू और दूसरे सिपाहियों के बराबर पहुंचा तो वे लोग अपने आगे खड़े मेजर पीकॉक को सलूट कर रहे थे। उसने भी एड़ियां जोड़ी और हाथ माथे पर ले गया। हालांकि उसे किसीने देखा नहीं। तेज़ मिज़ाज और छोटे कद के मेजर साहब अपनी टूटी-फूटी हिन्दुस्तानी और तीखे स्वर में जमादार सूबासिंह से कह रहे थे, "यह फ्रांसीसी लोग अच्छा बंडोबस्त करना नहीं जानटा! उन्हें घोड़ों के बारे में कुछ पटा नहीं है! डेखो, सब घोड़ा खुला डौड़ रहा है—गड्डमड्ड! कोई नहीं जानटा कि कौन घोड़ा किसका है!"

उसने त्योरी चढ़ा ली, आंखें बंद की और फिर इधर-उधर देखा।

"तब हम हुक्म का इन्तज़ार करेंगे, हुज़ूर!" जमादार सूबासिंह ने कहा।

"कुछ घोड़ा उधर डरिया की टरफ चला गया है।" मेजर पीकॉक ने अपनी छड़ी से एक रुपहली पंक्ति की ओर संकेत किया जो लहलहाती लम्बी घास में से गुज़र रही थी।

"सिपाहियों से कहो कि वे उन्हें इंस्पेक्शन के लिए यहां पकड़ लाएं।"

"अच्छा हुज़ूर, सूवा ने एड़ियां जोड़कर इतनी फुरती से सलूट मारा कि उसका सिर और धड़ आगे झुक गया। उसने सिपाहियों से कहा:

"तुम लोग इधर आओ, काम खत्म होते ही मैं तुम्हें शहर जाने की आज्ञा दे दूंगा। और मैं तुम्हें अपनी जेब से शर्बत पिलाऊंगा।..."

"आओ भई, अगर साहब फ्रांसीसियों के गंदे बंदोबस्त के बारे में इतनी साफ बात कहता है तो विश्वास रखो अगर हमने जल्दी न की तो वह हमें भी अपनी भाषा में दो-चार सुनाएगा।" किरपू ने कहा।

अगले चन्द दिन में फौज ने रूट-मार्च किया। पहले तमाम ट्रांसपोर्ट के साथ बड़े पैमाने पर, फिर छोटे पैमाने पर हर डिवीज़न की विभिन्न पल्टनों की कम्पनियां अपने-अपने कम्पनी-कमांडर के साथ गई।

इसके बाद बाकायदा ड्रिल शुरू हुई, जिसने सिपाहियों की कमर तोड़ दी, क्योंकि ऑलियन्स् कैप की स्थिति सख्त ट्रेनिंग के लिए सन्तोषजनक नहीं थी। कठिन परिश्रम के कारण मनोरंजन के लिए कोई समय नहीं था। निस्सन्देह, बढ़ रही सर्दी में परेड सिपाहियों को गर्म रखती थी; पर कड़ी बाकायदगी से भावी विकट समय का भान भी होता था। यह अफवाह फैली हुई थी कि जर्मनों ने बहुत

बड़ा आक्रमण करके मित्रराष्ट्रीय सेना को पीछे धकेल दिया है। सरकार का बहुत नुकसान हुआ है। भारतीय कोर के कमांडर को मार्साई पहुंचते ही जनरल हेडक्वार्टर में बुलाया गया है और सर जॉन फ्रेंच ने उसे बताया है, ब्रिटिश सेना फ्लैंडर्ज़ भेजी जा रही है और भारतीय कोर को भी जल्दी वहां पहुंचना होगा।

सैनिक अधीरता से इन्तज़ार कर रहे थे। अपनी ड्यूटी से अधिक से अधिक सम्भव समय निकालकर वे कैम्प के निकटवर्ती कैफे में जाते थे क्योंकि अब उन्हें 'कैफोले' और 'वेन' और फ्रांसीसी सिगरेटों का चस्का पड़ गया था।

पर जैसे-जैसे दिन बीत रहे थे अगले हुक्म के लिए सैनिकों की अधीरता बढ़ रही थी। हुक्म जल्दी ही आनेवाला था।

आखिर 17 अक्तूबर की शाम को आर्डर आया कि लाहौर डिवीज़न को अगले दिन रेलगाड़ी से रवाना होना है। जबकि मेरठ डिवीज़न को सिकंदराबाद केवलरी ब्रिगेड और जोधपुर लैंसर्स के साथ अभी ठहरना था। उन्हें बाद में भेजा जाना था।

सारा कैम्प चींटियों की तरह व्यस्त था। यहां एक सिपाही अनबंधे सामान के पास बैठा सोच रहा था कि तमाम चीज़ें अपने किटबैग में कैसे रखे जबकि बूटों का जोड़ा तसले और पानी की बोतल के पास बाहर पड़ा था। वहां कुछ सिपाही हथियारों के बक्सों के पास एन॰ सी॰ ओ॰ के लिए चिल्ला रहे थे ताकि पूछ लें, उन्हें क्या करना है। ज़रा आगे तोपखाने के घोड़े हिनहिना रहे थे और पैर धरती पर पटक रहे थे जबकि उनके सवार खरखरा करके उनकी खाल चमका रहे थे। चारों ओर विभिन्न भाषा-भाषी सैनिकों का शोर-शराबा, हंसी, चीखें और आदेश गूंज रहे थे।

चचा किरपू और दादा धन्न को जनरल सर्विस-वैगनों की किट तैयार करने भेजा गया था। उन्हें भरकर गाड़ी पर रखना था।

लालू को खेमे समेटने के लिए भेजा गया था, जिन्हें आर्डनैंस महकम के सुपुर्द करना था। उसने अपना काम लगभग समाप्त कर लिया था।

जब वह रस्से बांसों पर लपेटकर कपड़े तह करने लगा तो उसे पसीना आ गया। वह बैठकर उस खाली मैदान की ओर देखने लगा

जिसपर से खेमे उखाड़े गए थे। उसका मन उदास हो गया, जैसे उसे इस स्थान को छोड़ने का दुख हो जहां उसने इस धरती की नाड़ी को महसूस करना शुरू किया और जहां उसने पहले-पहल फ्रांसीसी जीवन का स्वाद चखा था।

नं० 4 कम्पनी के एक हवलदार ने उसे एक दस्ते का इंचार्ज बना दिया जिसे गाड़ी के सप्लाई वैगनों में काम करने वालों को दो दिन के लिए पका हुआ भोजन पहुंचाना था। रसोइयों को कठोर परिश्रम करना पड़ रहा था क्योंकि उन्हें दैनिक भोजन के अलावा यात्रा के लिए फालतू भोजन भी तैयार करना था। लालू उनका हाथ बंटा रहा था।

वह और दूसरे सिपाही गाय की चमड़ी के जूते पहने और चमड़े की पेटियां लगाए किचन में स्वच्छंद घूम रहे थे और बिना धोए हाथों से भोजन को छू रहे थे। लालू ने सोचा कि अगर धन्नू और किरपू को अपना धर्म बिगड़ने का कुछ और प्रमाण चाहिए तो वे यहां देख सकते हैं। लेकिन किसीको कुछ परवाह नहीं थी और लालू हैरान था कि लोग सहज में अपने पूर्वाग्रह त्याग रहे हैं। शायद यह इसलिए था कि एक अजनबी देश में भारतीय भोजन तैयार करना बहुत कठिन था; पर लालू का ख्याल था कि यह फ्रांस के 'जलवायु' का प्रभाव है।

मगर निठल्ले बैठे सोचने के लिए समय नहीं था क्योंकि खच्चर-गाड़ियों पर भोजन लद चुका था और लालू को जिस दस्ते के साथ स्टेशन जाना था वह तैयार था।

जबकि लालू एक दक्षिण भारतीय के साथ खच्चरगाड़ी में बैठकर चला तो सूरज खूब चमक रहा था। पेड़ों की तांबे के रंग की टहनियां हवा से हिल रही थीं और पीले पत्ते झड़-झड़कर धरती पर गिर रहे थे और लम्बे कारवां के खच्चर चौंक उठते थे। उसे उन नागरिकों के पास से गुज़रना विचित्र लग रहा था जो रुककर उन्हें देखते और मुस्कराते थे।

युद्ध कहां है? वह कैसे लड़ा जा रहा है और सिपाहियों को क्या करना होगा? उसके कौतूहलप्रिय मन में इस प्रकार के प्रश्न उठ रहे थे। पर उनका उत्तर नहीं था। भविष्य चूंकि भयपूर्ण था, इसलिए वह इन विचारों को उदासीनता में डुबो देना चाहता था।...मगर

विचार फिर लौट आते थे। काश, सरकार ने सेना की गतिविधि पर निस्तब्धता का यह आवरण न डाला होता जिसमें सिर्फ अफवाहों और कहानियों के लिए स्थान था?

जब वे स्टेशन पर पहुंचे तो वहां खूब चहल-पहल थी। मशक्कत ड्यूटी वाले कुछ सिपाही वैगनों में सामान फेंक रहे थे। भार उठाते समय वे खुब चिल्लाते और गालियां बकते थे और फिर हवलदार उन्हें डांटते-डपटते और गालियां देते थे। हर जगह लोगों के चलने-फिरने, कपड़ों के फड़फड़ाने, ऊंची-ऊंची बातों और निरर्थक संकेतों की घबराहट थी। पर सिपाहियों में मंत्री की एक विचित्र भावना और उष्णता की एक ऐसी चमक थी जैसे उन्हें एक-दूसरे के निकट आने का एहसास हो, क्योंकि वे अनाम और अज्ञात की ओर जा रहे थे।

भोजन का इंचार्ज हवलदार सिपाहियों की एक टोली के साथ खच्चरगाड़ियों का सामान उतरवाने आया ताकि वे दूसरे चक्कर के लिए कैम्प लौट सकें।

चूंकि लालू मित्रों से अलग पड़ गया महसूस कर रहा था, इसलिए अवकाश के इस थोड़े-से समय में वह धन्नू और किरपू की तलाश में निकला। वह इधर-उधर बिखरी हुई भीड़ में से, अपना मार्ग बनाता हुआ चला। धन्नू और किरपू की ड्यूटी आफिसर-मेस का सामान उठाने पर लगी थी। लेकिन उन्हें अपनी ही पल्टन के एक-सी वर्दी वाले सिपाहियों में ढूंढ़ना कठिन था और यहां तो सब लोग गड्डमड्ड थे।

वह लौटकर सामान उतरवाने लगा।

वह थक गया था और दूसरे चक्कर के लिए गाड़ियों के साथ कैम्प नहीं जाना चाहता था। पर वह अपने-आपको एक अपराधी-सा महसूस कर रहा था और निरुद्देश्य इधर-उधर घूमते हुए कोई बहाना सोच रहा था। इसी समय उसकी दृष्टि छोटे कद, चुंधियाई आंखों और बटन जैसी नाक वाले पल्टन के हेड क्लर्क बाबू खुशीराम पर पड़ी, जो दफ्तर की पेटियां गाड़ी में लदवा रहा था। वह उसे नमस्कार करने दौड़ा। पर बाबू इतना व्यस्त था कि उसे अभिवादन स्वीकार या अस्वीकार करने की भी फुरसत नहीं थी।

"खड़े-खड़े मेरी ओर क्या ताक रहे हो बेटा, इन सन्दूकों को उठवाने में मदद करो।" उसने लालू से कहा।

लालू एक अर्दली की मदद को आगे बढ़ा जो दस्तावेज़ों का एक सन्दूक वैगन में खड़े लोगों को पकड़ाने के लिए हांफ रहा था।

"ओह, गिरा, गिरा, कोई धन्नू की सहायता करो!" वैगन के दरवाज़े पर खड़ा हुआ किरपू चिल्लाया।

"चिन्ता न करो।" लालू बोला और उसने बूढ़े धन्नू के सिर पर से संदूक लेकर चचा किरपू के पैरों की ओर बढ़ा दिया।

धन्नू पीछे हट गया। उसका चेहरा उस बैल की भांति लालू की ओर उठा हुआ था जिसके कंधे पर से एकाएक हल का जुआ उतार लिया गया हो।

"तुम कहां हो? क्या कर रहे हो?" किरपू ने लालू को देखकर खुशी की घबराहट में पूछा।

"तुम कहां हो?" लालू ने पूछा।

"हमने तो पहले ही वहां गाड़ी में जगह रोक ली है।" धन्नू ने प्लेटफार्म की ओर संकेत करके एक बच्चे की सी निरीहता से कहा, "हमने तुम्हारे लिए जगह रख छोड़ी है।···"

"ओह, तुम बातें फिर करना, पहले काम खत्म करो।" बाबू खुशीराम ने अधीरता से कहा, "वे आखिरी तीन सन्दुक उठाओ।"

लालू ने लपककर धन्नू की मदद की। उसने समझ लिया कि उन्हें कड़ी मशक्कत से बचाने के लिए बाबू ने उन्हें यह आसान काम दिया है। और चूंकि खुशीराम ने उसे यहां हाथ बटाने को कह दिया था, इसलिए लालू ने सोचा कि चलो दूसरी ड्यूटी से बचने का बहाना मिला। अगर लोकनाथ को मालूम हो गया तो मुसीबत खड़ी हो जाएगी। पर लालू ने इधर-उधर देखा और भविष्य के सारे विचार भुलाकर काम में लग गया।

"खूब!" लालू ने जब दूसरा संदूक अपनी पीठ पर उठाया तो दादा धन्नू ने सिर्फ रस्सा थामे उसके एक ओर खड़े होकर कहा।

और जब लालू संदूक किरपू के पैरों के पास फेंककर सीधा खड़ा हुआ तो धन्नू अपनी बड़ी-बड़ी आंखों में प्रशंसा का भाव लिए उसकी ओर देख रहा था।

"बेटा, तुम बहादुर हो!" बूढ़े ने कहा।

लालू धन्नू की पीठ थपथपा कर मुस्कराया। अपने साथियों से दोबारा मिलकर वह अत्यन्त प्रसन्न था।

गाड़ी एक छोटे-से सुनसान स्टेशन पर रुक गई थी और आर्डर सुनाई पड़ रहे थे।

"उतरो बेटा, उतरो।" हवलदार लछमनसिंह ने कहा, "यह लिलेर है जहां हमें उतरना है।"

लालू ने हाथ अपने सामान की ओर बढ़ाए और बाहर देखा। वह यों झांक रहा था कि इस स्टेशन के प्लेटफार्मों में कोई वैचित्र्य खोज रहा हो जहां उनकी जल-थल की हजारों मील की यात्रा समाप्त हुई थी। उसे जैसे उम्मीद थी कि यह बुर्जों और गुम्बजों का अजीब स्टेशन होगा। लेकिन वहां तो चंद सिपाहियों के अलावा कुछ दिखाई नहीं देता था, बिलकुल सुनसान था। कुछ दूर बोझ ढोने वाले डिब्बे खड़े थे, सड़क पर एम्बूलैंस कारें थीं, जिनपर रेडक्रॉस के निशान बने थे, तारों के गठे और हथियारों के बक्से थे।

"उतरो बेटा, जल्दी करो और प्लेटफार्म पर हाज़िरी के लिए पक्तियां लगा लो।" लछमन सिंह ने कहा, "कैम्प यहां से चंद मील पर है।"

3

"69वीं राइफल्स्! कम्पनी कमाण्डर फार्वर्ड! राइट टर्न!" कर्नल ग्रीन की आवाज़ कलरव के ऊपर गूंज उठी। फिर उसने बात-चीत के लहजे में कहा, "आर्डर सबको सुना दो!"

कम्पनी कमांडरों ने आर्डर सिपाहियों तक पहुंचाया। बस अब क्या था, हलचल मच गई। सैकड़ों सिपाही इधर से उधर भागने लगे, "उल्लू! सफर ने सुस्त बना दिया।" पंक्तिबद्ध होने से पहले उन्हें हिन्दुस्तानी प्रफसरों, एन० सी० ओ० लोगों की कड़ी निगाहें सहन करनी पड़ी और गालियां खानी पड़ी।

"क्विक मार्च!"कर्नल ग्रीन चिल्लाया, "आर्डर पीछे पहुंचा दो।"

पल्टन हरकत में आई।

"लेफ्ट-राइट, लेफ्ट-राइट, लेफ्ट···!" कम्पनी कमांडर सिपाहियों में स्फूर्ति और उत्साह भरने के लिए एक यंत्र की भांति बार-बार दोहरा रहे थे।

थोड़ी ही देर में पल्टन अपने स्वभाव के अनुसार फौजी शान से कदम उठाती हुई चल रही थी। दो दिन की निष्क्रियता से जो अंग अकड़ गए थे, अब खुल चुके थे।

उस समतल मैदान में आधे मील तक देखने को और कुछ नहीं मिला। कभी-कभी मोड़ पर कोई अंग्रेज़ या फ्रांसीसी सन्तरी खड़ा मिलता था जो कर्नल को सलूट करता था। पर ज्योंही उन्होंने झोंपड़ियों के पास वाला छोटा पुल पार किया, एक मोटरसाइकल-सवार कौतूहल से देखता और मुस्कराता हुआ छोटी सड़क की ओर बढ़ गया। कोई आध मील और चलकर एक फ्रांसीसी माली नज़र आया, जो अपने तरकारियों-भरे छकड़े के आगे-आगे चल रहा था। दूसरे लोगों की तरह घूर-घूरकर देखने के बजाय बूढ़ा माली आगे टट्टू की बाग थामकर रुक गया और जब तक सारी पल्टन न गुज़र गई, सिर तनिक झुकाए भावशून्य-सा वहीं खड़ा रहा।

ठीक उस ओर से जिधर वे जा रहे थे तोपों की आवाज़ सुनाई पड़ने लगी। लालू चौंका और उसके कदम उखड़ गए, पर इससे पहले कि वह आंख झपके भयंकर विस्फोट हुआ। इसका मतलब था कि अब वे युद्ध-स्थल के निकट थे।

"जवानो, कमर कस लो!" चचा किरपू बोला, "अब हम आ "पहुंचे···"

"हां, इतने निकट तो पहुंच ही गए कि तोपों की आवाज़ सुन सकें।" दादा धन्नू ने सहमति प्रकट की और नसवार और निद्रा की दुनिया से वास्तविक दुनिया में आते हए पूछा, "ये तो यहां से कितनी दूर होंगी, किरपू?"

"अगर जंग लंडी कोतल में लड़ी जा रही है तो हम लंडी खान में हैं और पेशावर की छावनी मीलों पीछे छूट चुकी है। बस, इतना ही फासला समझो।" किरपू ने उत्तर दिया।

इसी समय इतने ज़ोर का धमाका हुआ कि पल्टन के सब लोग

सहम गए।

वे मकानों के एक झुंड के निकट पहुंच गए थे। लालू ने गाड़ी की यात्रा में जो फार्म-हाउस देखे थे, ये संख्या में उनसे अधिक और एक गांव से थोड़े थे। इन मकानों के बाहर कुछ औरतें और बच्चे और चन्द बूढ़े खेतों से कुछ चुन-चुनकर टोकरों में डाल रहे थे।

"बहुत कम लोग हैं। धरती सूनी और वीरान जान पड़ती है।" किरपू ने कहा।

"निश्चित रूप से सूनी है, उल्लू!' लालू बोला, "जंग लगी हुई है। मर्द लड़ने चले गए। जवान सब मोर्चे पर हैं। जो लोग आलू चुन रहे हैं, उनकी चाल ही यह बताती है कि वे जवान नहीं हैं···"

कुछ फ्रांसीसी सिपाहियों ने जो खाइयों में से गंदी काली मिट्टी निकाल रहे थे, एक क्षण के लिए इस विचित्र सेना की ओर देखा और फिर निर्लिप्त भाव से अपने काम में व्यस्त हो गए।

लालू को एक टूटा-फूटा गिरजा दिखाई पड़ा जिसकी छत नहीं थी और जिसकी मीनारें काई-लगी दीवारों और ध्वस्त मकानों के पास गिरी पड़ी थी। उसके इधर एक अहाता था, जिसमें विभिन्न प्रकार की गाड़ियां थीं।

"यह जंग है।" अपने-आपको यह विश्वास दिलाने के लिए कि जंग वाकई जारी है, वह बुदबुदाया। थोड़ी दूर परे कुछ देहाती एक नदी के पुल पर बैठे निर्लिप्त भाव से मछलियां पकड़ने में व्यस्त थे।

हवलदारों का आर्डर सुनकर आगे के दस्ते रुक गए थे। लगता था कि वे यहां थोड़ी देर विश्राम करके फिर आगे बढ़ेंगे।

भोजन के कनस्तर, मुरब्बे के मर्तबान, सिगरेटों की डिब्बियां और फटे हए लिफाफों से धरती पटी हुई थी। इससे विदित था कि मोर्चे पर आते-जाते सिपाही यहां आराम करते थे। पर ऐसी चीज़ें किसी भी अंग्रेज़ी छावनी की कैण्टीन के बाहर शान्तिकाल में भी देखी जा सकती थी, इसलिए ये युद्ध का निश्चित प्रमाण नहीं थीं।

तोपों की भयंकर गरज कानों में पड़ रही थी और गिरजे की टूटी हुई मीनारें आंखों के सामने थीं, फिर भी लालू की सजग चेतना

"यह स्वीकार करने को तैयार नहीं थी कि समझ-बूझवाले सामान्य स्त्री और पुरुष और फ्रांस, इंगलैंड और जर्मनी की सरकारें, जो अपने द्वारा शासित सामान्य जनता से कहीं अधिक समझदार और बुद्धिमान हैं, ऐसा युद्ध छेड़ सकती हैं, जिसमें मनुष्य मरते और मकान टूटते हैं।

जब वे घण्टा-भर आराम करके और खा-पीकर गांव से आगे बढ़े, तो उन्हें काले रंग के लम्बे-तगड़े सिपाहियों की एक पल्टन मिली। उन्होंने सफेद पगड़ियां, सफेद कमीज़ें, लाल रूमाल, लम्बी ढीली-ढाली पतलूनें और गहरी सुर्ख जुराबें पहन रखी थीं।

"हब्शी।" किसीने धीमे स्वर में कहा, जो लेफ्ट-राइट कर रहे कदमों की चाप में दब गया। इधर-उधर उत्सुक कानाफूसी हो रही थी।

"वे हमारी ही तरह, फ्रांसीसी फौज के सिपाही हैं।" हवलदार लछमनसिंह ने कहा, "कदम मिलाओ जवानो! कदम मिलाओ!"

"पर उनके बाल घुंघराले हैं और रंग काला स्याह है, हमारी तरह भूरा नहीं है।" खड़कू ने प्रतिवाद किया।

लालू ने हब्शियों के सफेद चमकदार दांतों वाले चेहरे की ओर देखा और उन्होंने भी मुस्कराकर उसका स्वागत किया। लालू घबराया, उसका रंग पीला पड़ गया और उसने नज़रें घुमा लीं। फिर सहज मुद्रा धारण करके वह सोचने लगा कि ये किस देश के वासी होंगे। वे अफ्रीकियों की तरह काले थे; पर उनके होंठ मोटे नहीं थे, और प्राकृति सामान्य थी।···

"मूर।" हवलदार लछमनसिंह कह रहा था और उसने यह कम्पनी-कमांडर से दरियाफ्त किया था।

उनकी ओर से नज़रें घुमाना लालू को अपराध जान पड़ा। उसने मार्साई के कैफे में कुछ अफ्रीकी सिपाहियों को लड़कियों से खुल्लमखुल्ला बात करते देखा था। चाहे, फ्रांसीसी अफसर इसका बुरा नहीं मानते थे, पर लालू को आश्चर्य हुआ था। कारण शायद यह था कि अंग्रेज़ों को भूरी चमड़ी वाले हिन्दुस्तानियों का गोरी मेमों की ओर देखना भी गवारा नहीं था। वह हैरान था कि फ्रांसीसियों का यह सहज और स्वच्छंद स्वभाव अंग्रेज़ों को पसन्द है। और अगर फ्रांसीसी हब्शियों को पसन्द करते हैं तो वह क्यों न करे? उसने

अपने-आपको श्रेष्ठ क्यों समझा? वह मन ही मन लज्जित हुआ। लेकिन स्कूल में वह और दूसरे विद्यार्थी डिप्टी कमिश्नर के दफ्तर में काम करनेवाले मदरासी बाबू के काले-कलूटे लड़कों का मज़ाक उड़ाया करते थे।

"तुमने मुंह ऐसा मनहूस क्यों बना रखा है?" किरपू ने पूछा।

"क्योंकि हम उल्लू हैं!" लालू ने आत्मभर्त्सना की।

"तुम वाकई उल्लू हो!" किरपू ने उसे चिढ़ाया।

"ओह, मूर्ख चचा, हमने मूर सिपाहियों के सलाम का जवाब नहीं दिया।" लालू ने अधीरता से कहा।

"वे वाकई वहशी हैं, क्या नहीं?" धन्नू बोला, "वे हिन्दू, मुसलमान या सिखों जैसे नहीं, जिनका अपना एक धर्म है!"

"कुत्ते की तरह मत भौंको।" किरपू बोला, "उनका भी धर्म है। हांगकांग के चीनी बौद्ध मत को मानते थे। हरेक जाति का एक न एक मज़हब होता है और परमात्मा एक है। काले, गोरे, भूरे — सब आदमियों की दो आंखें, दो टांगें, दो हाथ और एक सिर हैं। हम सब इस दुनिया में नंगे आए हैं और नंगे जाएंगे।"

"अच्छा, उनका भी धर्म है?" धन्नू ने धीरे से पूछा।

किरण ने इस विषय पर चर्चा बन्द कर दी। वे अपने आगे वाले लोगों की पिंडलियां देखते हुए चल रहे थे।

जब वे आर्के नाम के एक गांव के पास रुके तो अंधेरा हो चुका था। आधे फौजियों को यहां विश्राम करने का हुक्म मिला और आधे किसी दूसरे गांव को भेज दिए गए, जिसका नाम 'बन्दरपुर' जैसा था।

69वीं राइफल्स् को आर्के में ठहरना था।

उस मनहूस मैलन के—जिसमें कहीं-कहीं फार्म-हाउस थे और पेड़ों के झुंड थे जिनका रंग धुंध के कारण काला जान पड़ता था—लम्बे, नीरस मार्च के बाद सिपाहियों ने सुख की सांस ली।

जब वे गांव के छोटे, पुराने मकानों के पास वाली सड़क के दोराहे पर तिपहरी की धूप में इन्तज़ार कर रहे थे, औरतों और बच्चों के झुंड आ-आकर उन्हें ताक रहे थे।

"आओ, बच्चो आओ!" किरपू ने उन लड़के-लड़कियों से

सस्नेह कहा जो खेल छोड़कर अपने उन साथियों से जा मिले थे, जो पहले ही वहां खड़े सिपाहियों की ओर ताक रहे थे। तब किरपू ने एक नन्ही लड़की को इशारे से बुलाया। वह अपनी बड़ी बहिन से चिपट गई।

नन्ही लड़की मुंह में उंगली डाले सकुचाती-लजाती खड़ी थी।

"आ मुन्नी, एत्थे आ।" चचा किरपू ने पंजाबी बोली में बड़े लाड़ से पुकारा।

बड़ी बहन ने उसे बात करने के लिए प्रोत्साहित किया। पर वह आंखें फैलाए मुटर-मुटर पगड़ी वाले सिपाहियों की ओर देखती रही।

"आओ, बेटी आओ।" धन्नू ने पुचकारा।

पर वह अब भी संकुचित और चकित खड़ी रही।

इसपर किरपू ने आगे बढ़कर उसे अपनी बांहों में उठा लिया और भारतीय ढंग से खूब प्यार किया। इसी समय पल्टन का सेकंड कमांडर मेजर पीकॉक उधर आ निकला। किरपू विमूढ़-सा रह गया। वह डर रहा था कि कहीं साहब उसे बच्चा उठाए हुए न देख ले क्योंकि भारतीय छावनियों से अंग्रेज़ बच्चे साहबों के बंगलों के पास आया के साथ खेला करते थे और हिन्दुस्तानी सिपाहियों को उन्हें छूने की मनाही थी। हवलदारों ने यह भी कहा था कि सिपाहियों का इस देश के लोगों से सम्पर्क बढ़ाना साहबों को पसन्द नहीं है। पर मेजर साहब, जो स्वभाव का कठोर था, अब किरपू को देखकर मुस्कराया और कन्नी काटकर निकल गया ताकि सिपाही मन बहला लें।

इससे धन्नू प्रोत्साहित हुआ। उसने जेब में हाथ डालकर तांबे का एक सिक्का निकाला और लड़की को दे दिया।

"वह भारतीय सिक्के का क्या करेगी?" खड़कू बोला।

धन्नू ने दूसरी जेब से आना निकाला और बड़ी लड़की को दे दिया।

चूकिं तुम्हारे पास इससे बेहतर है ही नहीं, दोगे कहां से?" लालू ने कहा और अपनी जेब से कुछ सेंट निकालकर हवा में उछाल दिए।

बच्चे गिरते-पड़ते और एक-दूसरे को धकेलते हुए लूटने को झपटे। "ये छोटे बंदरों जैसे हैं।" किरपू ने प्यार से कहा और नन्ही

लड़की को गोद से उतार दिया।

और वह उतरते ही लूट की ओर भागी।

"वे तो ढेरों हैं।" धन्नू ने दांत निपोरकर कहा।

"मेरा ख्याल है कि ऐसे सर्द देश में गरीबों के लिए प्रेम-क्रीड़ा ही आनन्द का एकमात्र साधन है।" किरपू ने कहा।

"ओह, चाचा!" खड़कू बोला।

"चाचा को चिन्ता नहीं।" किरपू ने कहा, "चाचा का ऋषियों से प्रेम है। चाचा ऋषि है। पर हमें इस लड़ाई में जिस ढंग से इन्तज़ार करना पड़ रहा है, उससे तो ऋषि भी धैर्य खो बैठे।···" और वह हवलदार लछमनसिंह को देखकर चिल्लाया, "हवलदार! हम कहां हैं? क्या हम कभी आगे भी बढ़ेंगे?"

"आदमी काम के वक्त ही तो परखा जाता है।" लछमनसिंह ने कहा। वह पसीने से सराबोर था, "भगवान की कसम, सरकार का संगठन भी कमाल है। आओ, हम वहां गली में विश्राम करेंगे।"

फ्रांस में लालिमा के समाप्त होने पर कोई उजाला नहीं रह जाता। वे शत्रु से बचने के लिए अंधेरे और धुंध में रास्ता टटोलते हुए थक गए। उनके मस्तिष्क में युद्ध का विचार अभी तक सीमा के अभियान जैसा था, जहां भूखे कबाइली अक्सर बकरियों, भेड़ों या गायों के भेस में गांव पर धावा बोलते थे और फिर राइफलें और बारूद लूटकर पहाड़ों पर भाग जाते थे। शायद जर्मन भी उनपर अफ्रीकियों की तरह धावा बोलें। तोपों की आवाज़ से गांव मोर्चे के बहुत नज़दीक मालूम होता था।

जब वे बड़ी गली के पास एक मकान में पहुंचे जो कम्पनी नं॰ 2, प्लाटून नम्बर 1 का क्वार्टर था तो उनमें से कुछेक को भोजन बनाने में रसोइयों की सहायता करने के लिए भेज दिया गया और बाकी यों लेट गए जैसे बेहोश होकर गिरे हों।

लालू जहां गिर पड़ा था, वहीं से निश्चल और स्थिर लेटा हुआ अपनी खूनी आंखों से अंधेरे में कमरे की नीची छत की ओर देख रहा था। कमरे में घास फैली पड़ी थी।

बाहर तोपों की भयंकर आवाज़ आ रही थी और सिपाही चिल्ला रहे थे—"एक मरा! खत्म! ओह!"

अब लालू फुर्ती से भागकर बाहर निकला।

राकेट उड़ते हुए गांव में बहुत ही नीचे आ गए थे, जैसे दीवाली की रात को आतिशबाज़ी में अनारदाने होते हैं।

पनाह खोजने के बजाय सिपाही गली में जाकर तमाशा देखने लगे।

लालू को कूड़े के एक ढेर से ठोकर लगी जो मुलायम था और जिसमें से दुर्गन्ध आ रही थी।

एक एन॰ सी॰ ओ॰ की लालटेन के उजाले में ढेर दिखाई पड़ा। यह फार्म का कड़ा-करकट था और ऊपर मुर्गी के पंख बिखरे हुए थे।

"मेरे शेर, डरो मत।" एक सिख सिपाही ने कहा जो चमचमाती संगीन वाले संतरी के पास खड़ा था।

तभी 'पोप, पोप, पोप' की एक और तीखी आवाज़ सुनाई पड़ी।

जब वे एक-दूसरे का मुंह ताक रहे थे, एक भयंकर विस्फोट के साथ तोपें चलने लगीं।

वे सांस रोके सुनते रहे।

और फिर लगातार बन्दूकें चलने लगीं।

"साहब कहता है कि यहां से नज़दीक ही हमला हुआा है।" सिख सिपाही ने जानकारी जुटा ली थी।

"कितनी दूर है?" लालू ने संतरी के चेहरे पर निगाहें गड़ाकर अंग्रेज़ी में पूछा। सिख के शब्दों में वह समझ गया था कि संतरी टॉमी है।"

"सिर्फ चन्द मील।" संतरी ने बताया।

"हमारे जवान वहां पहुंच रहे हैं।"

वह जल्दी-जल्दी अस्पष्ट स्वर में बात कर रहा था और लालू को अर्थ समझने में कठिनाई हो रही थी।

"पहले कभी तोप का नाम तक नहीं सुना था।" संतरी थोड़ी देर बाद फिर बोला।

लालू उसके शब्द समझ नहीं पाया, इसलिए चुप रहा। संतरी बोला, "उम्मीद है कि जर्मनों के पास ये हैं।"

टॉमी के शब्द न समझ सकने के कारण लालू एक-दो क्षण विक्षिप्त-सा खड़ा रहा और फिर 'सलाम साहब' कहकर अपने ठिकाने की ओर चल पड़ा।

पहले उसे निश्वास नहीं था कि वह ठीक मार्ग से लौट रहा है। पर उसके दस्ते के किचन में आग जल रही थी और उसकी आंखें अंधेरे की आदी हो चुकी थीं। जब वह मकान के निकट पहुंचा तो उसने सिपाहियों को चिल्लाते, शोर मचाते और गालियां देते सुना। वही स्थिति थी जो फिरोज़पुर बैरकों में परेड के बाद सिपाहियों के किचन की ओर लपकते समय होती थी। लालू ने सोचा, आलू उबल चुके हैं और छीले जा चुके हैं।

जब उसने बाहरी भाग में प्रवेश किया जहां रसोई बनती थी तो देखा कि कुछ सिपाही भाग के पास बैठे खाना खा रहे हैं और कुछ रसोइये को इसलिए गालियां दे रहे हैं कि दाल अच्छी तरह घुली नहीं। वह अपने बर्तन लाने के लिए दौड़ा।

"तुम कहां चले गए थे, मिस्टर!" किरपू ने जो दो लैपों के प्रकाश में बैठा हुआ था, मज़ाक किया, "मैं तुम्हारा खाना यहीं ले आया था, पड़ा ठंडा हो रहा है।"

"ओह, गांव के आधे भाग में लालटेनों का उजाला है और आधे में खून बहाया जा रहा है!" लालू ने कैम्प के उल्लासमय वातावरण से चौंककर कहा। और वह भोजन करने बैठ गया।

मगर उसने मुश्किल से पहला ही ग्रास मुंह में डाला था कि हवलदार लछमनसिंह लालटेन हाथ में लिए हुए आया। उसने गली से ही चिल्लाना शुरू किया, "जवानो, हमें कल खंदकों में जाना है। कल सबके सब साढ़े सात बजे परेड के लिए गांव के चौक में जमा हों। तमाम पदों के···।"

लालू ने आर्डर सुना और अपने भीतर भयंकर भूख अनुभव की। वह चपाती के बड़े-बड़े टुकड़े तोड़कर और उन्हें दाल में भिगो-भिगोकर ग्रास के बाद ग्रास मुंह में भरने लगा। भूख के अतिरिक्त वह असाधारण रूप से शांत था और यों खा रहा था जैसे फिर कभी नहीं खाएगा।

"जवानो, अगर तुम्हारी जगह मैं होता तो जल्दी सो जाता।" किरपू बोला, "सर्दी में सुबह उठना मुश्किल है।"

जवानों को जल्द सोने के लिए उकसाने की ज़रूरत नहीं थी। वे थके हुए थे और खाना खाते ही सो गए।

गीली धरती पर अम्बर पेड़ों के जो सूखे पत्ते बिखरे पड़े थे, वे सिपाहियों के बूटों में चिपक गए। वालून कैपल को, जिसे वे

'कैपलवाला' भी कहते थे, जाने से पहले वे पंक्तियां बांधे खड़े थे।

रात को वर्षा हुई थी और आकाश पर गहरे बादल मंडरा रहे थे, जिस कारण पूर्व में अंधेरा फैला था।

सुबह की ताज़ी ठंडी हवा चल रही थी। चाहे खच्चरगाड़ियां गांव के चौक में लदी खड़ी थीं और दूसरी तैयारियां भी मुकम्मिल थीं पर चलने में अभी कुछ देर थी।

"स्क्वैड—शन!" लोकनाथ का स्वर गूंज उठा। हवलदार लछमनसिंह शायद व्यस्त था। और लोकनाथ को चाहे पल्टन नं 4 में बदल दिया गया था, पर कम्पनी नं॰ 2 में अब भी दूसरा बड़ा एन॰ सी॰ ओ॰ वही था।

लालसिंह जल्दी-जल्दी अपने स्थान पर आ खड़ा हुआ।

"स्क्वैड—शन!" लोकनाथ ने जल्दी मचाई और कहा, "जब से तुम इस देश में आए हो, तुम सीधी कतार बनाना भी भूल गए। स्क्वैड—शन! फार्म फोर!"

असम नम्बर अपने स्थान पर खड़े रहे और सम नम्बर एक कदम पीछे हट गए और फिर एक कदम दायें। पर पंक्ति ठीक नहीं बनी। "तमाम सिपाही, पंक्ति ठीक बनाओ, गधे!" लोकनाथ ने शब्द जबड़ों में चबाए, "ध्यान देने की बात है। अब हम युद्ध-क्षेत्र में हैं। हरेक आदमी को अपनी और अपनी रेजिमेंट की प्रतिष्ठा बढ़ाने के लिए तैयार होना है!"

तोप के धमाके ने लोकनाथ के प्रवचन की हत्या कर दी और धरती हिल गई। इस सुबह यह पहली भयंकर आवाज़ सुनाई पड़ी। गांव की ऊबड़-खाबड़ धरती पर पंक्तियां बनाते हुए सिपाही चौंक पड़े।

ज्योंही पल्टन आगे बढ़ी, खेतों में बने मकान अपने अस्तबलों, सूअर बाड़ों और गिरज़े के पास खड़े हुए मलबे के ढेरों के साथ पीछे छूट गए। सिपाहियों को आर्डर मिला था कि वे अपनी बन्दूकें कंधों पर लटका लें। वे अपने गम्भीर चेहरे आकाश की ओर उठाए लम्बी-लम्बी सांसें ले रहे थे। उन्होंने अपनी पूरी फौजी वर्दी में मार्च करते हुए दो-चार हास्यरस की मीठी गालियां निकाली और अपने-आपको स्वस्थ महसूस किया।

सुबह की गहरी धुंध में उन्होंने एक पुल पार किया, जिसपर एक

आलीशान गिरजे की परछाई पड़ रही थी, जो हिन्दुस्तान में साहबों के बंगले की तरह ढलवान पर बना हुआ था।

"रात को साहब यहां सोए थे।" किसीने सूचना दी।

समर्थन की आवश्यकता थी क्योंकि उसी समय सिपाहियों ने कर्नल को एड्जुटेंट और दूसरे अफसरों के साथ वहां खड़े देखा और एन॰ सी॰ ओ॰ की आवाज़ गूंज उठी, "प्राइज़ राइट!"

"वहां ओवेन साहब के पास हमारा लछमन भी है।" किरपू बोला।

"कहां?" धन्नू ने उत्सुकता जताई।

इस बड़े मकान के रहस्य को समझने के लिए लालू ने पेड़ की नंगी टहनियों और झाड़ियों में से झांककर देखा। यह गांव के ज़मींदार का मकान मालूम होता था। तो यहां भी ज़मींदार थे।

'तनिक टूटा हुआ है।' लालू ने बगली भाग में मलबा देखकर सोचा, 'यहां कोई गोला पड़ा होगा।'

"इस मकान का स्वामी जो पद में हमारे राजा के बराबर है, पेरिस नाम के शहर में रहता है।" किरपू ने जानकारी जुटाई, "उसका लड़का फौज में अफसर है और उसकी मेम और उसकी लड़की अस्पताल में नर्सों का काम करती हैं।"

किरपू की इस सर्वज्ञता ने सबको चकित कर दिया।

"यह सब तुम्हें कैसे मालूम है?" लालू ने चुनौती दी।

"तुम इसकी चिंता न करो।" किरपू ने उत्तर दिया, "हमें तो यही सन्तोष है कि इन बेटी···साहबों की रात भी आराम से नहीं बीती क्योंकि कुछेक को ज़मीन पर सोना पड़ा।"

"मेरा ख्याल है हवलदार लछमनसिंह ने तुम्हें बताया है।" लालू बोला।

"मेंढकों ने रात-भर टर्राकर मेरी नींद हराम कर दी।"

धन्नू ने अपने सामान के बोझ से हांफते हुए कहा, यद्यपि उसका पुष्ट शरीर इस तमाम सफर के लिए समर्थ जान पड़ता था।

"मेंढकों की बात छोड़ो।" खड़कू ने कहा, "एक चूहे ने मेरे पांव की अंगुली लगभग कुतर डाली···।"

भाई, सिर्फ तुम्हारे साथ ही नहीं बीती।" किरपू बोला जो हमेशा दूर की कौड़ी लाता था, "पिछली रात ऐसा तमाशा हुआ कि तुमने

कभी नहीं देखा होगा। अफसर और सिपाही—सबको मुसीबत का सामना करना पड़ा···लेकिन किसीमें भी मेरी तरह खुले में सोने का साहस नहीं था। और जो मैंने देखा, वह किसीने नहीं देखा। शत्रु की ओर से एक बड़ा गुब्बारा आकाश पर उड़ा, जिसे हमारी ओर की गोलियों ने नीचे मार गिराया···"

पर इसी क्षण वर्षा से गीले खेतों से परे क्षितिज के नीचे से तोप की गरज सुनाई पड़ी। और सिपाहियों को सांप सूंघ गया। इसके बाद दूसरा, फिर तीसरा—एक के बाद धमाका होने लगा।

"इस आवाज़ से हमें कोई चमत्कार देखने को मिलेगा।" लालू ने तनिक रुककर कहा।

"अभी नहीं बेटा!" किरपू बोल उठा, "चाहे मैंने यह उड़ती हुई अफवाह सुनी है कि आज रात को हम देवी का आलिंगन करेंगे।

चंद मील चलने के बाद उन्हें एक कस्बा दिखाई पड़ा, जहां से लगातार गोला-बारी की आवाज़ बराबर आ रही थी। यह गोलाबारी किसी विशेष दिशा के बजाय ऊपर आकाश से हो रही जान पड़ती थी।

"यह लुंड है या काकेवाला?" किरपू ने पूछा।

और जाने कम्पनी के किस भाग से उत्तर आया, "वाला कैप!"

कस्बे में पहुंचकर उन्हें रोक लिया गया और लछमनसिंह ने आर्डर पढ़कर सुनाया :

"सुनो, जवानो सुनो! फर्स्ट बटालियन कनॉट रेंजस फिरोज़पुर ब्रिगेड मोटरों द्वारा तुरंत वलवरधाम पहुंचकर जनरल एलनबी के मातहत कैवलरी कोर से जा मिलेगी। गाड़ियों के लौटने पर 69वीं राईफल्स् कर्नल ग्रीन साहब की कमांड में वलवरधाम पहुंचेगी और वहां जनरल गाफ बहादुर साहब के मातहत सेकंड केवलरी डिवीज़न से जा मिलेगी।"

"और बाकी ब्रिगेड का क्या बनेगा?" ध्यानसिंह ने पूछा।

"हम सब इकट्ठे आए हैं, क्या हम सब इकट्ठे मोर्चे पर नहीं जाएंगे?" रिखीराम ने दरियाफ्त किया।

"क्या हमें अपनी रेजिमेंट से भी अलग कर दिया जाएगा?" खड़कू बोला।

सिपाही आर्डर सुनकर घबरा गए जान पड़ते थे। "हमारी

रेजिमेंट एकसाथ रहेगी।" हवलदार लछमनसिंह ने उनकी तसल्ली के लिए कहा, "और हम सब ठीक-ठीक रहेंगे।"

पर सिपाहियों के मुंह लटक गए। उन्हें इस बात का खेद था कि उन्हें एक-दूसरे से अलग कर दिया जाएगा और शायद हरेक को अकेले ही जाना पड़े। पहले वे हमेशा इकट्ठे रहते आए थे और विशेषकर यह लम्बी यात्रा एकसाथ तय की थी। इससे उनकी कुछ ऐसी धारणा बन गई थी, जैसे सामूहिकता उनके जीवन का कोई प्राकृतिक नियम हो। अपनी निरीहता में उन्होंने समझ लिया था कि मोर्चे पर वे एक-दूसरे के पहलू-ब-पहलू लड़ेंगे।

" 'वुल्वागा' कहां है?" एक सिपाही पूछ रहा था।

"हौलदार यह जगह कहां है?" किसी दूसरे ने पूछा, "हम वहां कब तक पहुंच जाएंगे?"

"चाचा, सिर्फ गोरी पल्टन और हमारी पल्टन क्यों जा रही है?" खड़कू ने किरपू से पूछा, "इस सबका मतलब क्या है?"

"सरकार एक कुतिया है, बेटा।" किरपू बोला, "वह अपने आर्डर भूंक देती है, व्याख्या नहीं करती। मैं सिर्फ यह सोच रहा हूं कि हम ठहरेंगे कहां। यहां इस सर्दी में तो नहीं ठहर सकते···"रात मेरी आंख मुश्किल ही से झपक पाई। ये साहब साले···"

"हरामी की औलाद हैं।" खड़कू ने वाक्य पूरा किया।

"होलदार!" लालू लछमनसिंह की ओर बढ़ा, जिसे कुछ सिपाहियों ने घेर रखा था।

"जवानो, अब घबराओ नहीं।" लछमनसिंह कह रहा था, "धैर्य रखो! ज़रा-सी देर की बात है और उसके बाद हम आराम करेंगे।···"

पर सिपाहियों को तसल्ली नहीं हुई। वे कुढ़ते और बड़बड़ाते हुए वहां से हट गए।

"भाइयो, यह कोई अच्छा ढंग नहीं है। उन्हें बताना चाहिए कि हमें कहां जाना है।"

"और हम क्यों जा रहे हैं?" लालू ने इस ढंग से कहा कि उसका साथी सिपाही मज़ाक को न समझे।

उन्हें अपने सिरों पर गोले की आवाज़ सुनाई दी।

पर सिपाहियों ने बड़बड़ाना बन्द नहीं किया। "यह भी कोई बात

है! वे क्या समझते हैं, हमें यहीं घुमाते रहेंगे।" उन्हें अब व्यक्तिगत असुविधा का ध्यान अधिक था।

"मेरे बच्चो, यह तो शुरुआत है।" किरपू ने तपे हुए सिपाही की तरह कहा।

सिपाहियों ने उसकी ओर यों देखा जैसे चूज़ो का झोल अपनी मां मुर्गी की ओर देखता है।

पर एक औरत जिसने अपनी काली फ्रॉक एक मैले ऐप्रेन से छाती तक ढांप रखी थी, एक दाढ़ी वाले सिपाही को कोस रही थी, जो पानी के पम्प के पास खड़ा बच्चों से खेल रहा था और बच्चे सिपाहियों की ओर देख-देखकर मुस्करा रहे थे। उसकी गालियों की बौछार सिपाहियों की बड़बड़ाहट से ऊंची उठ गई थी और वे अपनी शिकायतें भूलकर इस गृहयुद्ध में दिलचस्पी लेने लगे क्योंकि औरत हाथ उठाए बकरी-दाढ़ी वाले मर्द को पीटने आ रही थी।

सिपाही हंसे और तटस्थ खड़े देखते रहे।

जल्द ही हवलदार लछमनसिंह आ पहुंचा और कम्पनी नं॰ 2 के सिपाहियों को अपने पीछे आने का संकेत किया।

वे अनमने-से शहर के उस दरवाज़े तक गए जहां कर्नल ग्रीन अफसरों से बात कर रहा था।

कैम्प-पार्टी के एक सदस्य ने आकर ओवेन साहब और जमादार सूबासिंह को सलूट किया। जमादार ने सिपाहियों की ओर पलटकर हुक्म दिया :

"सिपाही अब जाकर खाना खाएं और उसके बाद उन्हें कल सुबह तक ड्यूटी से छुट्टी रहेगी।"

"वाहगुरु का धन्यवाद कि हमें यह आराम मिला।" ध्यानसिंह ने कहा।

"अब जी भरकर सो सकेंगे।" रिखीराम बोला।

यह जताने के लिए कि आज के आराम का मतलब यह हर्गिज़ नहीं कि उन्हें हमेशा के लिए छुट्टी मिल गई, जमादार सूबासिंह ने कहा, "कल सुबह तक, याद रखो।"

'हे भगवान!'-'या अल्लाह!' के नारे लगने लगे।

हवलदार लछमनसिंह एक बार सूबासिंह और लोकनाथ से

सहमत हुआ क्योंकि वह भी उन्हें फटकार रहा था।

"जिन्हें घास पर सोना नसीब नहीं होता, वे भी अब चारपाइयों के सपने देख रहे हैं।

अगले दिन दोपहर बाद 69वीं राइफल्स् को बसों द्वारा, जो कनॉट गोरों को खंदकों में छोड़कर लौटी थी, वलवरधाम जाने का आर्डर हुआ।

जहां सड़क पर बसें खड़ी थीं, वहां ठण्डी तेज़ हवा चल रही थी। बंजर खेतों के विषाद की भांति हल्का नीला कोहरा झाड़ियों पर छाया हुआ था और आकाश धुंधला-धुंधला था।

सिपाही ठंड से ठिठुरते जा रहे थे और ऐसे चुप थे, जैसे अब-साद-निद्रा से ज़गे हों।

किरपू के पीछे बहुत-से आदमी दौड़कर चढ़े। बाहर की सर्दी के भय से वे भीतर दुबक गए। वे बैठे ही थे कि इंजन हरकत में आए और बसें चल पड़ी।

दूसरी पल्टन के जो सिपाही 69वीं राइफल्स को विदा करने आए थे, उनमें से कुछ हसरत-भरी दृष्टि से देख रहे थे, जबकि कुछ मुस्कराने और बनावटी हंसी हंसने का प्रयत्न कर रहे थे। ज्योंही बसें हरकत में आई सिपाहियों ने नीमदिली से अपनी-अपनी भाषा में युद्ध के नारे लगाए।

वे कस्बों की गलियों में से गुज़रकर एक घुमावदार सड़क पर चल रहे थे, जिसपर जहां-तहां कुछ मकान थे जो घास-फूंस के पीछे सूने खंडहरों-से जान पड़ते थे।

एक नदी पर बने लकड़ी के पुल को बसों ने आहिस्ता-आहिस्ता पार किया और फिर एक गिरजे के निकट से पहाड़ी पर चढ़ने लगीं।

पर सड़क शीघ्र ही नीचे सपाट खेतों में जा पहुंची। खेतों में किसानों के पैरों के निशान थे, लगता था कि वे अभी यहां से गुज़र-कर गए हैं।

ठंडी हवा उनके चेहरों पर लग रही थी। चचा किरपू उदास-सा चुप बैठा था, जबकि धन्नू अपनी वर्दी में सुकड़ गया था और लालू लगातार सिगरेटें फूंककर अपने-आपको गर्म रखने का प्रयत्न

कर रहा था।

बन्दूकों की आवाज़ अब साफ सुनाई पड़ती थी और फ्रण्ट की निकटता से वे कुछ उत्तेजना महसूस कर रहे थे।

दूर खेतों में कहीं एक तोप चली, किस दिशा में—यह कोई नहीं जानता था और उसकी अनुगूंज सुनाई दी। फिर एक दूसरी तोप चली, शायद वही तोप दोबारा चली हो पर जब उसका धमाका बन्द हुआ तो आकाश, धरती और वातावरण में कोई अंतर नहीं था। जैसे लगता था कि प्रदृश्य होने के कारण तोपों का इस दुनिया से कोई सम्बन्ध नहीं है। वे कहीं बहुत दूर किसी दूसरी दुनिया में चल रही हों।

अगली गाड़ियों से मिलने के लिए बस ने रफ्तार तेज़ कर दी और वह टूटी हुई सड़क पर झकोले खाती अज्ञात स्थान की ओर बढ़ चली।

"69वीं आ पहुंची, 69वीं!" जिस पहाड़ी के दामन में वे उतरे उसपर उगे जंगल में से किसीने उनका स्वागत किया।

जैसे गांव से बाहर कुत्ते भूंकते हैं, उन्हें कभी-कभी बन्दुक और तोप की आवाज़ सुनाई देती थी।

लालू कुछ सिपाहियों के साथ सड़क के एक ओर ऐसी जगह खड़ा था, जहां एक बड़ी तोप पत्तों और टहनियों में छिपाकर रखी हुई थी। यह एक तरह से कुछ टॉमियों की गोद में थी जो ऊपर की तरफ निशाना बांध रहे थे।

अर्दली ने जो 69वीं राइफल्स् से पहले आया था एड़ियां जोड़-कर कर्नल को सलूट किया।

एक क्षण के लिए सन्नाटा छा गया। कानाफूसी से जान पड़ता था कि स्थिति गम्भीर है।

अर्दली अफसर, जिसने कर्नल को सलूट किया था, सड़क पर यों खड़ा था जैसे तोपों और बन्दूकों की आवाज़ उसे बिलकुल सुनाई न देती हो।

लालू ने अपनी कमीज़ की पीठ पर हाथ फेरकर सलवटें निकालीं। इसके बाद बायें हाथ से बगलें ठीक की और कनखियों से इधर-उधर

देखने लगा जैसे आगे बढ़ने के लिए उत्सुक हो।

कर्नल एड्जुटेंट से बातें कर रहा था। फिर अर्दली साहब से बातें करने के लिए यों दौड़कर गया जैसे वह छावनी में कभी नहीं दौड़ा था और बात करते हुए खूब हाथ हिला रहा था। तमाम वातावरण यों अनौपचारिक और अस्त-व्यस्त जान पड़ता था जैसे नन्दपुर में बॉय-स्काउट के जलसे पर होता था। इसी समय कर्नल ने पलटकर उन्हें अपनी टूटी-फूटी हिन्दुस्तानी में सम्बोधित किया :

"तमाम सिपाही! सावधान! आधी पल्टन जनरल बिंघम के मातहत चौथी कैवलरी-ब्रिगेड से मिला दी जाएगी; दूसरी आधी जनरल चेटवुड के मातहत, पांचवीं कैवलरी ब्रिगेड से मिला दी जाएगी। खंदकों में पल्टन के दोनों भाग एक-दूसरे के निकट होंगे। पहली पांच कम्पनियां आगे बढ़ें!"

कर्नल चूंकि जल्दी-जल्दी बोल रहा था; इसलिए कोई भी आर्डर समझ नहीं पाया।

"नम्बर वन कम्पनी, फार्वर्ड!" पहली कम्पनी के कमांडर मेजर पीकॉक ने आर्डर दिया और भारी कदमों की चाप सुनाई दी।

"नम्बर टू कम्पनी, फार्वर्ड!" ओवेन साहब ने आर्डर दिया।

और लालू ने अपने-आपको कदम आगे बढ़ाते पाया।

"राइट व्हील! नो काउडिंग।"

"मार्च!"

"सिंगल फाइल!"

जब हरएक कम्पनी आगे बढ़ आई तो अर्दली अफसर ने अपनी पार्टी से एक 'रनर' को हुक्म दिया कि वह उन्हें खेतों में से मार्ग दिखाए।

सिपाही एक खंदक में उतर गए और फिर एक ऐसे स्थान पर निकले जहां कीचड़ थी और धरती में गड्ढे थे। तोपें बराबर चल रही थीं। गोली से बचने के लिए वे बिखर गए।

सड़क पर उनके पीछे पहाड़ी के किनारे एक अजीब तेज़ रोशनी उठी। यह दृश्य देखने के लिए उन्होंने आंखें ऊपर उठाईं और अपने कदमों का भी ध्यान रखा, पर इसके बावजूद बहुतों के कदम डगमगा

गए।···

"जवानो, कोई खतरा नहीं, कोई खतरा नहीं। मेरे बेटो, आगे बढ़ो!" हवलदार लछमनसिंह ने सिपाहियों को आश्वस्त किया।

सिपाही कंधे और कूल्हे हिलाते हुए आगे बढ़े।

सूखे पत्तों और मिट्टी से ढके हुए गड्ढे पर एक टॉमी शौच से निवृत्त हो रहा था और उसकी संगीन अंधेरे में चमक रही थी।

"इसका मतलब है कि सिर्फ हमीं ऐसे लोग नहीं हैं, जो धरती पर शौच से निवृत्त होते हैं।" चचा किरपू ने विशेषकर धन्नू से कहा।

सब सिपाही खिलखिलाकर हंस पड़े।

उन्होंने गड्ढा पार ही किया था कि गोलियां सनसनाती हुई उनके सिरों पर से गुज़रीं। वे एकदम धरती पर लेट गए और सिर यों बांहों में छिआ लिए जैसाकि उन्हें परेड में बताया जाता था। उन्हें तब तक लेटे रहना था जब तक गोली चलना बन्द न हो जाए।

"आवाज़ करनेवाली गोलियां उतनी खतरनाक नहीं होती जितनी कि आवाज़ न करनेवाली गोलियां होती हैं।" सूबासिंह ने रनर द्वारा दी गई सूचना आगे बढ़ा दी।

"चलो बेटा, चलो।" लछमनसिंह ने पुकारा, "टेलीफोन के तारों का ध्यान रखना और गिर न पड़ना।"

वे झिझकते-झिझकते आगे बढ़े। कुछ मुंह दबाकर हंस रहे थे; कुछ गोलियों को गालियां दे रहे थे और बाकी पीले ज़र्द पड़ गए थे।

अब तक आधी कम्पनी नं॰ 1 खंदकों में प्रवेश कर चुकी थी और दृष्टि से ओझल थी जबकि कम्पनी नं॰ 2 का पहला दस्ता खंदकों में उतर रहा था। सिपाही खंदकों में जाने के लिए एक-दूसरे के ऊपर गिरे पड़ते थे क्योंकि वे गोलियों की पहुंच से बाहर निकल जाना चाहते थे जो एक आकर्षक स्वर में सनसनाती हुई उनके सिरों पर से बराबर गुज़र रही थीं। तोपें भी बराबर चल रही थीं और अफसरों ने सिपाहियों को सिर नीचे रखने का हुक्म दिया था।

लालू को अब हर क्षण अपना अंतिम क्षण जान पड़ता था क्योंकि गोलियां सनसनाती हुई आ रही थीं। वैसे वे अदृश्य थीं, पर आवाज़ से घातक मालूम होती थीं।··· पर वह उचककर आगे बढ़ा क्योंकि

खंदक के पास कुछ आकृतियां धरती पर चित पड़ी थीं, उनके चेहरे उनकी टोपियों से ढंके हुए थे, वर्दियों पर खून के धब्बे थे, और पट्टी-बंधी टांगें लकड़ी के शहतीरों की तरह कठोर, अस्थिर और सीधी थीं।

दस्ते के अग्रदूत ने एक के मुख पर से मुस्कराते हुए टोपी उठाई और संकेत की भाषा में कहा, "खत्म!" मृतक का मुंह तांबे जैसा लाल और फैला हुआ था, जैसे क्रोध की गुर्राहट में हो। उसके दांतों पर मौत का पीलापन था और उसकी चमकदार आंखें घूर-घूरकर देख रही थीं।···

अग्रदूत ने एक शव के बूटों की ओर संकेत करते हुए ऐसी मुद्रा बनाई जैसे वह उन्हें लेना चाहता हो। फिर वह मुस्कराया और सिर हिलाकर उसने यह भाव दर्शाया कि नहीं उसे नहीं लेने हैं।

लालू ने शवों की ओर देखा और उन्हें गिना। वे आठ थे—आठ मृत, कठोर और स्थिर। जिस आदमी के मुख से अग्रदूत ने टोपी हटाई थी, वह तीस साल का जान पड़ता था। "खत्म! " लालू ने विमूढ़ भाव से दोहराया। वह दूसरे मृतकों को भी उनके मुख से आवरण उठाकर देखना चाहता था; पर यह सोचकर रुक गया कि वे सभी विरूप और विकृत होंगे। "खत्म!" उसने फिर दोहराया, इतने साल तक अपने-आपको जीने के लिए तैयार करते रहे। अब मर गए और खत्म।···"

4

जब वे आगे बढ़े तो गोलियों की बौछार ने उनका स्वागत किया।

सिपाही आदेश के अनुसार कमर झुकाकर और सिर ऊंचा करके चल रहे थे। खंदकों में टॉमी टोलियां बनाए रेत की बोरियों के पीछे खड़े थे। और वे रह-रहकर अपनी बंदूकों से गोलियां चलाते थे, अथवा वहां जो एक-आध तोप थी उसके गिर्द जमा थे।

खंदकों में, जो इतनी तंग और कम गहरी थीं कि उन्हें गड्ढे कहना ही उचित था, फिसलन थी क्योंकि आने-जाने वाले कदमों से कीचड़ गंध-गंधकर पाटे की तरह महीन हो गया था।

"अपने सिर नीचे रखो," खंदक के सारे रास्ते हवलदार लछमन-

सिंह मुड़-मुड़कर देखता और सिपाहियों को लगातार चेतावनी देता रहा।

कद्दावर हिन्दुस्तानियों के लिए खंदकें वाकई छोटी थीं।

लालू कौतूहल में भरा खंदकों में से चल रहा था और यथासम्भव हवलदार लछमनसिंह के करीब रहता था। उसे टॉमियों के चेहरे एक जैसे दिखाई पड़ रहे थे और कारतूसों की पेटियां उनके गलों में हारों की तरह पड़ी हुई थीं। उनके बीच मौजूद होने से वह सिहरन-सी महसूस कर रहा था, क्योंकि थके होने के बावजूद टॉमियों के चेहरों पर साहबीपन की शान बराबर बनी हुई थी, जिसके प्रति औपनिवेशिक सैनिकों के दिल पर आदर अंकित था।

पर ये खंदकें इतनी भद्दी और बेढंगी क्यों थीं? फिरोज़पुर परेड-ग्राउंड में नकली युद्ध के लिए जो खंदकें बनाई गई थीं, उनसे ये कितनी भिन्न थीं! शायद वे जल्दी में बनाई गई हैं।···

"हवलदार, दुश्मन यहां से कितनी दूर है?" उसने लछमनसिंह से पूछने का साहस किया।

"चलो बेटा, बढ़ते चलो। हमें अग्रदूत का साथ देना है।" हवलदार ने उत्तर दिया।

लालू निस्तब्धता में खोया हुआ चल रहा था कि एकाएक गोलियों की बौछार आई और तो दहाड़ने लगीं। वह रेत के बोरों पर से झांककर देखना चाहता था।

चलते-चलते पर गड्ढे में फिसल गया, वह इसके पास से गुज़र जाना चाहता था। अपने-आपको संतुलित करने के लिए उसने बांह एक ओर को फैलाई। तुरन्त रेत के बोरों पर गोलियों की बौछार पड़ी।

"सावधान! सावधान!" अग्रदूत क्रोध में चिल्लाया, "सिर नीचे रखो···"

लालू का मुख पीला पड़ गया और वह दौड़ा। पैर का ध्यान छोड़कर व्यर्थ बातें सोचने के लिए वह अपने-आपको कोसने लगा। और जब वह अपने हर कदम का ध्यान रखते हुए दौड़ा तो उसका शरीर तना हुआ था और दिल ज़ोर-ज़ोर से धड़क रहा था।

पर अब खंदकों में काम करनेवालों की संख्या कम होती जा रही थी। अग्रदूत ने सिपाहियों की तरह लछमनसिंह को भी बैठ

जाने का इशारा किया। जहां 69वीं राइफल्स की कम्पनी नम्बर 3 अंग्रेज़ पल्टन के दस्तों का स्थान ले रही थी, हवलदार अग्रदूत और जमादार सूबासिंह से बात करने के लिए दौड़कर वहां चला गया। लालू एक गुफा के पास बैठ गया और रेत के उन बोरों के बारे में सोचने लगा जो ऊपर दीवार पर और नीचे उसके पैरों के पास गीली धरती पर पड़े थे। तो यही वह स्थान है जहां उन्हें लड़ना है। उसने हाथ से अपने माथे का पसीना पोंछा और सिगरेट के लम्बे-लम्बे कश लगाकर रेत के बोरे में सुराख खोजने लगा ताकि शत्रु का निरीक्षण करके ठीक पोजीशन में आ जाए।

उसकी बन्दूक रेत के बोरे के सुराख से फिट थी, हवलदार लछमनसिंह, चाचा किरपू और दादा धन्नू एक-दूसरे से चंद गज़ के फासले पर थे, लालू अंधेरे में खड़ा कुछ न कुछ घटित होने का इन्तज़ार कर रहा था। उसकी गर्दन बन्दूक के कुन्दे पर झुकी हुई थी और पैर पीछे की दीवार पर टिके थे। गोली चलना एक क्षण के लिए बन्द हो गया था और लालू ने अभी तक पहला फायर भी नहीं किया था। इसका एक कारण यह था कि उसे सिर्फ शत्रु की गोली के जवाब में गोली चलाने की हिदायत थी ताकि उसे पता चले कि 'हम' भी हैं और चौकन्ने हैं। दूसरे, लालू को इस बात का भी एहसास था कि अब वह सचमुच की लड़ाई लड़ रहा है और यह सोचकर उसका दिल कांप रहा था कि उसकी गोली से कहीं सामनेवाला व्यक्ति मर न जाए। यह दूसरा विचार मानवतावाद की भावना से उत्पन्न नहीं हुआ था बल्कि वह सोच रहा था कि अगर वह शत्रु पर गोली नहीं चलाएगा तो शत्रु भी इतना भलामानस होगा कि उसे अपनी गोली का निशाना नहीं बनाएगा।

यह देखने के लिए कि शत्रु क्या कर रहा है लालू ने उस सुराख में से झांका जिसमें उसकी बन्दूक फिट थी। पर विरोधी खंदकों पर रखे रेत के बोरों के अतिरिक्त कुछ दिखाई नहीं पड़ा। फिर भी वह कौतूहलवश देखता रहा—देखता रहा ताकि शत्रु को देखे और उसकी शक्ल पहचाने। हवलदार लछमनसिंह के मातहत जो मशीनगन कम्पनी थी उन्होंने एकदम दो गोलियां दागीं। यह पहली गोलाबारी

थी और शायद उनका उद्देश्य अपने हथियारों को परखना था। इसी कारण लालू भी अपनी बन्दूक दागना चाहता था। शत्रु ने जवाबी गोली चलाई।

"ओह मूर्खों, अगर तुम्हें अपनी जान प्यारी है तो सिर नीचे रखो!" हवलदार लछमनसिंह क्रोध में चिल्लाया।

"हौलदार, हम कहां हैं?" लालू ने चिल्लाकर पूछा।

"बेटा, तुम कहीं भी हो इसकी परवाह न करो। गोली चलाओ और दुश्मन को मुंहतोड़ जवाब दो।" हवलदार ने उत्तर दिया।

"मूर्ख!" किरपू बोला, "भगवान के लिए गोली चलाओ और हमेशा तैयार रहो। तमाम फौजें अज्ञात में रहती हैं।···तुम ही कोई ऐसे जनरल नहीं हो, जो अकेला रह गया हो···"

लालू ने तंग आकर बिना निशाना साधे ही घोड़ा दबा दिया। गोली कहीं खाली स्थान पर जा गिरी।

वातावरण फिर शांत हो गया।

"यही स्पिरिट है।" लछमन ने सराहना की, "देखा, तुमने उनका भूंकना बंद कर दिया।"

लालू ने अपने को मूढ़ और अयोग्य महसूस किया। उसने ठीक निशाना साधने के लिए अपने को संभाला और बाईं आंख बन्द करके सीधा निशाना लेने का प्रयत्न किया। शत्रु-पंक्ति में उसे कोई भी दिखाई नहीं पड़ा, इसलिए वह अधीरता से प्रतीक्षा करने लगा। चंद मिनट बाद वह जर्मनों को देखते-देखते उकता गया और निशाना लगाने के लिए कोई और चीज़ देखने लगा। लेकिन रेत के बोरों के अतिरिक्त देखने को कुछ भी नहीं था···आखिर ठीक सीध में सौ गज़ के फासले पर एक टीन दिखाई पड़ा। लालू ने घोड़ा दबा दिया। असफल! पर उसने टीन को निशाना बनाने का निश्चय कर लिया। वह निशानेबाज़ी का प्रयास करने लगा।

रात होते-होते तनाव बढ़ गया। बन्दूकें बराबर चल रही थीं और रह-रहकर तोपें भी छूटती थीं जैसे दोनों एक-दूसरे को जता रहे थे कि हम सोए नहीं।

खंदक के पहले निवासियों ने दीवार में जो गुफाएं बनाई थी,

लालू उनमें से एक गुफा में सो रहा था; पर उसे नींद अच्छी तरह नहीं आ रही थी। गुफा के किनारे ठंडे और गीले थे और दम घुट रहा था।

उसने कम्बल में करवट बदली और सिकुड़ कर गठरी बन गया। वह शत्रु की एक तोप का धमाका सुन रहा था, जो बराबर चल रही थी। उसने हाथ घुटनों में दबा लिए जैसे इस तरह वे गर्म हो जाएंगे और उसने सब कुछ भुलाकर सोने का प्रयत्न किया। मगर वह सर्दी के मारे कांप रहा था और उसका दिमाग घूम रहा था।··· 'शत्रु के इरादे क्या हैं?' यह सवाल उसके मस्तिष्क में यों उठ रहा था जैसे वह जनरल या कर्नल हो और उसे अभियान की योजना स्थिर करनी हो। उसने महसूस किया कि अगर उसे लड़ाई का निर्देशन करना हो तो वह कमाल कर दिखाए। वह किसी ऐसी मशीन का आविष्कार करे, जिससे वह अपनी सेना को शत्रु के परली ओर महत्त्वपूर्ण स्थानों पर ले जाए और जर्मनों पर पीछे से आक्रमण करे। या फिर जिन हवाई जहाज़ों की चर्चा हो रही है, वह उनमें सैकड़ों-हज़ारों सिपाहियों को भरकर ले जाए, या वह 'पर अन्त में सब कुछ व्यर्थ जान पड़ा। वह सोने का प्रयत्न करने लगा।···

"ओह, बेटी···यह तो यों बरस रहा है जैसे मनहूस साल में फसल के वक्त वर्षा होती है।" चाचा किरपू की आवाज़ सुनाई पड़ी जो कहीं दीवार के पास खड़ा था।

लालू ने बूंदाबांदी की आवाज़ सुनी और एक क्षण के लिए उसने अपने-आपको मिट्टी के इस सुराख में सुरक्षित महसूस किया। पर दूसरे ही क्षण उसे किरपू, धन्नू और लछमनसिंह का खयाल आया, जो इतने समवेदनशील थे कि जब उसे थका हरा देखा तो फौरन यहां सुला दिया। उसने सोचा कि मैं भी उठकर उनके साथ जा मिलूं क्योंकि यहां पड़े रहने में भी कोई आराम नहीं है। वह चाहता था कि उनमें से कोई यहां आकर लेटे और इस ठंडे सीले सुराख में सोकर देख ले। इन विचारों से ऊबकर उसने कोई अच्छी बात सोचने का प्रयत्न किया। वह एक के बाद एक घटना याद कर रहा था और विचारों की सुखदायक गाड़ी में चढ़ जाना चाहता था, जब··· उसने महसूस किया कि पानी की एक धार उसके चेहरे और नाक पर गिर रही है।

"ओह, यह बहन··· वर्षा!" उसने चिढ़कर गाली दी।

पर यह सोचकर कि पानी सुराख के मुंह से होता हुआ छत पर आया है, उसने सिर और अधिक छाती में मोड़ लिया और जितना अधिक सम्भव था सुराख के भीतर की ओर सिकुड़ गया।

पर ज्योंही वह सिकुड़ा उसे अपने गीले कपड़ों का स्पर्श बर्फ जैसा ठंडा महसूस हया। उसने कोहनियों के बल उठकर हाथ से छाती टटोली और देखा कि उसकी जाकेट कीचड़ में लिथड़ गई है और उससे पानी चू रहा है। वह गहरी सांस छोड़कर बाहर निकल पाया।

"मर गई!" उसने गुफा से निकलते हुए कहा, क्योंकि उसमें प्रकृति पर नाराज़ होने का भी सामर्थ्य नहीं था। और उसने वर्दी के उस भाग को, जो उसके शरीर से चिपट गया था, अलग करने के लिए हाथ डाला।

"हमपर सावन के बादल की तरह चढ़ते मत आओ, मिट्टी और गारे में सने हुए हो!" चचा किरपू ने खांसते हुए कहा। वह बैठा अपने घुटनों की पट्टियों में से पानी निचोड़ रहा था और उसकी बन्दूक ओट में सुरक्षित पड़ी थी।

अपने साथियों से कोई सहानुभूति न पाकर लालू मशीनगन के घोंसले में चला गया। हवलदार लछमनसिंह के सिर के पास पानी की नदी बह रही थी और दूसरे सिपाही यों ढेर बने बैठे थे जैसे बरसात में भिखारी बैठते हैं।

"हौलदार! हौलदार!" किसीने पुकारा, "अजीटन साहब···"

इससे पहले कोई सिपाही जहां तक खंदक की परिस्थिति में सम्भव था, सादर सलूट करता ओवेन साहब और सूबा कीचड़ और पानी में मार्ग बनाते हुए आ पहुंचे।

"लछमनसिंह," ओवेन साहब ने अपनी टूटी-फूटी हिन्दुस्तानी में घबराहट के स्वर में कहा, "डुश्मन बाई टरफ से जहां हम खंडक में डाखिल हुआ था हमला बोलेगा। अगर जरूरट पड़ा टो पीछे हटने-वाले सिपाहियों की जगह लेने के लिए तैयार रहना।"

लछमनसिंह के आर्डर दोहराने से पहले ही किरपू और धन्नू रक्षा के लिए चौकन्ने हो गए।

लालू अपने स्थान पर लौट गया। उसका अंग-अंग दर्द कर रहा

था। वह बुदबुदाया, "सोओ या जागो, तुम्हारी मर्ज़ी है।

मेंह बराबर बरस रहा था और जहां तोपें चल रही थीं, खंदकों के उस भाग पर गहरा धुआं छाया था।

"हुज़ूर, दुश्मन के मुकाबले में हमारी स्थिति क्या है वह कहां हमला कर रहा है?" लछमनसिंह ने एड्जुटेंट से पूछा।

एक तेज़ गोली दीवार पर से गुज़री जैसे यह हवलदार के प्रश्न का उत्तर हो।

"हमारी स्थिति!" ओवेन साहब ने मुस्कराते हुए कहा और फिर सहज भाव से, जो दूसरे साहबों के अधिकारपूर्ण ढंग से भिन्न था, उसने स्थिति समझाना शुरू किया।

"हम लोग और डोगरा कम्पनी, विस्टेशेट और मेसीने के बीच हैं। अफीदी कम्पनी बहुट डूर ओसटावर्न नाम की जगह के पास खंडकों में है। और डूसरी कम्पनियां थोड़े-थोड़े फासले पर उनके बीच बिखरी हुई हैं। डुश्मन हमारी उस लाइन पर हमला करनेवाला है जो ग्यारह मील लम्बी पहाड़ी पर है। ईप्रे कस्बे का बड़ा रास्ता हमारे कब्ज़े में है। कई डिन से कभी उनका नुकसान और हमारा फायडा और कभी हमारा नुकसान और उनका फायडा होटा है···"

बाई ओर होनेवाले तोपों के लगातार धमाकों और समझ में न आनेवाले कठिन नामों के कारण साहब के शब्दों का कुछ भी अर्थ पल्ले नहीं पड़ रहा था। शायद किरपू ही कुछ समझ पाया क्योंकि उसने हंसते हुए टिप्पणी की :

"तब साहब, हम बहादुर शेर दुश्मन को रोकने के लिए ठीक समय पर पहुंचे हैं···"

ओवेन साहब हंसे। विनोदप्रिय होने के नाते चचा किरपू इतना विख्यात था कि उसकी आवाज़ सुनते ही हंसने का मूड बन जाता था।

"हुज़ूर!" जमादार सूबासिंह ने वहीं से पुकारा जहां वह खड़कू और हनुमंतसिंह से बातें कर रहा था, "कर्नल साहब का एक अर्दली आया है···"

कैप्टन ओवेन ने अपने स्थान पर खड़े-खड़े कंधे हिलाए, मुस्कराया और फिर सलाम करके पीछे हट गया।

सिपाही अंधेरे में ओझल हो रही उसकी प्राकृति को देख रहे थे

और सोच रहे थे कि कर्नल क्या चाहता है।

कुछ देर वे हमले की प्रतीक्षा करते हुए विमूढ़-से खड़े रहे।

तब दायें किनारे तोपों का शोर कुछ कम हो गया लेकिन बन्दूकें अब भी गोलियों की वर्षा कर रही थीं।

एक सिपाही ने हवलदार लछमनसिंह के पास आकर कहा, "अजीटन साहब का आदेश है कि दुश्मन ने शायद हमले का खयाल छोड़ दिया; पर तमाम लोग सतर्क रहें।"

रात ने प्रभात में आंखें खोली तो वे गहरी लाल, सूजी हुई और थकन से बोझिल थीं।

टांगें तिरछी-आड़ी, टांगें खन्दक की पूरी लम्बाई में फैली हुई, टांगें दीवार के सहारे ऊपर उठी हुईं, टांगें मुड़कर गठरी बनी हुई; टांगें, टांगें, टांगें—सिपाही सिर्फ टांगें ही दिखाई देते थे। सर्दी से बचने के लिए वे अपने कोटों और कंबलों में लिपटे हुए बैठे थे और उनके चन्द साथी अपनी बंदूकों के पीछे लिसलिसी मिट्टी में खड़े थे। उनके सिरों के ऊपर गोलियों की आवाज़ बराबर सुनाई दे रही थी।

लालू दुबका बैठा था। वह कभी ऊंघ जाता और कभी अपने बूटों पर जमी कीचड़ की तहों की बात सोचने लगता। बूटों में उसे अपने पैर जम गए जान पड़ते थे। पर यह तो कुछ भी नहीं था, गीली पट्टियों के नीचे उसकी पिंडलियां सिकुड़कर लकड़ी बन गई थी और दाई टांग यों सो गई थी जैसे उसे लकवा मार गया हो। उसे भूख महसूस हुई फिर भी वह चाहता था कि भोजन के बजाय सेंकने को थोड़ी-सी आग होती।

"क्या हम किसी तरह की आग नहीं जला सकते?" लालू ने कहा।

"हम जला सकते हैं। पर एक ही अड़चन है और वह यहां कि आग और पानी में दुश्मनी है।" किरपू ने नीरस भाव से कहा। फिर उसने जम्हाई ली और उसके मुंह से 'ईश्वर! तेरा धन्यवाद' निकला।

"जवानो, तब तुम जाग रहे हो?" उस गुफा से दादा धन्नू की आवाज़ आई, जिसमें पहले लालू सो गया था। आवाज़ के साथ ही वह आप भी बाहर निकल आया। वह अपने कंबल के बोझ तले झुका हुआ था, जो उसने अपने शरीर पर यों लपेट रखा था कि वह हिमालय का बड़ा काला रीछ दिखाई देता था। उत्तर की प्रतीक्षा किए बिना

ही वह किरपू की टांगों से टकराकर और पानी के गड्ढे में छप्-छप् करता हुआ उधर चला, जिधर हवलदार लछमनसिंह के होने की सम्भावना थी, पर वह वहां नहीं था। प्रत्यक्ष था कि धन्नू गुफा में घुसकर गहरी नींद सोया और अब भी वह चलते हुए ऊंघ रहा था।

"मूर्ख! गीदड़! पाजी!" किरपू बड़बड़ाया।

दादा धन्नू हठात् ठहर गया और उसने अपनी चपटी नाक और चुंधियाई आंखों वाला चेहरा उठाकर पूछा, "लछमन कहां है?"

एक क्षण के लिए किसीने कोई उत्तर नहीं दिया और कमर झुकाए खड़ा धन्नू अपनी गम्भीरता और ठोस मुखमुद्रा के बावजूद एक हास्यास्पद दृश्य प्रस्तुत कर रहा था।

तब लालू ने, जो अपना पैर मसल रहा था, पूछा, "तुम हवलदार को किसलिए पूछ रहे हो?"

"मैं यह मालूम करना चाहता हूं कि शौच कहां जाऊं।" धन्नू ने जनेऊ अपने कान के गिर्द लपेटते हुए उत्तर दिया, "मैं क्या करूं?"

"खा लो!" किरपू बोला।

दादा धन्नू शौच आदि के सिलसिले में बड़ा नियमपरायण था और निश्चित रूप से परिहास का पात्र बनता था। सिपाही उसपर हंसने लगे।

"मेरा खयाल है कि हवलदार लाइन के पार स्थिति देखने गया है।" लालू बोला।

इसपर हवलदार लछमनसिंह को लाइन की तरफ देखने धन्नू लगभग भाग खड़ा हुआ। खड़कू, हनुमन्तसिंह, रिखीराम और ध्यानसिंह जो अपनी राइफलों के पास खड़े थे, उसे गालियां देने लगे, क्योंकि धन्नू उनकी टांगों से टकराता हुआ गुज़रा।

"उसे ज़ोर का दबाव होगा, वरना वह गुफा से कभी न निकलता।" किरपू बोला।

"पर वह वहां सोया कैसे?" लालू ने कहा, "उसमें तो पिछली रात पानी भर गया था। मैं इसीलिए बाहर आया।"।

"हरामी ने हाथों से पानी निकाल दिया होगा।" किरपू ने बताया, "आदमी जब तक भीग नहीं गया उसने घर नहीं बनाया और जब तक सिर नहीं टकराया उसने झुकना नहीं सीखा और अब

मुझे भी सीख मिली है। मुझे भी अपने लिए कहीं न कहीं सोने को स्थान साफ करना होगा। अगर हम जीना चाहते हैं तो सिर्फ यही एक उपाय है ···"

"लछमनसिंह वहां है।" लालू ने उत्सुकता से कहा।

"आर्डर क्या है?" किरपू ने मज़ाक किया।

"जवानो, तुम सो सकते हो। आक्रमण को पिछली रात लाइन से परे हटा दिया है।" लछमनसिंह ने सूचित किया।

"अब हम सोने के लिए गुफाएं खोद सकते हैं।"

"सोएं कहां? पानी पर?" लालू ने पूछा।

अब दिन निकल आया है। हम आज रात के लिए इन्तज़ाम कर सकते हैं।" लछमन बोला, "हम कुछ और गुफाएं खोदेंगे। लाइन के उस पार वे भी गुफाएं खोद रहे हैं। तीसरा रास्ता खुशकिस्मत है। उन्हें खंदक के सामने एक छाया हुआ रास्ता मिल गया, उसमें से वे ज़रूरत के समय टूटी हुई झोंपड़ियों में जा सकते हैं। चिकनी मिट्टी की दीवारों में उन्होंने गुफाएं बना ली हैं, जिनमें वे रात-भर बारी-बारी सोते रहे। तुम भी कुछ खोद लो। आज रात तुम्हें भी पूरी नींद सो लेना चाहिए। जल्द ही दूसरा हमला होगा और हम पठान कम्पनी से पीछे नहीं रहेंगे।"

"उन्होंने क्या किया है?" किरपू ने पछा।

"बहादूरी," लछमन बोला, "वाह, क्या बहादूरी हैं! सिपाही उसमानखां को बंदूक की गोली लगी, दोबारा फिर गोली लगी; पर वह डटा खड़ा रहा। कारतूस से उसकी दोनों टांगों का काफी मांस उड़ गया और उसे उठाकर ले जाना पड़ा। कर्नल साहब ने उसके लिए मैडल की सिफारिश की है।"

"वह उसे···पर टांग ले। मैडल लगाने के लिए शरीर तो रहा नहीं।" किरपू ने एक भद्दे शब्द का प्रयोग किया।

"हौलदार, यह क्या!" लालू ने पूछा।

"इसे 'पेरिस्कोप' कहते हैं, बेटा।" लछमन ने उत्तर दिया, "तुम इसे ऊपर हवा में उठाकर और नीचे पेंदे पर झांककर इर्द-गिर्द की सब चीज़ें देख सकते हो।"

जैसे बच्चा खिलौनों की ओर आकर्षित होता है लालू अपने बूट

पट्टियां और जुराबें वहीं छोड़कर यंत्र की ओर लपका।

"तुम सर्दी से मर जाओगे।" किरपू ने चेतावनी दी।

पर लालू ने पेरिस्कोप ले लिया और उसे ऊपर उठाकर पेंदे पर झांकना शुरू किया। यंत्र को हिला-डुलाकर उसने दृष्टि को संतुलित किया और अंत में वह खिल खिलाकर हंस पड़ा।

"क्या तुम पागल हो गए हो!" चचा किरपू ने कहा।

पर लालू ने बच्चे की तरह हंसते हुए दांत निपोर दिए।

"ओह, बात क्या है?" किरपू फिर बोला और वह लालू के हाथ से यंत्र झपट लेने को उठ खड़ा हुआ। "दादा धन्नू को देखो।" लालू बोला, "वह भय से पीला पड़ गया है। और शौच बैठे-बैठे भगवान का नाम जप रहा है।"

"मूर्ख, अहमक! उसे बुला लो और बन्दर की तरह दांत मत निकालो।" किरपू ने कहा, "उसे बुलाओ, वरना पेट में गोली लगी तो वहीं ढेर हो जाएगा।"

उसने लालू से यंत्र ले लिया और आंख से लगाकर खुद देखने का प्रयत्न करने लगा।

लालू अपने स्थान पर लौट आया। उसने पैरों से कीचड़ पोंछ-कर कोट पहना और अपने सामान में जुराबों का नया जोड़ा खोजने लगा।

"चाचा, तुम जवानों का खयाल रखना।" हवलदार लछमनसिंह बोला, "मैं चलकर राशन का पता करूं।" और वह खंदक के कीचड़ में छप्-छप् करता हुआ चला। घास के तिनके उसके बूटों से चिपक रहे थे।

लालू इस बात से बच्चों की तरह खुश हो रहा था कि हवलदार पेरिस्कोप साथ नहीं ले गया। और ज्योंही हवलदार सड़क से आगे बढ़ा, लालू ने लपककर यंत्र चचा के हाथ से ले लिया। किरपू ने पेरिस्कोप बिना किसी विरोध के लालू को दे दिया, जैसे उसे अपने गिर्द की दुनिया देखने का कोई शौक नहीं हो। वह तोपखाने में अपनी जगह पर आ बैठा।

लालू ने यंत्र आंख से लगाकर पास-पास की दुनिया का सर्वेक्षण शुरू किया।

खंदकों के पीछे ढलवान में धुंधले आकाश के नीचे टूटी-फूटी झोंपड़ियां दिखाई पड़ती थीं। परे विस्तृत मैदान था, जिसमें गोलों के गड्ढे पानी से भर गए थे, कुछ पेड़ टूटे पड़े थे और फिर पुरानी पेटियां, कारतूसों के बक्से, कागज़, टहनियां, फटी हुई बोरियां और तारों के गुच्छे इधर-उधर बिखरे हुए थे।

उसने गर्दन तनिक ऊंची की और तनिक परे देखने के लिए पेरिस्कोप ऊपर उठाया।

लेकिन काले, गीले खेतों के अतिरिक्त, जिनमें टूटे हुए घर और गोलों के गड्ढे थे, कहीं एक प्राणी भी नज़र नहीं आया। सहसा उसे अपने ऊपर तीखी चीख सुनाई पड़ी और उसने सिर झुका लिया। पहाड़ी के ढलवान के पीछे उसने एक सफेद गिरजे को दुश्मन की तोपों की बाढ़ में चमकते देखा।

लालू ने घबराकर इधर-उधर देखा कि कहीं कोई अफसर तो निकट नहीं है। फिर वह आड़ में हो गया, जहां से वह अपने गत रात के विचार को दृढ़ करने के लिए खेत का पूरा दृश्य देख सके। उसने देखा कि उनकी अपनी फ्रंट-लाइन टेढ़ी-मेढ़ी थी, जो जर्मन खंदकों से दो सौ से चार सौ गज के फासले पर थी और कुछ दूसरे स्थानों पर अनधिकृत भूमि से सिर्फ बीस गज़ थी। और अनधिकृत भूमि की सीमा तारों की बाढ़ से निर्धारित की गई थी, जिसपर चिथड़े लटक रहे थे।

उसी समय एक जर्मन टोपी एक झाड़ी के ऊपर पड़ी दिखाई दी। उसने सोचा, अगर यह टोपी हाथ लगे तो यह एक अच्छा विजय-चिह्न होगा। पर यह विचार उसके मन में आया ही था कि उसने टोपी के निकट एक शव को निश्चल और शिथिल लेटे देखा।···और निकट से देखने के लिए वह पंजों के बल खड़ा हो गया। निश्चित रूप से यह एक शव था।···और उस लावारिस भूमि में दो और भी शव पड़े थे।

“ओह, मूर्ख, बैठ जाओ !” किरपू ने कहा।

“उन अभागों को देखो।” धन्नू ने खंदक में आते हुए कहा, “चार नम्बर कम्पनी के बारह मुसलमान जन्नत सिधार गए।”

“अगर पैगम्बर ने सही कहा है तो उन्हें वहां हूरें मिलेंगी।” किरपू

ने कहा। वह गम्भीर मुद्रा धारण किए था।

लालू छप्-छप् करता धन्नू के पास से गुज़रा और देखने के लिए उसने गर्दन आगे बढ़ाई। उसका कौतूहल फिर भी शान्त नहीं हुआ, इसलिए गर्दन और आगे बढ़ाई। पर गोलियों की एक बाढ़ उसके सिर पर से गुज़र गई।

"ओह, बैठ जा। तू हम सबको मरवाएगा।" चचा किरपू ने कहा।

लालू बैठ गया। उसका रंग पीला पड़ गया था।

बन्दूकें और तोपें तेज़ी से चलने लगीं।

"तूने भिड़ों का छत्ता छेड़ दिया है।" क़िरपू बोला, "और मैं शौच के लिए बाहर जाना चाहता था···"

"आधा दिन बीत गया और संतू रसोइए का कहीं पता नहीं।" किरपू ने शिकायत की, "और लछमन को क्या हो गया?"

"बहुत देर हुई वह राशन के लिए गया था।" लालू ने अपनी बन्दुक के पीछे खड़े-खड़े रुंधे स्वर में कहा।

"वह एक अफसर है और उसे आठ प्याले दूध पीने और सोलह रोटियां खाने की इजाज़त है।" किरपू ने परिहास किया, "उसकी मौत का कोई गम नहीं क्योंकि भूख भाग जाएगी।"

"ऐसे मनहूस मज़ाक मत करो।" ऊपर से ध्यानसिंह बोला।

"उसके मरते ही तूफान आ जाएगा।" लालू ने एक अधजली फ्रांसीसी सिगरेट दूर फेंकते हुए कहा।

"मैं चाहता हूं कि वह जल्द लौट आए। मुझे बड़ी चिन्ता हो रही है।" खड़कू बोला।

"भूखे पेट से आधी सिगरेट ही गनीमत है।" धन्नू ने लालू की फेंकी हुई सिगरेट कीचड़ से उठाई और उसे जलता रखने के लिए कश खींचकर कहा।

"अगर तुम सोचते हो कि हमने कल दोपहर से कुछ नहीं खाया।" रिखीराम ने कर्कश स्वर में कहा, "वे क्या सोच रहे होंगे; सूबेदार-मेजर का यह नौजवान लौंडा एक ही गधा है जो हमें अफसर के रूप में मिला है। उसने तो बाप के पास पेट भरकर खा लिया होगा और

हम यहां भूखों मर रहे हैं।"

"बच्चा सक्का ने भी ढाई दिन राज किया था।" किरपू बोला। "मुझे इससे क्या कि कौन राजा और कौन रानी है!" मोटे ध्यान सिंह ने कहा, "मैं यह जानना चाहता हूं कि अब तक भोजन क्यों नहीं आया। ये सब अफसर किस मर्ज़ की दवा हैं?"

"शायद राशन-पार्टी पर रास्ते ही में गोलाबारी हुई हो।" लालू बोला, "यहां तक पहुंचना भी तो सहज नहीं। खंदकों के पीछे वाली सड़क दुश्मन के गोलों की ज़द में हो सकती है।"

"ओह, ऐसी बातें मत करो।" धन्नू ने चिन्ता व्यक्त की।

"अगर वे हमारी राशन-पार्टी को सड़क पार करने से रोकते हैं तो हम भी उनकी खुराक उन तक नहीं पहुंचने देंगे।" किरपू ने कहा, "और दोनों फौजें खाली पेट जंग जारी नहीं रख सकेंगी···"

"उन्हें चचा किरपू को अफसर बना देना चाहिए।" लालू ने परिहास किया।

"तब वह भी दूसरे अफसरों जैसा बन जाएगा।" धन्नू बोला, "वह भी हमसे भोजन के लिए इन्तज़ार कराएगा।"

"मैं अपने उस रसोइए संतू की देखते ही हत्या कर दूंगा।" किरपू बोला, "कल वह मुझसे पूछ रहा था कि क्या उसे यहां आने के लिए मैडल मिलेगा? जब वह मुझे मिलेगा तो मैं उसे मैडल दूंगा।"

इसी समय हवलदार लछमनसिंह के पीछे-पीछे रसोइया और मशक्कत ड्यूटी वाले दो आदमी आते दिखाई दिए। वे हांफ रहे थे क्योंकि उन्होंने दाल से भरे दो कनस्तर और चपातियों का एक टोकरा उठा रखा था। वे बैठ गए और उन्होंने अपने चेहरे और गर्दन का पसीना अपनी आस्तीनों से पोंछा। कम्पनी के सिपाही उनके गिर्द आ जमा हुए।

"तो आप आ गए।" एक सिपाही ने खंदक में अपनी निरीक्षण की चौकी से लौटते हुए कहा।

"खाने को क्या लाए हो?" एक दूसरे ने पूछा।

"मसूर की दाल···" ब्राह्मण के बेटे संतू रसोइए ने कहा।

"बस, दाल ही दाल!" खड़कू ने देखने के लिए लपककर कहा।

"महाराज, यहां आग जलाना ही मुश्किल है।" संतू बोला, "और यह हमारा पहला दिन है, अभी तो हम तन्दूर भी नहीं बना पाए।···और तमाम राशन भी नहीं खुला···"

"जब पल्टन पेशावर से फिरोज़पुर गई थी तब भी ऐसा ही हुआ था।" राशन-पार्टी के एक सिपाही ने व्याख्या की, "वहां कम से कम पहली पल्टन किचन तो छोड़ गई थी और हमें सिर्फ दो दिन परेशानी उठानी पड़ी थी···"

"हुज़ूर, कहीं कोई किचन नहीं है।" संतू ने गिड़गिड़ाते हुए कहा, "हुज़ूर, हम गाड़ी पर थे या सड़कों पर थे। मैं भी तो आप ही के साथ आया हूं। फिर मुझे यहां पहुंचने के बाद तमाम कम्पनी के लिए खाना तैयार करना था। मुझपर दया करो। इस बार मुझे क्षमा कर दो, सरकार!"

"संतू, तुम्हारा कोई दोष नहीं, कोई दोष नहीं।" हवलदार लछमनसिंह ने तसल्ली दी।

"ठीक है महाराज, मेरा जीना भी कोई जीना है!" इस सहानुभूति से संतू की आंखें भर आईं, "इससे बेहतर था कि मैं भी वर्दी पहनकर यहां खंदकों में लड़ता, हुज़ूर!"

"और विक्टोरिया क्रास हासिल करता, हरामी कहीं का!" किरपू ने कहा।

"हौलदार, सब बातें ही बातें हैं!"

"मुझे क्षमा करो, मुझपर दया करो—यह इसका तकियाकलाम है।" रिखीराम ने कहा।

"ज़रा दाल तो देखो!" खड़कू बोला।

"और चपातियां भी तो आधी कच्ची हैं।" ध्यानसिंह बोला, "पेट में तीन साल तक दर्द रहेगा···"

"तुम जो इस तरह की बातें करते हो, तुम्हें ज़रूर पेट दर्द होना चाहिए।" लालू ने प्रतिवाद किया।

"लो जवानो, खाओ।" लछमन ने स्नेहसिक्त स्वर में कहा, "संतू बेटा, इन्हें भोजन परोस दो। ये भूखे हैं। मैं तुम्हें इनाम दिलवाऊंगा।"

संतू ने अपनी मुसीबतों का रोना रोते हुए भोजन परोसना शुरू

किया। सिपाही उसे चिढ़ाते रहे और उसके हाथ से कलछी छीनकर आप ही दाल लेने लगे।

सिपाही परे हट गए, या खड़े रहे या बैठ गए, वे भूखे जंगली पशुओं की तरह बड़े-बड़े ग्रास निगल रहे थे, और साथ ही एक-दूसरे को गुर्राते और रसोइए पर हंसते भी जाते थे जो अपने सिर पर गोलियों की सनसनाहट से कांप रहा था।

खाने के बाद कुछ सिपाहियों ने रात की नींद पूरी करनी चाही। कुछ सिपाही अपनी गीली सिगरेटों पर लगातार दियासलाइयां फूंक रहे थे। बाकी को खंदकों में संतरी के तौर पर ड्यूटी पर जाना था या अपनी जगह खड़े रहना था···

बंदूकें बराबर चल रही थीं और गोलियां असाधारण शक्ति से धुंधले आकाश को चीरती हुई आ रही थीं।

जब लालू पहरे पर खड़ा था तो एक अज्ञात भय का डर व्यामोह की नाईं उसके समस्त शरीर में फैल गया। यह अदृश्य मृत्यु का डर था। वह पहल बदलकर बुदबुदाया—"मैं डरता नहीं हूं।" और कायरता पर विजय पा लेने के निश्चय से उसने पैर कीचड़ पर पटका।···

"अपनी गली में कुत्ता भी शेर होता है।" चचा किरपू ने लालू के शब्द सुनकर आंखें खोली। वह, अपनी बन्दूक पर झुका हुआ ऊंघ गया था। धन्नू ने अपने-आपको गर्म रखने के लिए साफे का सिरा मुंह पर लपेट लिया था। हालांकि वह पेटी बांधे कारतूसों के बक्सों पर लुढ़क गया था तो भी बेफिक्री से गहरी नींद सो रहा था।

"ऐसा कुत्ता कहां है जो भूंकता या चिल्लाता नहीं।" लालू बोला।

"देखो, देखो, तुम सरकार के संतरी हो, चौकन्ने रहो।" किरपू ने सहसा आकाश की ओर इशारा करते हुए कहा।

पर इससे पहले कि चाचा के मुंह से शब्द निकलते जितने भी संतरी थे सबने बन्दूकें तानकर ऊपर को गोलियां छोड़ी। सिपाही जो बगलों में या कोट की आस्तीनों में हाथ छिपाए सो रहे थे, उठ बैठे और हाथ ऊपर को उठाकर चिल्लाए :

"ओह कयामत !"

लालू ने भी अनायास गोली चला दी।

पर हवाई जहाज़ बहुत ऊंचा उड़ रहा था और गोली की ज़द से बाहर था।

कम्पनी के सिपाही आंखें फैलाए लोहे के इस पक्षी को उड़ते देख रहे थे जबकि लाइन के पीछे से विमान-भेदी तोपें उसे गिराने का प्रयत्न कर रही थीं। कुछ सिपाहियों ने हवाई जहाज़ पहली बार देखा था। पर वे अधिक समय तक नहीं देख पाए क्योंकि जर्मन खंदकों से उनपर गोलियां चलना शुरू हो गई और हवलदारों ने उन्हें सिर नीचे कर लेने की चेतावनी दी।

"मेरे काठ के उल्लुओ, उधर देखो।" किरपू ने कहा।

योंही उन्होंने नज़रें ऊपर उठाई तो देखा कि हवाई जहाज़ कलाबाज़ियां खा रहा है और आखिर उसने चक्कर काटा और चंद मील के फासले पर नाक के बल गिर पड़ा। शायद उसे तोप का गोला लगा था। फिर बायें किनारे से कनॉट रेंजर्स के कहकहे सुनाई पड़े। यह सुनकर सिपाहियों ने अपने-अपने मज़हब के नारे लगाए और गालियां भी दी।

"कैसर का पक्षी पंखों में घायल हो गया।" लालू ने धन्नू से कहा।

धन्नू ने एक क्षण के लिए कोई उत्तर नहीं दिया। फिर उसके मन में दया आई और उसने अपने विश्वास की रक्षा के लिए कहा, "बेटा, उन गरीब आदमियों के बारे में सोचो जो इस जहाज़ में थे। ये भी अपनी मांओं के बेटे थे!"

"जवानो, कुछ काम करने के लिए तैयार हो जाओ।" हवलदार लछमनसिंह ने आदेश दिया, "हम इन खंदकों को गहरा कर लें ताकि जब भी तुम आकाश की ओर देखो तुम्हारे सिरों को गोलियों का खतरा न रहे। आक्रमण की सम्भावना है। दुश्मन का निशाना साफ और भयंकर है। बम की कतरनों का प्रभाव कम करने के लिए हमें कुछ गलियारे और कुछ श्रवण-स्थान बनाने हैं ताकि हम वहां संतरी खड़े कर दें और वे रात के सम्भावित आक्रमण के बारे में हमें सुचित कर दें।"

"ग़लियारे क्या होते हैं, हौलदार?" खड़कू ने पूछा।

"आओ, मैं तुम्हें दिखलाऊं।" लछमन ने उसे कान से पकड़कर परिहास में खींचते हुए कहा।

आक्रमण उस रात भी नहीं हुआ।

वह अगले दिन और अगली रात भी नहीं हुआ बल्कि कई दिन और कई रात तक नहीं हुआ।

उनके आने की शाम जर्मनों के संक्षिप्त आक्रमण का इतना। तोड़ जवाब दिया गया था कि शत्रु मे जैसे अब लाइन तोड़ देने का विचार ही छोड़ दिया हो।

इसलिए सिपाहियों का जीवन नित्य क्रम में नीरस बीत रहा था। दिन का काम रात को शुरू हुआ। अंधेरे का लाभ उठाकर सिपाही दीवार से परे अनधिकृत भूमि में चले जाते थे। वहां वे बमों से टूटे हुए तारों की मरम्मत करते, जो घांस और झाड़ियां अधिक बढ़ गई थीं, उन्हें काटते-छांटते और उस कीचड़ को साफ करते थे, जिससे गोलों के गड्ढों पर टीले-से बन गए थे और जिसमें टहनियां और तार गड़े हुए थे। वे खुद खंदक की दीवार की मरम्मत करते थे, जो शत्रु की गोलाबारी से ढह गई थी, जिससे खंदक दीख पड़ती थी और उन पर गोलियां चलती थीं। जब वे उन्हें गहरी बना रहे थे, इधर-उधर की खाइयों और गड्ढों का पानी बहकर उसमें आ गया था, और खंदक एक प्रकार का नाला बन गई थी। पेट के बल रेंगकर चलने और खतरा मोल लेने के अलावा यह काम नीरस भी था। नीरस इसलिए कि वे सीमान्त पर भी ऐसा ही काम करते आए थे और शुरू-शुरू में कंपकंपी-सी होती थी। पर अब स्थिति कुछ सुधर गई थी क्योंकि खंदकें तनिक चौड़ी और सुरक्षित हो गई थी, संतरियों की चौकियां बन चुकी थीं। वे रात की खून जमा देनेवाली सर्दी में अपने शरीर में गर्म पिनें और सूइयां-सी चुभती हुई महसूस करते और सुबह को ऊंघ भी जाते थे। ज्योंही वे अपने ओवरकोटों या गर्म बगलों में हाथ दबाकर बैठते तभी हुक्म होता कि जाकर राशन, पानी या बारूद लाएं, जो आध मील पर ध्वस्त गांव के खंडहरों में पड़ा होता था। या फिर उन्हें कहा जाता था कि रिज़र्व खंदकों में पड़े हुए घायलों को उठाकर दूर सड़क पर खड़ी एम्बुलेंस तक पहुंचाए। अंधेरे में काम करना कठिन था क्योंकि गीली ज़मीन में सुराख और गड्ढे थे, कीचड़ और फिसलन थी और कई प्रकार की अड़चनें और बाधाएं थीं। अगर शत्रु गोलियों की बौछार करता या रेंग रहे व्यक्ति के

बारे में निश्चय करने के लिए प्रकाश फेंकता और अपने इस निश्चय को दृढ़ बनाने के लिए दो-चार गोलियां चलाता तो सिपाही दिल की धड़कनें गिनने लगते थे।···पर इसके बावजूद सब सुरक्षित जान पड़ता था क्योंकि दोनों पक्षों में एक अनौपचारिक समझौता हो गया था। किरपू ने शूरवीरता की भारतीय धारणा के अनुसार उसकी व्याख्याएं की थीं कि काटने में कुल्हाड़ी का दस्ता भी कट जाता है; लालू इसकी व्याख्याएं करता था कि 'जियो और जीने दो' जीवन का सामान्य नियम है। दोनों पक्षों को एक-सी मुसीबतों का सामना था और दोनों को मूलभूत तत्त्वों का आदर करना पड़ता था, वरना किसी भी पक्ष के लिए दूसरे का सफाया करना अथवा लाइन के पीछे की उन सड़कों को तहस-नहस कर देना जिनपर सप्लाई के छकड़े खड़े थे बिलकुल सहज था। फिर भी शत्रु कभी-कभी शूरवीरता की भारतीय धारणा की अवहेलना करता था। अगर मशक्कती पार्टी का कोई व्यक्ति लाइन के अधिक नज़दीक चला जाता तो मशीन उसपर यों छूटती थी जैसे घर का कुत्ता रात को चोर पर टूट पड़ता है। वैसे रात के ये क्षण आम तौर पर शांत होते थे।

मगर सिर्फ क्षण ही···

फिर शत्रु की बड़ी तोपों, बन्दूकों और मशीनगनों ने सिपाहियों को तारों से, खाली छकड़ों और मशक्कती पार्टी को वापस भेजना शुरू किया। पहले हलकी-सी चेतावनी, फिर स्पष्ट चुनौती फिर बन्दूकों, तोपों के मुंह से गाली-गलौज और अभिशाप शुरू हुए। धीरे-धीरे मशीनगनों की ये अधीर और सतत धमकियां इतनी भयंकर हो गईं कि जैसे सैकड़ों शेर, हज़ारों चीते और लाखों हाथी, जो जंगल से दुनिया पर झपट पड़े हैं, एकसाथ चिंघाड़ उठे हों। रात से प्रभात तक और प्रभात से रात तक जंगली दरिंदों का यह गर्जन-तर्जन जारी रहता था और खंदकों में पहरा दे रहे संतरी इसे सुनते और अपनी कल्पना में अंधेरे को मनुष्यों का रूप धारण करते देखते थे। पर जैसे आदिम मनुष्यों ने जंगल में रहना और घूमना और उसकी भयप्रद हवा में यों सांस लेना जैसे वह स्वतन्त्र नगर की हवा हो, सीखा था, वैसे ही सिपाही भी अभ्यस्त हो गए। वे बिना तारों की और बूंदा बांदी से धुंधली रात में तीन-चार घंटे कड़ा परिश्रम करके लौटते और

चूहों की तरह गीली-सीली और गंदी गुफाओं में घुसकर चेहरे और कान साफों, मफलरों या चिथड़ों से ढांप लेते। वे ओवरकोट और कम्बल ओढ़कर लेटे रहते और नींद में सब कुछ भुला देने का प्रयत्न करते। पड़े-पड़े गालियां बकते या भगवान का नाम जपते, जैसे श्रीकृष्ण उन्हें इस बर्फीली रात में गर्म रखेंगे।...

"स्टैंड टु आर्म्ज़!" पौ फटते ही एक कर्कश ध्वनि खंदकों में गूंज उठती और वे चौंक पड़ते। यह दिन चढ़ने की चेतावनी थी। पर वे कांपते, सी-सी करते और आहें भरते फिर ऊंघ जाते। उन्हें अपने सिर हवा में मंडरा रही सुबह की अवज्ञा से फट रहे जान पड़ते।...

"जागो, जागो!" संतरी पुकारते।

पर ये आवाज़ें हवा के ठंडे झोंकों के सदृश थीं जिनसे हरेक ने अपने-आपको सुरक्षित कर रखा था, विशेषकर कानों के गिर्द।

"जागो! मुर्दो जागो!" हवलदार चिल्लाते थे और संतरी अपनी बन्दूकों के कुंदे बड़ी अधीरता से गुफाओं में खट्-खट् मारते थे।

कुछ सचेत सिपाही चौंककर उठ बैठते और भगवान का नाम जपने लगते, कुछ गालियां बकते हुए इधर-उधर पैर चलाते और फिर सो जाते। एक तीसरी किस्म के सिपाही होंठों पर जीभ फेरकर रात की भाषा में कुछ अधूरे और अस्पष्ट शब्द बड़बड़ाते और फिर अपनी बांहों में और अधिक सिकुड़ जाते।

लैंस-नायक लोकनाथ अपने कर्कश स्वर में सारी कम्पनी को जगाते हुए घूमता और गालियां बकते हुए कहता :

"जागो! शत्रु किसी क्षण तोपें दाग देगा या सौ गज़ पार करके हमपर एकसाथ धावा बोलेगा, सूअरो! तब तुम क्या करोगे? जागो, वरना गोली चला रही टोली तुम्हें आ दबोचेगी!"

चंद मिनटों में सारे सिपाही जाग उठे और मिट्टी-धूल में भरे, आंखें मलते और पगड़ियों के नीचे अपने लम्बे-लम्बे केशों को ठीक करते हुए दीवार के साथ खड़े हो गए। अपनी बन्दूकों के ठंडे लोहे को छूकर ठीक करने से पहले वे लम्बी-लम्बी सांस छोड़कर भाप निकालने और अपने हाथों को गर्म करने के लिए उनपर थूकने लगे।

"दादा धन्नू, गुफा से बाहर निकलो, पर कुछ साथ भी लाओ।" लालू ने सिगरेट की बखशीश की ओर संकेत करते हुए कहा।

"ओए, इस कुत्ती खंदक में उपहार की बात करते हो!" धन्नू अपना झुर्रियों-भरा चेहरा लपेटे बाहर निकला और बैठकर नसवार सुंघने लगा।

"अन्धे के आगे रोना अपने नयन खोना।" चचा किरपू ने लालू की ओर पलटकर कहा, "बेटा, आओ। मुझे सिगरेट जलाने के लिए दियासलाई दो। यह अंधेरे में ज़िन्दगी को ज़रा चमका देगी। मालूम नहीं वक्त क्या है···"

वातावरण बोझिल था और वे सब मृत्यु के एहसास में डूबे चुप और उदास बैठे थे। इस अंधेरे शहर में दिन भी रात की तरह काले थे या उससे तनिक सफेद और धुंधला भूरा आकाश बिलकुल नरक की छत जैसा लग रहा था।

रिज़र्व खंदकों में पहला बम फटा और दुश्मन ने जाने क्यों बायें पहलू के जंगल का सर्वेक्षण किया। सेकंड लाइन में जहां रसोइये एक कनस्तर में धुएं वाली आग पर चाय उबाल रहे थे, मशीनगनों से गोलाबारी शुरू हुई और लाइन के पीछे गांव के खंडहरों पर भी चंद गोले फेंके गए। कुछ क्षण शांति के बीते और फिर बंदूकें चलने लगीं।

सिपाहियों की ओर से जो जवाब मिला उससे लगता था कि उन्होंने अपने-आपको परिस्थितियों को सौंप दिया है। फौजी कम्बलों में खेमे-से बने, ओवरकोटों में लिपटे हुए और अपनी टांगों, पीठों और चेहरों पर ऊनी चिथड़े लपेटे हुए ते यों इकट्ठे हो गए थे जैसे सिगरेट के जलते हुए सिरे अथवा मोमबत्ती के टुकड़े से गर्मी पाने की कोशिश कर रहे हों। या फिर अपनी बंदूक के पास उदास, निश्चल और गम्भीर मांसपिड-से यों खड़े थे जैसे उन्हें शत्रु पर आक्रमण करने से से पहले कोई नशा पिलाकर गर्म करना और उन्मत्त बनाना ज़रूरी हो। हालांकि उन्हें खंदकों में आए चंद ही दिन बीते थे, पर उन्हें हर घड़ी दूसरी जैसी और हर दिन कल जैसा लगता था और इस अज्ञात में जीवन की निरानन्द एकरूपता बोझिल बनती जा रही थी। एक भावुक राष्ट्र के ये सिपाही जो सुख और दुख को तुरन्त अनुभव करते थे और अगर उन्हें विश्वास हो तो सबसे अधिक निष्ठावान हो सकते थे, इस युद्ध में उदासीन और तटस्थ थे, क्योंकि यह युद्ध न तो

उनके किसी धर्म के लिए और न किसी ऐसे आदर्श के लिए लड़ा जा रहा था, जो उन्हें प्रेरित करके उनके रोंगटे खड़े कर देता। सरकार के हुक्म पर वे जर्मनों के पेट में उसी प्रकार संगीने घोंपने को तैयार थे जिस प्रकार एक पौंड प्रति मास वेतन के लिए, जो उन्हें साहबों से मिलता था, वे कबाइलियों और अपने देशवासियों को मारने के लिए तैयार रहते थे। वे भरती के रंगरूट थे, जो सधाए हुए बैलों की तरह अत्यन्त क्रूरता से लड़ते थे, और इसमें उनकी अपनी इच्छा का कुछ भी दखल नहीं था। वे भाव-शून्य की तरह सैनिक नियमों का पालन करते थे। फिर भी उनके दिल की अथाह गहराइयों में उनकी मानवीय भावनाएं, उनकी आशाएं, उनके भय और उनकी शंकाएं निहित रहती थीं। जब कोई एन॰ सी॰ ओ॰ उन्हें मशक्कत के लिए हांकता तो अपने इस सदियों पुराने विश्वास के कारण कि पाताल-यात्रा में सिर्फ भय के दूत ही उन्हें घोर निद्रा से जगाएंगे वे चाहे धीरे-धीरे ही झट हरकत में आ जाते थे।

"जवानो चलो," एन॰ सी॰ ओ॰ चिल्लाता, "खदकें चूंकि काफी गहरी नहीं हैं इसलिए घायलों को कल स्ट्रेचरों पर उठाया नहीं जा सका।"

और वे खोदने लगे ताकि मतकों, मृतकों की आत्माओं, अध-मृतकों और घायलों को खंदकों में सहज मार्ग मिल सके। वे खंदकों और गलियारों में यों अंधाधुंध खोद रहे थे, जैसे व्यर्थ खोने के लिए उनके पास समय न हो। कोनों में खोदते, मिट्टी निकालते और अपने हाथों से बर्फ-सा ठंडा पानी उलीचते-उलीचते वे इतना थक गए कि अंग-अंग दर्द करने लगा और मौत के भय के बजाय ज़िन्दगी का उनके कंधों पर असह्य बोझ महसूस होने लगा।

पर इस प्रकार की कसरत उन्हें गर्मा देती, भूख खूब लगती और जीवन की चाह फिर लौट आती। और फिर नरक के रसोइये आते, जिनपर सिपाहियों की ओर से गालियों की बौछार होती—गालियां जो उन्होंने यहां फ्रांस में इस्तेमाल करने के लिए अपनी भारतीय राष्ट्रीय स्मृति में कई पीढ़ियों से संजो रखी थीं।

"तोप के उस काने बेटे ने कल दाल में बड़े-बड़े कंकड़ मिला दिए।" नौजवान खड़कू बोला, "और स्पष्ट है कि कंकड़ सहज में

नहीं गलते···"

"उन्हें गालियां मत दो।" सहृदय हनुमंतसिंह ने कहा।

"रंडी के खड़कन्ने बेटे! ये कुत्ते हैं।" रिखी बोला।

"वे हरामी, अपनी तरफ से तो कोई कसर उठा नहीं रखते।" धन्नू ने होंठों पर जीभ फेरते हुए कहा।

"ओह, इनका इतना दोष नहीं जितना लोकनाथ का है, वही आजकल खाने का इंचार्ज है!" किरपू बोला।

"हे भगवान! भगवान! तेरा धन्यवाद!" धन्नू ने प्रार्थना की, "तेरी लीला सदा ही अपरम्पार है···" फिर वह अपने साथियों से मुखातिब हुआ, "धीरज! भाइयो, धीरज! सब्र का फल मीठा होता है!"

"धीरज! सब्र! जबकि हमारे पेट में चूहे दौड़ रहे हैं!" लालू बोला।

पर रसोइयों ने सिपाहियों से अब तक जो फटकार सही थी और गालियां खाई थीं, उससे उन्होंने निश्चित समय पर भोजन लाना सीख लिया था। अब दाल और चपातियों के अलावा बिस्कुट, मुरब्बा और डिब्बों के फल भी आते थे, और वे इसलिए ताकि एन॰ सी॰ ओ॰ और भारतीय अफसर सिपाहियों को बतलाया करते थे कि 'साहब और मेम साहिबाएं, हमेशा अपने वफादार सिक्खों और गोरखों की प्रशंसा करते हैं···'

"वफादारी की इस तस्वीर में डोगरों का क्या स्थान है?" किरपू ने पूछा।

पर खाने-पीने के बाद उन्हें सिगरेटें मिलीं—सिगरेटें जितनी वे चाहें, और उनकी फिकरेबाज़ी खत्म हो गई। इसके बाद सन्नाटा था, नींद की झपकियां थीं और कभी-कभी पाताल की गहराइयों में यम के कुत्तों की चीखें सुनाई पड़ती थीं।

5

26 अक्तूबर की सुबह को सम्भावित आक्रमण की अफवाहें गर्म थीं।

रात-भर मेंह बरसता रहा और अब दिन चढ़ा तो वह धुंधला-धुंधला था। खंदकों में पानी और कीचड़ भरा था। सिपाहियों ने अपने हाथों और उन चंद बरतनों से जो उनके पास थे, खंदकों का पानी उलीचने की बहुतेरी कोशिश की, पर अब हताश और उदास बैठे थे।

"चाचा, तुम जिस आक्रमण की बात कर रहे थे, वह कब और किसके विरुद्ध होनेवाला है?" लालू ने किरपू से पूछा जो एक दूसरी खंदक से हाफते हुए भागा था।

"कर्नल साहब ने हवलदार लछमनसिंह और कुछ दूसरे हिन्दुस्तानी अफसरों को बुलाया था। जब वे उनसे मिलने जा रहे थे तो लछमन मेरे कान में तैयार रहने को कह गया था।" किरपू ने सूचित किया।

"पर हमला हम करेंगे या शत्रु की ओर से होने की आशा है?" लालू ने पूछा।

"बेटा, यह सब भगवान जाने या सरकार जाने।" किरपू ने कहा।

"और सिपाही का काम हुक्म बजा लाना है।" लालू ने किरपू का वाक्य दोहराया।

"फौज का यह पहला नियम है।" चचा किरपू ने बात आगे बढ़ाई, "लेकिन फौजी जीवन का एक अलिखित नियम यह भी है कि कोई आशंका, कोई भय या इस प्रकार का कोई विचार सिपाही को मस्तिष्क में लाने की आज्ञा नहीं है। और अगर तुम पूछो कि किस्मत क्या है तो सरकार तुम्हें बताएगी कि यह···।"

सरकार का और उस भगवान का हुक्म मानो, जिसने पिछले जन्म के कर्मों के बदले हमें सरकार का नौकर बनाया।" लालू ने बात पूरी की।

"अगर तुम पूछो कि किस्मत क्या है तो उत्तर मिलेगा कि वह युद्ध में वीरता के लिए जीता गया मैडल है, या फिर बहादुरी की सूची में तुम्हारे नाम का आ जाना है, "किरपू ने कहा, "और फिर मौत। चीन में, जापान में, सीमान्त पर और विलायत में—तमाम दुनिया में यही होता है।"

"हमने नमक खाया है।" धन्नू ने अपने शब्द चबाते हुए कहा, "यह कृतज्ञता का सवाल है।"।

"कृतज्ञता और सम्मान।" किरपू ने विद्रुप-भाव से कहा, "मुझसे पूछो। मैं कई लड़ाइयां लड़ चुका हूं चाहे मैं अपने मैडल पीछे छोड़ आया हूं।"

"कोई भी हुक्म मानने से इनकार नहीं कर सकता।" धन्नू बोला।

"मैं मौत से नहीं डरता, पर मैं कहूंगा कि अगर व्यक्ति की हत्या करके आदमी हत्यारा कहलाता है तो हज़ारों की हत्या करनेवाला हीरो नहीं हो सकता।" किरपू ने कहा, "तमाम जनरल कहते हैं, 'जिसकी लाठी उसकी भैंस!' "

"अब हमारी स्थिति क्या है?" लालू ने उत्सुकता से पूछा, हम मज़बूत हैं या कमज़ोर?"

"लड़ाई से पहले दस्त मत लगा लेना।" किरपू ने उत्तर दिया, "मैं कैसे जानूं क्या हो रहा है?"··· एक क्षण के लिए वह चुप रहा। तब जैसे वह अपनी सर्वज्ञता पर आंच न आने देना चाहता हो, उसने कहा, "खरबूज़ा खरबूज़े को देखकर रंग पकड़ता है। लाइन के अगले भाग में टॉमी हैं जो शुरू से लड़ रहे हैं। जब मैं उस दिन लाइन के पीछे गया तो एक टॉमी से बात हुई। उसने बताया कि वह रेजिमेंट के साथ 'एन' नाम के स्थान से आया है, जो फ्रंट के दूर पूर्व में स्थित है। उसने मुझे बताया कि पिछले कुछ महीने से तमाम लाइन पर जो लड़ाई हो रही है, वह हथौड़ा और चिमटा किस्म की है। कई बार दुश्मन आगे बढ़ता है और सरकार पीछे हटती है और कई बार सरकार का पल्ला भारी होता है और दुश्मन पीछे हटता है। कई आक्रमण हो चुके हैं। पहले दुश्मन हमला करता है और फिर हम करते हैं। दुश्मन दोबारा हमला करता है और फिर हम हमला करते हैं··· वह गोरा मेरी तरह कई लड़ाइयां लड़ चुका है, और वह बड़ा खुश था कि हिन्दुस्तान से सिपाही आए हैं। 'पक्का' उसने कहा, 'चपाती', और जितने शब्द उसने हिन्दुस्तान में सीखे थे सब कह डाले और मैंने भी उससे अंग्रेज़ी में बात की···।"

"खरबूज़ा वाकई खरबूज़े को देखकर रंग पकड़ता है।" लालू ने मज़ाक किया, "खरबूज़ा जब छुरी पर गिरता है तो भी खरबूज़े का नुकसान है और छुरी खरबूज़े पर गिरती है तो भी खरबूज़े का नुकसान है।"

मगर उनकी बातचीत खत्म भी न होने पाई थी कि तोपों की दनादन का भयंकर शोर शुरू हो गया। वे हैरान थे कि दिन के इस समय इतनी तीव्र गोलाबारी क्यों होने लगी। यह तो दोपहर के भोजन का समय था!

इसी समय हवलदार लछमनसिंह खंदक में आया। लगता था कि वह वीर दिखाई देने और मुस्कराने का प्रयत्न कर रहा है।

"अच्छा, जवानो!" उसने कहा।

"हौलदार, आप बैठ जाइए।" किरपू ने उसकी भलाई के खयाल से कहा।

"मैं ओवेन साहब के पास गया था।"लछमन बोला, "मैं तुम्हारे लिए खुशखबरी लाया हूं। 'आदमी काम में परखे जाते हैं'।"

"पर हवलदार, काम क्या है?" खड़कू ने पूछा।

"दुश्मन लाइन के परले सिरे पर हमला कर रहा है। अंग्रेज़ और फ्रांसीसी कम्पनियां हमले को रोक रही हैं। स्थिति गम्भीर है। जर्मनों को हमारे आने की खबर नहीं, इसलिए वे अंग्रेज़ी फौज को बेसहारा समझते हैं और वे मोर्चा तोड़ देने की आशा में आगे बढ़ रहे हैं। अगर हम सरकार के नमक का हक अदा करना चाहते हैं तो इस समय स्थिति बचाकर सम्मान और ख्याति प्राप्त करें। हमें ज़रूर आगे बढ़ना चाहिए। इसलिए जवानो, तैयार हो जाओ क्योंकि हमें हमला करना है..."

"हमारा तोपखाना दुश्मन की खंदकों के दायें पहलू पर गोलाबारी करेगा और हम मशीनगनों और बन्दूकों से सहायता करेंगे। कनॉट गोरे और हमारी 69वीं राइफल्स् कम्पनी दुश्मन पर सेंटर से हमला करेगी जबकि हमारी बाकी कम्पनी बांयें पहल से हमला करेगी। हम बहादुरी से पहले दुश्मन की अगली और फिर दूसरी और तीसरी लाइन पर धावा बोलेंगे। अगर तुम्हें कहीं कुछ जर्मन नज़र आएंगे तो उनपर संगीनों से हमला करो, या उन्हें पकड़कर बांध लो। जितने भी सम्भव हो सके कैदी बनाओ। दुश्मन को पीछे झांकने का मौका ही न दो, वे जहां कमज़ोर नज़र आएं वहीं धक्का मारो। कमांडर-इन-चीफ से लेकर हर आदमी को विजय का पूर्ण विश्वास है। अब भाइयो, अपने पूर्वजों की इज्ज़त तुम्हारे अपने

हाथ है!"

सिपाहियों से नज़रें घुमाकर लछमन एक क्षण के लिए मौन बैठा रहा।

सिपाही उसकी ओर ध्यान से देख रहे थे, जैसे उन्हें आशा हो कि वह अभी कुछ और कहेगा।

"हौलदार, कुछ देर लेटकर आराम कर लीजिए।" किरपू ने सहानुभूति जताई।

"भाइयो, मुझे अभी जाकर दूसरे जवानों को आर्डर सुनाना है।" लछमन एकदम उठ खड़ा हुआ। उसके सहृदय मुख पर थकान अंकित थी, उसकी पट्टियों और बूटों पर छींटे थे जैसे वह कीचड़ में दौड़ता रहा हो।

हमला लगभग तीन बजे शुरू होना था।

सिपाही कुछ देर पहले ही तैयार हो गए। कुछ अपनी राइफलों के पास खड़े थे और कुछ पैरों के बल बैठे थे। उनके किट उनके पास थे। वे इस दुविधा में थे कि खाली वक्त कैसे बिताएं। मारने के लिए यक्खियां भी नहीं थीं। धीरे-धीरे चलने वाले क्षणों के भार से उनके सिर झुके हुए थे। रह-रहकर तोपों की आवाज़ गूंज उठती थी। लगता था कि हमला शुरू हो चुका है और वे चलने के लिए हाथ अपने किटों की ओर बढ़ाते थे। पर हवलदार लछमनसिंह कहीं दिखाई नहीं पड़ता था। वे असमंजस में पड़े देखते रहे। सिर्फ धन्नू को देखकर कुछ मन बहलता था जो भगवान का नाम जपते-जपते अपनी जगह पर ऊंघ गया था।

"दुश्मन जब धन्नू जैसे योद्धाओं को देखेगा तो उसकी हालत बड़ी पतली हो जाएगी।" लालू ने कहा।

"वह हरि-भजन को आया था बेचारा, पर काम मिल गया कपास ओटने का।" चचा किरपू ने तोप दागने की कपास ओटने से उपमा देते हुए कहा।

"ऊं, हैं, क्या···" धन्नू ने अपनी नींद से बोझिल आंखें खोलते हुए कहा और वह खिन्न भाव से मुस्कराया।

"कुछ नहीं, कुछ नहीं, तुम्हारे बारे में कोई बात नहीं।" किरपू

ने उसे विश्वास दिलाया, "तुम आराम से सोओ। सिर्फ खर्राटे मत भरना, वरना दुश्मन डर जाएगा।"

मगर धन्नू को कहने की ज़रूरत नहीं थी। उसने दोपहर को जो भोजन किया था और जो नसवार सूंघी थी वह और उसका नश्वरता का सामान्य दर्शन ही उसे ऊंघा देने के लिए काफी था, जिसके कारण वह आर्डरों के अतिरिक्त हरएक चीज़ के प्रति उदासीन था। जंग शुरू होने पर चाहे उसने सोचा था कि उसे विदेश भेजने के अयोग्य समझकर पैंशन दे दी जाएगी, पर उसे युद्ध में जाने और विदेश में प्राण दे देने पर भी कोई एतराज़ नहीं था। 'यह सरकार का हुक्म है।' उसने सोच लिया था। पर जब चचा किरपू ने विद्रूप-भाव से 'ड्यूटी' कहकर उसे चिढ़ाया तो धन्नू विमूढ़-सा बैठा रह गया और अपनी सरलता में कुछ भी समझ न पाया। आखिर उसने लालू से पूछा, "बेटा, तुम पढ़े-लिखे हो। मुझे बताओ, यह जंग किसलिए लड़ी जा रही है?" उसके लिए 'आज्ञा-पालन' और 'कर्तव्य' न सिर्फ सृष्टि के अखंड नियम थे बल्कि 'भगवान' के पर्यायवाची शब्द भी थे। अगर भगवान को याद करना और उसका नाम जपना सृष्टि के रचयिता के प्रति निष्ठावान रहना है तो जिस सरकार का नमक खाया है उसका 'आज्ञाकारी' होना भी सर्वोत्तम 'कर्तव्य' है। उसकी आस्था सक्रिय थी, जिसके लिए वह सामर्थ्य-भर बलिदान कर सकता था। उसे कुछ ऊंचा सुनाई देता था, पर अफसरों के शब्द उसके कान मट पकड़ लेते थे, उसकी दृष्टि कमज़ोर और धुंधली थी, पर किसी अफसर को आते देख आंखें झट फैलकर बड़ी-बड़ी हो जाती जैसे डेले बाहर निकल जाएंगे। उसका शरीर भद्दा और ढीला-ढाला था, पर रूट-मार्च में जहां दूसरों का पैर उखड़ जाता, वह कदम मिलाकर चलता। वैसे वह मंदबुद्धि था और उसका मस्तिष्क ज़िंदगी की 'बुनियादी ज़रूरतों' के अतिरिक्त और भी किसी चीज़ को समझने में असमर्थ था, पर जब यह बताना होगा कि फौजी कानून 'ड्यूटी' के अलिखित विधान के अनुसार क्या गलत और क्या सही है, तो वह बड़ी बारीकियां छांटता और अंतिम निर्णय दिल पर छोड़ देता। 'ड्यूटी' की सर्वग्राही भावना उसके समस्त शरीर में कैंसर की तरह फैली हुई थी। यह कैंसर उसे भीतर ही भीतर घुन की तरह खाए जा रहा था। यहां

तक कि उसकी दृढ़ पहाड़ी इच्छाशक्ति में से कुछ भी शेष नहीं बचा था। अब वह नसवार—सिर्फ नसवार के सहारे जीवित था।

तोपों की गोलाबारी एक क्षण के लिए बंद हो गई।

लछमनसिंह का अब भी कहीं पता नहीं था; लेकिन जमादार सूबासिंह और लैंस-नायक लोकनाथ जल्दी-जल्दी बांहें हिलाते हुए आए।

तैयार हो जाओ। अपना सामान उठा लो।" जमादार सूबासिंह ने दृढ़ परन्तु धीमे स्वर में कहा, जैसे वह किसी खेल की तैयारी कर रहा हो।

"हवलदार लछमन ने तुम्हें बताया होगा कि क्या करना है।" लोकनाथ ने तनिक निकट आकर कठोर स्वर में कहा।

और इनसे पहले कि सिपाही कोई उत्तर दें उसने उन्हें समझाना शुरू किया—"इस खंदक और दुश्मन के दरमियान समतल भूमि है जो दाईं ओर जंगल में खत्म होती है। हमारी दाईं तरफ की गोरा फौज पर सख्त हमला हो रहा है, शायद उसे पीछे धकेल दिया जाए इसलिए हमें ···"

"हमें यह मालूम है, पर हम इंतज़ार किस बात का कर रहे हैं?" खड़कू ने पूछा।

"जब तुम वहां पहुंचो," लोकनाथ ने खड़कू के प्रश्न की उपेक्षा करके बात जारी रखी, "तुम्हें हमारे आक्रमण की अप्रत्याशितता का लाभ उठाना है। जर्मनों को हमारे आने का पता नहीं है और साहबों का कहना है कि वे हमसे डरते हैं। वे समझते हैं कि हम सब क्रूर गोरखे हैं जो खुखरियां मुंह में लिए उनपर टूट पड़ेंगे और उन्हें मार डालेंगे। और सरकार तुम्हारे साथ इसलिए 'शॉक ट्रूप्स' का व्यवहार कर रही है। अब तुम जर्मनों को अपनी 'क्रूरता' दिखाओ। सभी बहादुर दूबदू लड़ाई पसन्द करते हैं। और मैंने तुममें हमेशा यही भावना भरी है कि जहां कहीं भी तुम दुश्मन को देखो, बहादुर सिपाहियों की तरह अपनी संगीनों से उसपर टूट पड़ो और करारी चोट लगाओ याद रखो कि शत्रु के दिल, पेट या अंडकोष पर प्रहार करो। अगर यह हमले में भारी नज़र आए, तो उसपर झट बंदूक के कुंदे से प्रहार करो, उसकी छाती पर चढ़ जाओ, संगीन उसके शरीर में गहरी घोंपकर निकाल लो ताकि वह खून बहने से मर जाए···समझे?···

अच्छा!" और जब उसने अपना प्रवचन समाप्त किया तो उसका चेहरा गहरा लाल था।

"अब हम जाते हैं क्योंकि हमें दूसरी कम्पनी को हिदायतें देनी हैं।" जमादार सूबासिंह ने कहा।

"अपनी मर्ज़ी से आए और अपनी मर्ज़ी से चल दिए।" किरपू ने उसके सामने आकर उद्दंड भाव से कहा।

पर उन दोनों ने किरपू के परिहास अथवा धृष्टता की ओर ध्यान नहीं दिया क्योंकि सरकार ने उन्हें 'क्रूरता' से शत्रु को नाकों चने चबाने की महत्त्वपूर्ण भूमिका सौंपी थी, उससे उनके दिमाग इस समय आसमान पर थे।

लोकनाथ के दिल, पेट और अंडकोष—नाज़ुक स्थान गिनवाने से जो कौतूहल जगा उसने लालू के मन में भय का रूप धारण कर लिया। उसे लगा जैसे कई संगीनें एकसाथ उसके पेट में घोंप दी गई हों। अजीब बात थी कि पेट के अलावा किसी और स्थान का निशाना नहीं साधा गया, जैसे उसके शरीर में सिर्फ यही एक नाज़ुक जगह हो। उसे अपना जिगर यों अंतड़ियों में अटका हुआ जान पड़ा जैसे वह नन्दपुर के दलदल में चमारों द्वारा बीमार बैलों की चीड़-फाड़ के समय देखा करता था। हठात् उसके मास्तिष्क में विचार आया कि अगर वह मरना नहीं चाहता तो उसे पहले मारना पड़ेगा चाहे वह मारे या न मारे पर उसे वहां जाना होगा जहां शत्रु स्थित था।

उसके शरीर में कंपीकंपी दौड़ गई। फिर वह संगीनों की लड़ाई के दांव-पेच याद करने लगा, उसने महसूस किया कि वह सब कुछ भूल गया है। मौत उसकी आंखों के सामने नाच उठी और शरीर के समस्त रक्त में भय समा गया, और वह इच्छा के विरुद्ध कांपने लगा।

उस अपने-आपको स्थिर करने का प्रयत्न किया ताकि अपने साथियों की तरह तटस्थ बन जाए। उनके चेहरे चाहे पीले और गम्भीर थे, पर वे शांत और स्थिर बैठे थे। निस्संदेह वे भी अपनी मौत के बारे में सोच रहे थे, पर वे अपने शरीर को वश में करने का प्रयत्न कर रहे थे ताकि दुर्बलता व्यक्त न हो। सब अपने-आपमें यों डूबे हुए थे जैसे इस परीक्षा में हरएक अकेला हो।

तोपों की गोलाबारी बढ़ रही थी। लछमनसिंह कीचड़ में गिरता-पड़ता और फिसलता हुआ एक क्रुद्ध बैल की तरह आया। वह दिल पर हाथ रखकर एक सेकंड सांस लेने के लिए रुका। फिर बोला, "गोरे हमसे आगे हैं। अपने किट उठाओ। हम हमला करते हैं। उनपर नज़र रखो।" और फिर जैसे उसमें पुराने कसरती का हलकापन आ गया हो वह कूदकर खंदक की दीवार पर चढ़ गया।

लछमन के पीछे सारी पल्टन चढ़ रही थी। लालू एक ही छलांग में दीवार पर चढ़ गया। बंदूक का कुन्दा उससे आगे था। उसके मन में किसी प्रकार का भय नहीं था, पर उसे लगा कि बन्दूक का उलट जाना एक अपशकुन है।

लछमन के आदेश ने उन्हें हठात् उखाड़ दिया था, इसलिए वे तनिक लड़खड़ाए। फिर उन्हें यह आश्चर्य हुआ कि इतने दिनों खंदकों में झुके रहने के बाद, अब वे तनकर खड़े हैं और शत्रु पर धावा बोल रहे हैं। कुछ गोरे उनके दाईं ओर सौ-डेढ़ सौ गज़ आगे बढ़ गए थे और 129वीं के बलूच उनके बायें थे।

तोपों की गोलाबारी इतनी भयंकर थी कि शोर से कान फट रहे थे। धुंध के गुच्छे जो आकाश पर लटक रहे थे, अब फुहार बनकर पिघल रहे थे। धरती ऊबड़-खाबड़ थी, कभी छोटी-छोटी पहाड़ियों की तरह ऊपर उठती थी और कभी एकदम ढलवान आ जाता था।

लालू सिर झुकाए आगे दौड़ा, जैसे ऐसा करने से वह अपनी ओर आ रही गोलियों से बचा रहेगा। बूंदें उसके शरीर पर जम गई जान पड़ती थीं। वह तनिक कांपा और गले में गरगराहट करता हुआ दौड़ा।

गोलियों की बौछार ने सिपाहियों को तितर-बितर कर दिया। लछमनसिंह ने उन्हें लेट जाने और पेट के बल चलने को कहा।

जब वे ज़मीन पर लेटे तो लगा कि जैसे अंधकार के भारी कम्बल ने उन्हें ढांप लिया हो। तोपों का धुआं वर्षा की बौछार में मिल गया था।

जब लालू रेंगते हुए आगे बढ़ रहा था उसे सिर्फ सिपाहियों के कंधे, किट ओर हिलते हुए हाथ और पैर दिखाई पड़ते थे।

लगता था कि कुछ कनॉट गोरे पांच सौ कदम आगे बढ़ गए हैं। किरपू और धन्नू उससे कई गज़ पीछे थे। उनकी पलकें, भंवें, उनके साफे और सर्ज के कोट धुंध से सफेद हो गए थे और वे प्रेतात्माओ की तरह पीछे-पीछे आ रहे थे जबकि लछमन, खड़कू और हनुमंत उससे आगे थे। मृत्यु का पूर्वज्ञान उसके सामने गोलियों के संगीत की तरह सनसनाया। धुंध में गंधक का पाउडर मिल जाने से वह शरीर पर चिपटे हुए मरहम की तरह गिलगिली लग रही थी।

लछमन पलटकर चिल्लाया, "गोरों के साथ मिलो!"

आदेश सुनकर पहले वे सकुचाए और फिर एक-दूसरे पर गिरते-पड़ते आगे बढ़े।

लालू खड़कू के साथ जा मिला और आंखों पर हाथ की ओट करके टॉमियों को देखने लगा। वे अदृश्य जान पड़ते थे; पर दूर फासले पर गिरते हुए आदमियों के संकेत ज़रूर दिखाई देते थे।

लालू सांस लेने के लिए रुका क्योंकि बन्दूक का एक बुझता हुआ फायर हवा को चीरता हुआ जा रहा था। उसके पैरों के पास दल दल था जिसमें एक झाड़ी आधी दबी हुई थी। वह उसपर से कूद गया। विस्फोट से मिट्टी के लौंदे, शरीरों के अंग और धुआं लाइन के इधर-उधर उड़ रहा था। लालू की समझ में नहीं आ रहा था कि वह क्या करे और क्या न करे, आगे बढ़े या पीछे लौटे, क्योंकि लछमन बाईं ओर घूम गया था और खड़कू गोली लगने से दोहरा होकर गिर पड़ा था।

वह मशीनगनों की बौछार से घबरा गया था जो बाईं ओर से विस्फोट के साथ-साथ आ रही थी।

वह लेट गया और रेंगकर चलने लगा। एक क्षण के लिए वह सबसे अलग पड़ गया। और उसे उसी तरह महसूस हुआ जैसे एक बार बचपन में हुआ था, जब वह अपने माता-पिता के साथ पशुओं के मेले में गया था। वहां खो जाने से वह घबरा गया और रोते-चिल्लाते किसी ऐसे व्यक्ति को खोज रहा था जिसे वह पहचानता हो। एक और धमाका हुआ और उसके निकट ही विस्फोट से घूल और धुएं का बगूला उठा। तोपों और बन्दूकों से मूसलाधार बारिश की तरह गोलाबारी हो रही थी।

"दया, दया। ओह भगवान, दया!" वह चिल्लाया जबकि मिट्टी, धुएं और लोहे की कतरनें उसके चारों तरफ उड़ीं।

"लौटो। लौटो!" अफसरों की आवाज़ें आईं।

इस गोलाबारी में कोई भी आगे नहीं जा सकता था। इतनी दूर आकर लालू चाहता था कि आगे बढ़ता जाए। अजीब बात थी कि वह डरना भूल गया था।

वह लौट पड़ा। वह गड्ढों में कमर झुकाकर दौड़ता था, फिर लेटकर हाथों और घुटनों के बल चलता था और उठकर फिर दौड़ता था। वह ठोकर खाकर एक गड्ढे में गिर गया और उसका दिल क्रोध से चीख उठा।

"हे भगवान। फौलाद?" वह बड़बड़ाया और सोचने लगा कि खंदक तक जीवित कसे लौटेगा और क्या खड़कू के अलावा और कोई भी मारा गया है। बहुत-से टॉमी मरे थे। किरपू, धन्नू—क्या मालूम वे जीवित भी हैं। और लछमनसिंह?

गोले से बने जिस गड्ढे में वह गिर पड़ा था, उसमें लेटे-लेटे लालू ने अपने पेट पर यह देखने के लिए हाथ फेरा कि उसके शरीर पर खून तो नहीं है। उसके हाथ पर सिर्फ वर्षा और कीचड़ की सीलन लगी। वह सांस लेने को रुका और गला साफ करने के लिए खांसा। फेफड़ों से गरगराहट का एक अजीब-सा स्वर निकला, जो आधी आह और आधी कराह थी, जबकि तोपों की बौछार उसके आगे की हर चीज़ को तहस-नहस कर रही थी, दुःख उसके हलक की निस्तब्धता में जा छिपा था। भय ने उसका गला आ दबोचा था।

"आओ बेटा, आओ!" उसे लछमनसिंह का धीमा स्वर सुनाई पड़ा। वह हवलदार खड़कू के शव को कीचड़ में से खींचे ला रहा था।

"तुम्हें काम प्यारा है या चाम, बंदूक की आवाज़ पूछ रही है?"

लालू ने अपने पीछे किरपू की आवाज़ सुनी।

"और तुमने क्या जवाब दिया?" लालू ने पूछा।

"चाम, चाम, निस्संदेह चाम!" किरपू ने पसीना पोंछते हुए उत्तर दिया। वह लालू के बराबर आकर एक क्षण के लिए रुका।

उसने खांसने या कराहने के लिए हाथों से मुंह ढांप लिया और फिर चल पड़ा।

लालू को अपने भीतर कोई कमज़ोरी महसूस हुई और वह चिल्लाया :

"मुझे आशा है कि तुम ठीक-ठाक होगे।"

"बेटा, मैं ठीक हूं···" किरपू ने बात शुरू की, पर थकान के कारण पूरी नहीं कर सका।

"धन्नू कहां है?" लालू ने पूछा। उसकी ऊंची आवाज़ गोलो के धमाकों में खो गई।

चचा किरपू ने लौटकर देखा और जब धन्नू नज़र न आया तो सिर हिलाकर बताया कि मुझे मालूम नहीं।

उसका कौतूहल बढ़ रहा था।

इसी समय उसने कम्पनी के एक भाग को अपने बाईं ओर पीछे हटते देखा।

"जवानो, आओ।" लछमन ने पुकारा।

लालू ने गरदन उठाई और खड़ा होकर लछमन के पीछे चला। दूसरा ही क्षण वह खड़कू को खींचने में हाथ बटा रहा था। मृतक का चेहरा सिकुड़कर विकृत हो गया था। उसने मरते समय जो घोर कष्ट सहन किया होगा उसके कारण मुंह खुला का खुला रह गया था। लालू की टांगें आप ही आप कांप रही थीं; पर उसने शव के उठाने में लछमन की सहायता की। चलते हुए उनके पैर फिसल रहे थे और धड़ आगे को झुके हुए थे। वे अब लगभग भाग रहे थे, फासले का कोई ध्यान नहीं था और सबसे सम्पर्क टूट चुका था।···

उनके सिरों पर गोलियों की बौछार अब भी हो रही थी।

उसने कमर झुकाई और घुटनों के बल बैठ गया, जैसे वह एक मुसलमान हो जो जन्नत के दरवाज़े के आगे नमाज़ पढ़ने के लिए एकाएक रुक गया हो। उसने भूमि पर लेटते हुए दाईं ओर एक नज़र डाली। लछमन भी खड़कू का शव फेंककर सुस्ताने लगा।

एक सिपाही दुःख की आह भरकर दोहरा हो गया और एक दूसरे ने सिर थाम लिया और वह बंदूक परे फेंककर अपनी टांग के घाव पर से मिट्टी पोंछने लगा। तनिक परे सैनिक एक ढलवान में रेंगते हुए

लौट रहे थे या सुरक्षा के लिए लेट गए थे।

गोलियां सनसना रही थीं और गोले एक अजीब आवाज़ से अंधेरे आकाश में फट रहे थे, जैसे इस तबाही में ईश्वर भी सहयोग दे रहा हो।

धरती का एक इंच भी धातु से नहीं बचा था और उनकी खंदकों की दीवारें भी नहीं बची थीं, जिनसे वे अब सिर्फ छ:-सात गज़ दूर थे। गोलियों की बौछार का सामना होने से पहले वे लगभग तीन सौ गज़ बढ़ चुके थे।

"आओ, आगे बढ़ो। रास्ता मत रोको।"

लालू खड़कू के शव को खींचता हुआ खंदक की दीवार तक ले गया। तब वह एक प्रकार से थककर खंदक में गिर पड़ा और शव को अपने पीछे खींच लाया।···

जब वे लौट आए तो शत्रु पर आक्रमण करने के लिए तेज़ी से दौड़ना, सतत गोलाबारी और फिर पीछे हटना—सब आंख झपकने में हो गया जान पड़ता था।

"शाबाश!" किरपू ने बहुत-सा पानी कंठ से उतारकर कहा।

"अगर हमें लौटना ही था तो आक्रमण ही क्यों किया?" सिर के पीछे जो भयंकर पीड़ा हो रही थी, उसे शान्त करने की गरज से लालू ने कहा।

"बेटा, खंदकों से निकलते ही हम खतरे में पड़ गए।" लछमन बोला, "बुरी तरह खतरे में पड़े। दुश्मन की तोपों ने हमपर गोलों की बौछार कर दी। और हमारा गोरों से सम्पर्क टूट गया।···"

"वह धुंध जो थी।" किरपू ने गाली देकर कहा।

"हां, धुंध ने भी अड़चन डाली।" लछमन ने एक फीकी मुस्कराहट होंठों पर लाकर समर्थन किया।

"हमारी तोपें कहां थीं?" लालू ने पूछने का साहस किया, "मेरा ख्याल है, पेशकदमी में वे हमारी मदद करतीं।"

"हां, मालूम नहीं कि हमारी तोपों को क्या हुआ।" लछमन का मुख पीला पड़ गया।

"हमारी तो कहां हैं? हमारी तोपें कहां हैं—हमारे पास तोपें नहीं हैं!" किरपू क्रोध से लाल होकर बोला, "बड़ी तोपें, बड़ी तोपें,

हमारे पास बड़ी तोपें नहीं हैं, वरना उनसे दाईं ओर के गोरों को विनाश से बचाया जा सकता था। बड़ी तोपों की सहायता··· मैं तुम्हें बताता हूं कि अगर हमारे पास बड़ी तोपें काफी संख्या में होती तो हम शत्रु के बमों और गोलियों की बौछार बंद करा देते पर इस कुत्ती सरकार के पास इतनी बड़ी तो नहीं हैं जितनी जर्मनों के पास हैं···"

"तुम कैसे जानते हो?" लछमन ने कठोरता धारण करके पूछा, जो लालू ने उसमें कभी नहीं देखी थी।

"एक टॉमी ने मुझे बताया था।" किरपू ने कहा और वह सिर झटककर लेट गया और सिगरेट सुलगाने लगा।

एक क्षण नितांत मौन रहा और वे तीनों दुबक गए, लेट गए या पीछे झुक गए। लछमनसिंह का चेहरा कठोर, खिंचा हुआ ओर निष्ठुर था जैसे वह विक्षोभ से तड़प रहा हो। शायद वह महसूस कर रहा था कि सिपाहियों को सच्ची बात न बताना उसकी ओर सरकार की गलती थी। फिर सरकार के एक अनुशासित सिपाही की भावना, जिसने वीरता और धैर्य के कारण पद प्राप्त किया था, उस सहृदयता से लड़ रही थी जो वह सिपाहियों के प्रति दिखाता आया था। वह शायद अपने-आपसे कह रहा था—'सिपाहियों को तोपों से क्या मतलब है! खुद मुझे पता नहीं कि सरकार कितनी मज़बूत है। साहबों के कथनानुसार हम एक गम्भीर स्थिति को बचाने के लिए ठीक समय पर पहुंचे हैं। पर इसका हमसे क्या सम्बन्ध?··· मुझे इस बात का दुःख है कि मैंने तुम्हें मौत के मुंह में जाने का आदेश दिया। पर मैं क्या कर सकता हूं? यही हमारा भाग्य है क्योंकि हमने सरकार की सेवा की शपथ ली है!"

लालू अपनी उदासीनता और थकान के आवरण में से उसकी ओर देख रहा था। लछमन की व्यथित मुस्कराहट में एक आहत कोमलता थी और हवलदार की आंखों में आंसू थे।

लालू ने उदासीनता के खोल को तोड़ फेंकने का प्रयत्न किया क्योंकि उसे अपने भीतर एक विचित्र आकुलता महसूस हो रही थी और वह जानना चाहता था कि हवलदार क्या सोच रहा है। पर थकान की उपेक्षा ने उसका खून जमा दिया और उसने सिर्फ इतना कहा :

"यह मस्खरा हौलदार भाड़ में जाए!"

इसी समय एक हरकारा अंधेरे में यों चिल्लाता हुआ आया जैसे उसने शराब पी रखी हो, "हौलदार लछमन!"

"आया।" लछमन ने उत्तर दिया।

"कर्नल साहब के कंधे में गोली लगी है और तुम इसकी सूचना अजीटन साहब को कर दो।" हरकारे ने लालू और किरपू को किसी दूसरी दुनिया की आंखों से देखते हुए कहा।

"क्या हुआ, तुम्हें मालूम है?" लछमन ने आक्रमण का उल्लेख करते हुए कहा।

"गोरों ने शत्रु की खंदकों पर धावा बोला और एक अफसर और दो सिपाही पकड़ लिए।" हरकारे ने बताया, "अंधेरे में 69वीं राइफल्स् से उनका सम्पर्क टूट गया साहबों का खयाल है कि हमारे पहले हमले के लिहाज़ से हमारे सिपाहियों का व्यवहार बहुत अच्छा था और उन्होंने हिन्दुस्तानी अफसरों से सिपाहियों को यह बताने को कहा है कि दुश्मन से दूबदू लड़ाई होने से पहले ही वापस बुलाने पर सिपाहियों को जो निराशा हुई है ब्रिटिश अफसर उसकी प्रशंसा करते हैं।"

लछमनसिंह ने यों सिर हिलाया जैसे वह सुन भी रहा हो और न भी सुन रहा हो।

रेजिमेण्ट में ग्यारह आदमी मरे।" हरकारा फिर बोला, "और इस पलटन में?"

"हां" लछमन बोला, "सिपाही खडकू मारा गया।"

"ओह, और धन्नू कहां है?" किरपू ने सहसा लालू से पूछा।

लालू उठ बैठा और इधर-उधर देखकर कहा, "वह कहां है? वह तुम्हारे पीछे था।"

चचा किरपू उठा और पागल की तरह दौड़कर दीवार पर चढ़ गया और धन्नू को देखने लगा।

"नहीं, वह वहां नहीं है।"—लछमन बोला, "मैंने लौटने से पहले हताहतों को अच्छी तरह देख लिया था।"

"हौलदार, आओ।" हरकारे ने कहा।

जब वे दोनों चले गए तो किरपू ने दायें हाथ से माथा पीट लिया

और वह थका हुआ-सा पीछे गिर पड़ा। लालू ने ठण्डे अंधेरे में झांककर देखा। अब भी बूंदाबांदी जारी थी और खंदकों में टपटप पानी टपक रहा था।

उस रात लालू के मन में बुरे-बुरे विचार उठते रहे जो प्रेतात्माओं की भांति उसकी नींद से बोझिल आंखों के सामने मंडराते रहे।

वह गुफा में गठरी-सा बना लेटा हुआ था। सीली मिट्टी में से जो सर्दी उसके शरीर में घुस रही थी, उससे बचने के लिए कंधे बगल में दबा रखे थे। पर बाहर बूंदाबांदी जारी थी और तोपों की आवाज़ उसकी नींद में विघ्न डाल रही थी।

वह अपने दुखते हुए अंगों को आराम देना चाहता था। पर धन्नू की सम्भावित मृत्यु का विचार भय बनकर शून्य में एक विचित्र रूप धारण कर लेता था।

भयभीत तथा थका हुआ होने के कारण उसकी आंखें मिच गईं। जब वह अर्धनिद्रा में लेटा हुआ था तो उसे याद पड़ा कि वह कैसे खलिहान में घुस गया था जहां थीबा, रुंडू और सूची सख्त सर्दी में सोए हुए थे। सर्दी में सोने से पहले मां उसे गर्म दूध के एक गिलास के साथ मीठा दलिया दिया करती थी। सर्दियों में वह मकई की गर्म रोटी सरसों के साग के साथ खाया करता था इस शाम चूंकि राशन-पार्टी नहीं पहुंच पाई थी, इसलिए इन चीज़ों की स्मृति-मात्र से उसके मुंह में पानी भर आया।...

उसने मूंह कंबल से ढांप लिया और कोशिश की कि कुछ न सोचे। वह गुफा के ठण्डे अंधकार से चिपट-सा गया। चरवाहे के गीत का एक उदास बोल उसके कंठ में उभरा और वह एक दूसरे स्मृति-पथ पर चल पड़ा। वह एक नन्हा बच्चा था और उसकी मां, चाहे वह खुद थकी हुई थी, उसे आंगन में पंगूरे पर लोरी गाकर सुला रही थी। जब वह सुबह से रात तक बिना थके एक के बाद दूसरा काम करती थी तो उसने देखा कि उसमें अद्भुत शक्ति है। जब वह पिछली बार नन्दपुर गया था तो उसने देखा कि मां के सारे बाल सफेद हैं और चेहरे पर झुर्रियां पड़ गई हैं, पर उसकी आकृति नहीं बिगड़ी है। उसमें एक सजीव शक्ति है जो उस सारे घर को अनुप्राणित करती है, जो मां के बाद श्मशान दीख पड़ेगा।

उसे महसूस हुआ कि कम्बल में लिपटे हुए उसका दम घुट रहा है और उसने मुंह उधाड़ लिया। उसे अपने सिर के पीछे पीड़ा की टीस महसूस हुई और वह चाहता था कि इसे नींद में डुबा दे।

इस सिद्धांत पर अमल करके कि जब भेड़ें बाड़े में दाखिल हो रही हों तो उन्हें गिना जाए, वह ऊंघ गया। पर भेड़ों के बाद उसके मस्तिष्क में गाय, बैल, बकरियां और हाथी एक के बाद एक आने लगे और सोने का यह नुस्खा भी व्यर्थ सिद्ध हुआ।

आखिर अतीत के चल-चित्र शून्य में विलीन हो गए और वह सो गया।

"उठो, बेटा उठो। मैं तुम्हें कुछ दिखाऊंगा।" चचा किरपू ने कहा और वह उसे जगाने के लिए कंधे से हिला रहा था।

"क्यों, क्यों, क्या है?" लालू ने चौंककर पूछा।

आम तौर पर चाचा उसका ध्यान रखता था। और सुबह के वक्त अपना कम्बल उसपर डालकर उसे सोने देता था। पर आज उसने लालू को झिंझोड़कर कहा :

"ओह, उठो और चलकर देखो।"

लालू कुहनियों के बल उठ बैठा, जिससे उसका सिर गुफा की छत से टकरा गया। आम तौर पर आलस्य दूर करने के लिए वह जम्हाइयां और अंगड़ाइयां लेता था, पर आज वैसे ही बाहर निकल आया। उसके मस्तिष्क में रात के सपने का चित्र तब टूटा जब उसने, चचा किरपू जो कुछ दिखाना चाहता था, उसे देखने के लिए आंखें पूरी खोलीं। वहां असाधारण कुछ भी नहीं था। सिर्फ पानी के गड्ढे थे और लछमनसिंह उन्हें भरने में व्यस्त था। चचा किरपू चुपचाप हवलदार के पास से गुज़रकर वहां पहुंचा जहां राशन-पार्टी आया करती थी।

लालू उसके पीछे-पीछे आ रहा था।

"आज तुम बड़ी जल्दी उठ बैठे।" लछमन ने कहा।

"हौलदार, जब आपने काम शुरू किया, उससे पहले तो नहीं।" लालू ने बात बनाई।

"ओह बेटा, काम खत्म होते ही भूल जाता है।" लछमन ने

उत्तर दिया, "पर सुबह-सुबह चचा को यह क्या हुआ है?"

सवाल दरअसल चचा किरपू से पूछा गया था और वह आमदरफ्त की खंदकों में मोड़ घूम चुका था।

लालू ने उससे जा मिलने के लिए कदम बढ़ाया और पूछा, "ओए, तुम मुझे कहां लिए जा रहे हो?"

किरपू ने आंखमिचौनी खेलनेवाले चंचल बालक की तरह अपने हमजोली की ओर मुंह बनाया और चले आने का संकेत किया।

लालू ने कदम तेज़ किए और किरपू से जा मिला।

वे किसी गड्ढे या पोखर के नहीं, बल्कि एक झील के किनारे खड़े थे जिसमें रात की पूरे इलाके की वर्षा का पानी एकत्रित हो गया था और उससे टेढ़े-मेढ़े गलियारे के किनारे टूटकर कीचड़मय हो गए थे।

"क्या तुमने मुझे बस यही सब दिखाने के लिए जगाया है?" लालू ने नाराज़ होकर पूछा।

चलो तो सही, मैं तुम्हें दिखाऊंगा कि दादा धन्नू कहां है।" किरपू ने गम्भीर स्वर में कहा।

और वह उस खास दरवाज़े की ओर बढ़ा जो सिपाहियों ने दीवार खोदकर बनाया था और जिससे खेतों में जल्दी पहुंचा जा सकता था।

लालू हैरान था कि अपनी पहली गुफा छोड़कर दादा धन्नू आराम करने इतनी दूर क्यों आया है। पर शायद लोकनाथ ने उसकी सन्तरी की ड्यूटी लगाई हो या अपने साथियों से अलग यहां गुफा में रहने का आदेश दिया हो। वह नीली मिट्टी से पहलू रगड़ता हुआ तंग रास्ते में आगे बढ़ा।

चंद गज़ चलकर वे रेत की कुछ बोरियों के पास पहुंचे, जो इस प्रकार रखी हुई थीं कि ऊपर चढ़ने के लिए सीढ़ी-सी बन गई थी।

"ऊपर चढ़ जाओ और अपने बाईं ओर खंदक में देखो," किरपू बोला, "सतर्क रहना।"

उसने एक नज़र चचा किरपू पर डाली और एक क्षण असमंजस में पड़ा रहा, फिर वह उसके आदेशानुसार बोरियों पर चढ़ने लगा। ऊपर जाकर उसने सुख अनुभव किया। क्योंकि अब वह लगभग दस

एकड़ के इस खेत की ताज़ा हवा में सांस ले सकता था। वह कभी खेतों और बाई ओर के टूटे-फूटे घरों के खंडहरों की ओर और कभी अफसरों की गुफाओं की ओर देखता था जिनके गिर्द पत्ते और रेत की बोरियां थीं और कभी उसे धन्नू का ख्याल आता था। धन्नू अगर यहां अच्छी जगह था तो वह अक्सर इधर आकर साहबों को उनकी झोंपड़ियों में देख सकता था···। वह पेट के बल उस खंदक की ओर झुका जिसमें धन्नू के होने की आशा की।

"मुझे तो वह नज़र नहीं आता, चचा।" लालू बोला और फिर पुकारा, "दादा धन्नू! ओ धन्नू!"

खंदक, गुफा या किसी भी ओर से कोई उत्तर नहीं मिला, पर किरपू चिल्लाया, "पानी में देखो!"

लालू ने अपनी नाक के तले की झील में झांका। अपने से लग-भग दो गज़ के फासले पर उसे धन्नू का सूजा हुआ चेहरा पानी पर तैरता दिखाई दिया और शरीर का बाकी हिस्सा किट आदि के बोझ के कारण पानी में डूबा हुआ था। खाल पर एक भयंकर पीलापन था जिससे दादा धन्नू के झुरियों-भरे चेहरे की कुरूपता में कोई अंतर नहीं पाया था, जबकि उसकी बाहर को निकली हुई बड़ी-बड़ी आंखें भयंकर और एकाकी मृत्यु की तरह झांक रही थीं। धन्नू इस हालत में अपना प्रेत दिखाई पड़ता था, जो अपने साथियों के सपनों में आएगा। विकृत और भयप्रद होने के बावजूद वह करुणाजनक था।···

लालू यों अपलक देख रहा था जैसे अपने-आपको विश्वास दिला रहा हो कि वह डरता नहीं है और यह जानना चाहता है कि धन्नू की मृत्यु कैसे हुई। बूढ़े के अधखुले मुंह से लगता था कि इससे पहले कि मौत उसका गला घोंट दे वह सहायता के लिए चीखा और चिल्लाया होगा। पर वह मरा कैसे? धन्नू की कोढ़ियों जैसी सफेद और काली अंगुलियां पानी से ऊपर थीं, उनपर खून के लाल-पीले धब्बे थे और ठोढ़ी पर कुछ खराशें थीं। तब क्या वह घायल हुआ था? लालू धन्नू का घायल शरीर देखना चाहता था, जो गंदले पानी में डूबा हुआ होने के कारण दिखाई नहीं पड़ता था; सिर्फ भावरिक्त, भद्दा और कुरूप चेहरा लालू की ओर ताक रहा था।

लालू इस विचार से तुरन्त लौटा कि कहीं मृतक धन्नू का विकृत

मुख अपनी प्रिय प्रार्थना दोहराना शुरू न कर दे। एक गोली आई और सनसनाती हुई पानी में गिरी। आत्मरक्षा के भाव से उसकी सांस ऊपर की ऊपर और नीचे की नीचे रह गई।

"यह कैसे हुआ?" उसने किरपू के मुख पर आंखें गड़ाकर पूछा।

"जैसे भी हुआ, हुआ है।" किरपू बोला, "लौटते समय वह मुझसे थोड़ा पीछे था। शायद वह अंधेरे में इधर भटक गया और रास्ता भूल गया।"

"जवानो, बात क्या है?" लछमनसिंह की आवाज़ आई। किरपू जब अपनी आंखों में दुख छिपाए पास से गुज़रा तो लछमन ने उत्सुकता प्रकट की।

एक क्षण किरपू और लालू दोनों ने कोई उत्तर नहीं दिया।

"हौलदार, पिछली रात धन्नू डूब गया।" आखिर लालू बोला।

"हैं!" लछमन चौंका। और वह देखने के लिए ऊपर आया।

जब तक लछमन ने दादा धन्नू को देखा, लालू टूटे-फूटे गलियारे की श्मशान जैसी शान्ति में खड़ा इन्तज़ार करता रहा। उसने होंठ भींच लिए और दांत पीसे, ताकि होश न खो बैठे, ताकि दिन ही में रात का भयंकर सपना न देखने लगे, ताकि कल्पना उसे निराशा के खंडहरों में न ले जाए।

6

अगले तीन दिन ऐसा जान पड़ता था कि शत्रु बदला लेने की तैयारी कर रहा है। जर्मन तोपों की गोलाबारी बराबर जारी थी। अंग्रेज़ी तोपें जो किरपू के अन्दाज़े के अनुसार घटिया थीं, उसका जवाब कभी-कभी देती थीं। खंदकों के पीछे 'मेसीने' नाम के गांव पर दिन-रात गोले पड़ते थे और सिपाहियों का खयाल था कि अब वहां मकानों की बुनियादें तक नहीं बची होंगी। जर्मन जहां-तहां छोटे-छोटे आक्रमण करके बड़े आक्रमण के लिए अपनी शक्ति परख रहे थे।

जिस भाग में डोगरा कम्पनी स्थित थी, उसपर धन्नू की मृत्यु का आतंक यों छाया हुआ था जैसे वह मूल तत्त्वों से मिलकर उन

भूतों और प्रेतों का सरदार बन गया हो, जो धरती से दूर नहीं जाते। बढ़ा चुपचाप और निर्लिप्त जब इधर-उधर घूमता था तो वह जीवन ही में भूत लगता था और मरने के बाद तो उसका भूत बन जाना बिलकुल सम्भावित और अनिवार्य था। सिर्फ इतना ही नहीं उसका हमेशा यह आग्रह रहता था कि उसके मृत शरीर का दाह-संस्कार विधिपूर्वक किया जाए। उसे यह आशंका थी कि विदेश में ऐसा होना सम्भव नहीं है, अतएव समुद्र पार जाने के सरकारी आर्डर पर उसे सही एतराज़ था। अब जिन परिस्थितियों में उसकी मृत्यु हुई, उनसे उसके साथियों का यह विश्वास दृढ़ हो गया था कि धन्नू का भूत इस दाह-संस्कार का तकाज़ा करता हुआ मंडरा रहा है। उसके अतीत के बारे में कोई भी अधिक नहीं जानता था। गाड़ी के सफर में उसने सिर्फ लालू को सरसरी तौर पर बताया था कि वह अपने खेतों से निकाल दिए जाने पर दास-किसान से खेत-मज़दूर बना, चरवाहा रहा और अब एक सिपाही था। युद्ध शुरू होने के बाद से अपने-आपको यूरोपियन जीवन की परिस्थितियों के अनुकूल न बना सकने के कारण वह उपहास की सामग्री बना रहा। पर वह विनीत बना अपने ही दुखद संसार में खोया रहता था।

धन्नू के भूत और दूसरे भूतों की दुर्दशा के अलावा जो इस वर्षा, धुंध और सर्दी में मंडरा रहे थे, उनकी अपनी दुर्दशा थी, क्योंकि उन्हें खन्दकों के सीले अंधेरे में बिना नींद, बिना आराम के जीवन बिताना पड़ रहा था।

एक गोला सनसनाता हुआ सिर पर से गुज़रा और फिर कुछ बन्दूक की गोलियां आई।

"इन जर्मन शिकारी कुत्तों से अच्छा सलूक होता जान पड़ता है, क्योंकि वे बड़ा उत्साह दिखाते हैं।" किरपू बोला, "हमारा भोजन नहीं आएगा?"

"भोजन आ जाए तो बेहतर, न आए तो भी कुछ परवाह नहीं।" लालू ने कहा, और वह सिगरेट पीने लगा।

"भोजन जितना भी मिले, हमारे जैसे लोग घर तो लौट नहीं सकते···" किरपू ने कहा।

आक्रमण की दूसरी सुबह लालू धुंधले आकाश पर मटमैले बादलों

की ओर देख रहा था कि लछमनसिह ने पाते ही थके हुए क्रुद्ध स्वर में कहा :

"जवानो, बड़ा ही विचित्र आर्डर हुआ है। आधी 69वीं राइफल्स् यहां रहेगी और आधी चौथी कैवलरी ब्रिगेड के साथ जाएगी···।"

"क्या! क्या! हौलदार, क्या यह सही है?" ध्यानसिंह आर्डर सुनने के सिए दौड़ता हुआ आया।

"और यह कि दो पल्टन की दो कम्पनियां फर्स्ट कैवलरी डिवीज़न में भेजी जाएंगी। वहां वे कनॉट गोरों का स्थान लेंगी जो दूर दक्षिण में जा रहे हैं···।"

"सचमुच, वाकई?" रिखीराम ने पूछा।

जब वे रवाना हुए तो लछमनसिंह ने गुफा की झिलमिलाती मोमबत्ती के प्रकाश में समय देखा। उसकी जेबघड़ी में सुबह के चार बजे थे। उन्हें मालूम नहीं था कि वे कहां जा रहे हैं, मेसीने कहां स्थित है और जिस चौथी कैवलरी ब्रिगेड के साथ उन्हें एकाएक मिला दिया गया है, उसमें कौन लोग हैं। पर वे अपनी सीली गहरी खंदकों से निकलकर धुंधली सुबह में आए और चल पड़े। वे कभी बड़बड़ाते, कभी गालियां देते और कभी चुप हो जाते। इसी तरह उन्होंने खंदकों के पास की ऊबड़-खाबड़ धरती को गिरते-पड़ते पार किया और आगे बढ़े।

लालू ने अपनी नींद से बोझल आंखें खोलकर खेतों पर फैली गहरी धुंध में देखने का प्रयत्न किया, पर वह दो गज़ से आगे न देख सका। भविष्य की अनिश्चितता के मुकाबले में वह सीली गुफा जिसे वह छोड़कर जा रहा था, आरामदेह घर जान पड़ती थी। सिख कम्पनी में उसने किसीको मित्र नहीं बनाया था। क्योंकि उसने केश कटवा दिए थे और सिख होते हुए भी अपने-आपको डोगरा लिखवाया था। वह पंजाबी मुसलमान कम्पनी के भी अधिक सम्पर्क में नहीं आया था, सिवा इसके कि उसने वहां एक बार कोरमा खाया था जो मुस्लिम खानसामे खास तौर पर बनाते थे। लेकिन अब उसे इस बात का अफसोस हो रहा था कि ये दोनों कम्पनियां उसकी कम्पनी से अलग कर दी गई हैं।

वह गोलों से बने गड्ढों से बचने के लिए चचा किरपू के पीछे-पीछे दलदल में छप्-छप् करता हुआ चल रहा था। किरपू मुड़-मुड़कर उसकी तरफ देख लेता था, जैसे उसे डर हो कि जिस प्रकार दादा धन्नू को खो दिया है, कहीं लालू को भी न खो बैठे।

कम्पनी खंदकों के साथ पैंतालीस का कोण बनाती हई एक-एक की पंक्ति में चल रही थी।

लालू ने यह जानने के लिए कि क्या अजीटन साहब भी उनके साथ है, इधर-उधर देखा। जब गांव के ज़मींदार ने उसपर मुकदमा दायर किया था तो सहृदय कैप्टन ओवेन ने उसे कानून के पंजे से छुड़ाया था। इसलिए लालू उसके प्रति आदर-भाव रखता था। ओवेन साहब अपनी सहृदयता के लिए पल्टन-भर में प्रसिद्ध था, पर लालू के प्रति उसने जो विशेष सहृदयता दिखाई थी, उसकी सिपाहियों में विशेष चर्चा रही। वह एक लोकप्रिय साहब था। अजीटन साहब की हवलदार लछमनसिंह से मित्रता थी, इसलिए साहब लछमन के मित्रों का ध्यान रखता था। पर वह लालू से बात करने का अवसर कभी हाथ से जाने नहीं देता था, और उसके कुशल-क्षेम का ध्यान रखता था। अतएव लालू भी उसकी पूजा करता था।

मगर उसने जब धुंध में से झांककर देखा तो ओवेन साहब कहीं दिखाई नहीं पड़ा और लालू के मन में आशंका उत्पन्न हुई कि उसे किसी दूसरी कम्पनी के साथ तो नहीं भेज दिया गया। चूंकि छब्बीस तारीख को कर्नल घायल हो गया था, इसलिए शायद अफसरों की अदला-बदली हुई हो।

वह अफसरों की गुफा के एक कोने से ऊंचाई पर चढ़ रहा था। एक दरवाज़े के टूटे किवाड़ों के पास से गुज़रकर जहां रेत की बोरियां लगी हुई थीं, वह रुंड-मुंड पेड़ों की ओर बढ़ा जो धुंध में लिपटे हुए युद्ध के मृतकों के भूत-से दिखाई पड़ रहे थे, लालू को याद आया कि धन्नू के भूत के कारण वह इस खंदक में कितना डर गया था। शायद वे इसीलिए यहां से किसी दूसरी जगह जा रहे थे···।

सौ गज़ का कठिन मार्ग तय करके वे खेत से सड़क पर आए।

ओवेन साहब वहां खड़ा सिपाहियों को गुज़रते देख रहा था। उसकी नीली आंखें जहां हरेक सिपाही का निरीक्षण कर रही थीं वहीं

वे मुस्करा-मुस्कराकर मूक सैल्यूट स्वीकार कर रही थीं। अधिक अच्छा सैनिक अभिवादन न कर सकने के कारण सिपाही इस सैल्यूट ही से उसके प्रति आदर प्रदर्शित कर रहे थे।

"सलाम, हुज़ूर!" लालू जब निकट आया तो उसने विशेष रूप से कहा।

"अह, लालसिंह, क्या हाल है तुम्हारा?" साहब ने उसकी पीठ थपथपाते हुए पूछा।

"हुज़ूर, कृपा है आपकी।" लालू ने उत्तर दिया।

"दूसरी कम्पनियां कहां गईं, हुज़ूर?" लालू के साथ साहब की बातचीत से लाभ उठाकर एक सिपाही ने पूछा।

"स्थिति नाज़ुक है।" ओवेन साहब ने अफसरी की मुद्रा धारण किए बिना सहज ढंग से कहा, "इसलिए पल्टन को भी कठिन परिस्थितियों का सामना करना पड़ रहा है। पर हरेक कम्पनी के अफसर··· हमारे साथ रहेंगे···"

इसी वक्त सूबेदार मेजर अर्बेलसिंह उस जगह लौट आया, जहां कम्पनी चौराहे पर जमा हो गई थी। वह चुस्त और दृढ़ था। गुफा के कष्ट सहकर भी उसकी शान में कुछ अन्तर नहीं आया था। उसने अपना पतला-दुबला भेड़िये-सा चेहरा अजीटन की ओर घुमाकर कहा, "साहब, ब्रिगेड हैडक्वार्टर्ज़ हमारे बारे में कुछ भी नहीं जानते। भारतीय सेना दूसरी सेना जैसी नहीं है। भारतीय सिपाही न अंग्रज़ी जानते हैं और न फ्रांसीसी। मुझे उम्मीद है कि बिग्रेड को अगर तोड़ा भी जाए तो इस पल्टन के जितने दस्तों को सम्भव हो सके एकसाथ रखा जाए···" पर उसने महसूस किया कि उसका स्वर इतना ऊंचा है कि उसे सिपाही भी सुन सकते हैं। इसलिए वह कैप्टन ओवेन को अलग ले गया।

"हवलदार लछमनसिंह कहां है?" साहब ने लालू से मुखातिब होकर पूछा, जैसे वह अपनी टूट गई बातचीत की कड़ी जोड़ रहा हो।

"हुज़ूर, मैं यहां हूं।" जहां सिपाही पंक्ति बना रहे थे वहां से हवलदार की आवाज़ तुरन्त आई।

लालू भागकर दूसरों से जा मिला।

चार-चार की पंक्ति बनवाई गई और फिर कहा गया कि 'आराम

में खड़े रहो'। आदेश का स्वर हमेशा की तरह कठोर और ऊंचा नहीं था।

और वे खड़े इंतज़ार करते रहे।

उन्हें फिर 'अटैंशन' होने का आदेश मिला और ओवेन साहब ने घूमकर निरीक्षण किया। लालू उसकी ओर अब भी ध्यान से देख रहा था। साहब की बाछों पर हलकी-सी मुस्कराहट थी जो सहृदयता, व्यवहार की विनोदशीलता और निश्चय की कठोरता का सम्मिश्रण थी। सिपाहियों के लिए एक अबूझ पहेली थी, पर साहब के व्यक्तित्व को व्यक्त करती थी।

निरीक्षण खत्म होते ही कम्पनी के कमांडर लेफ्टिनेंट आडले की आवाज़ गूंज उठी। सिपाहियों के भारी कदमों की चाप और हाथ हिलाने से पैदा होनेवाली कपड़ों की सरराराहट से यह आवाज़ ऊंची थी। आखिर वे धुंध में लिपटकर सफेद भूत-से दिखाई देने लगे।

कुछ देर 'लेफ्ट-राइट- लेफ्ट-राइट' की ध्वनि लालू के मस्तिष्क में गूंजती रही। फिर तेज़-तेज़ कदम धीमे पड़ने लगे जैसे उन्हें धरती के साथ संघर्ष करना पड़ रहा हो।···शीघ्र ही लालू गीले खेत में से चल रहा था जहां पैर पड़ते ही पानी लपकता था और बूट कीचड़ में लिथड़कर बोझल से बोझलतर होते चले गए।

गालियां देते और उसांसें भरते हुए उन्होंने कदम धीमे कर दिए। सड़क के किनारे के घर और पेड़ पीछे छूटते जा रहे थे और वे आहिस्ता-आहिस्ता आगे बढ़ रहे थे।···

"स्टेडी! स्टेडी! खंदकें दूर नहीं हैं।" ओवेन साहब ने ढाढस बंधाई और गालियां बन्द हो गई।

जब उन्होंने नई खंदकों में प्रवेश किया तो सुबह के उजाले से धुंध फट रही थी और कहीं-कहीं कोहरा हलका पीला सफेद पड़ गया था और उसमें से देखना सम्भव था।

सिपाहियों ने इधर-उधर घूमकर अपनी नई जगह को देखना शुरू किया। पर यह उनकी पहली खंदकों से भिन्न नहीं थी, सिवा इसके कि यहां बहुत-से खाली कनस्तर और सिगरेटों के सीले पैकेट बिखरे पड़े थे। इनसे पता चलता था कि यहां पहले अंग्रेज़ी पल्टन थी। प्रतएव कुछ सिपाही रात की नींद पूरी करने गुफाओं में जा लेटे और

दूसरे सुस्ताने लगे।

लालू ने, जो स्थिति को समझने के लिए हमेशा उत्सुक रहता था, दीवार से सिर ऊपर उठाकर इधर-उधर देखा। यहां भी वैसा ही गोलों के गड्ढों और डंठलों और जड़ों से भरा शलजम का एक विस्तृत खेत था, जैसाकि उन खंदकों के बाहर था जो वे छोड़कर आए थे। दाईं ओर जहां खंदके जंगल में खो जाती थीं, अनधिकृत भूमि में सिर्फ एक मकान का खण्डहर था। यह मकान शायद उनकी खंदकों के पीछे ध्वस्त गांव का ही एक भाग था। धुंध कहीं-कहीं अब भी गहरी थी और उसमें से झांकना सम्भव नहीं था। मगर अनधिकृत भूमि से परे कोई भी प्राणी नज़र नहीं आता था। सिरों के ऊपर सीटी की चीख सुनाई पड़ी, जिससे मौन भंग हो गया।

लालू दीवार से पीछे हट गया और अपने इर्द-गिर्द देखने लगा। गोली क्षण-भर के लिए बन्द हुई। वह चचा किरपू को खोजने घूमा ही था कि भयंकर आवाज़ ने शून्य को भर दिया। हवलदार लछमनसिंह, जो आराम करने लेटा ही था, इस अकस्मात् गोलाबारी से चौंककर उठा। और अपनी पगड़ी ठीक करता हुआ गुफा से बाहर आया। एक क्षण वह चुप खड़ा सुनता रहा और फिर दौड़कर कम्पनी के बाईं ओर चला गया।

"बात क्या है?" किरपू ने अपनी गुफा से निकलकर पूछा, "ये बेटी··· हमें आराम नहीं करने देंगे···"

"मेरा खयाल है कि जर्मन हमारे मोर्चे पर गोलाबारी कर रहे हैं···" लालू बोला।

"जिसका जवाब हमारे पास तोपें न होने के कारण नहीं दिया जा सकता!" चचा किरपू ने विद्रूप-भाव से कहा, "लगता है कि आज सुबह दुश्मन हमपर हमला करेगा।"

लालू एक गोले के धमाके से कांप गया जो कहीं खंदकों में ही फटा था। अपनी इस घबराहट को छिपाने के लिए उसने किरपू से आंख मिलाकर देखने का प्रयत्न किया।

"ठीक है बेटा, हमें कोई खतरा नहीं।" किरपू बोला। वह एक फूंस से भरी हुई बाल्टी लाया और बात जारी रखी, "मुझे विश्वास है कि गोरे इसमें आग जलाते थे, मैंने अपनी बोतल में कुछ चाय डाल

ली थी, हम उसे गर्म करेंगे···”

लालू ने बाल्टी को यों देखा जैसे कोई खिलौना हाथ लगा हो और वह आग जलाने में किरपू की मदद करने लगा।

“जाओ मेरे सामान से पीतल का बगूना ले आओ। किरपू ने कहा।

लालू खुशी-खुशी बगूना लेने दौड़ा। जब वह लौट रहा था तो हनुमंतसिंह से भेंट हुई जो अंधेरे में टटोलता आ रहा था। उसने कहा :

“अजीटन साहब ने कहला भेजा है कि शत्रु हमारे सारे मोर्चे पर आक्रमण कर रहा है। हमें तैयार रहना चाहिए।”

“ठीक है।” चचा किरपू ने शांत भाव से कहा, “इतना शोर मत मचाओ। बैठो और थोड़ी-सी चाय पी लो।”

“चाय कहां है?” स्थूलकाय ध्यानसिंह बोला और वह यों लपक-कर आगे बढ़ा जैसे मक्खी गुड़ पर झपटती है।

“जवानो, आओ।” किरपू ने पुकारा, “अपना भाग्य बूझने के लिए वहां खड़े तारों को मत देखो, वह तुम्हें पहले ही मालूम है···”

लालू आकर चुपचाप चाचा किरपू के पास बैठ गया। उसने बोतल की चाय बगूने में पलटकर चाय और अपने हाथ बाल्टी की आग पर गर्म किए। सिपाहियों में से कोई कुछ नहीं बोला, पर वे मन ही मन किरपू की दूरदर्शिता की प्रशंसा कर रहे थे क्योंकि वह आड़े वक्त के लिए हमेशा चीज़ें रख छोड़ता था। उन्हें आश्चर्य हो रहा था कि मोर्चे पर आने के बाद वे कैसे शान्त स्वभाव के बन गए थे। वे खंदकें बदलने के कष्ट और शत्रु द्वारा इस भयंकर स्वागत की शिकायत नहीं कर रहे थे। लगता था कि पहले आक्रमण के बाद वे इन सब बातों के अभ्यस्त हो चुके थे। शायद जैसाकि चचा किरपू ने कहा था, ‘वे अपने भाग्य को जानते थे।’ या शायद सबसे कटकर और अपने-आपमें डूबकर उसे जानने का प्रयत्न कर रहे थे ताकि तमाम आशंकाओं, दुविधाओं और आतंकों से लड़-झगड़कर तबाही और बरबादी की इस दुनिया से मानसिक सामंजस्य स्थापित कर लें। चूंकि बाहरी युद्ध और मानसिक द्वन्द्व साथ-साथ चल रहे थे; इसलिए वे कभी-कभी ही बोलते थे और प्रायः चुप रहते थे।

बम का एक टुकड़ा मक्खन की टिकिया की तरह उबलता हुआ गुफा के पास आकर गिरा।

"जवानो, चाय पीकर अपना-अपना स्थान संभालो।" चचा किरपू बोला, "यमदूत किसी न किसीको खोज रहा है···"

हनुमंत चाय का इंतज़ार किए बिना ही लौट गया जबकि ध्यानसिंह आराम से बैठा रहा।

लालू ने आधा गिलास अपनी राशन-प्लेट में डाला और गट-गट पी गया। चाय बहुत कम गरम थी, पर उसने बासी मुंह के स्वाद को बदल दिया और खाली पेट को कुछ सामग्री मिली।

तब लालू ने बंदूक उठाई और अपनी जगह पर चला गया।

आकाश पर सुबह का उजाला फैला था, पर धरती पर धुंध अब भी गहरी थी। उसने हरेक चीज़ को अपने सफेद पंजे में जकड़ रखा था और वह धरती की सड़ांध और गोलाबारी में गंधक की दुगंध को जमा रही थी। सिपाहियों की पलकों, भौंहों और दाढ़ी के छोटे-छोटे बाल सफेद पड़ गए थे, जैसे वे रात-भर में सौ साल के बूढ़े हो गए हों।

लालू निरीह भाव से सोच रहा था कि जर्मनों ने शायद उन्हें नई खंदकों में आते देख लिया है। दुश्मन के पास सीसा बहुतायत में है इसीलिए ये अंधाधुंध तोपें दाग रहा है और सतत गोलाबारी कर रहा है।

उसने सामने की ज़मीन देखने के लिए सुराख में से बंदूक निकाल ली। उसे लगा कि धुंध से बादलों के पीछे वह लोहे की टोपियों वाले जर्मनों को बढ़ते देख रहा है। और उसे लगा कि वह दुश्मन के भारी बूटों के नीचे पिचक रही कीचड़ की आवाज़ सुन रहा है। जहां-तहां धुआं धुंध से मिलकर ऊपर उठता था और लालू को लगता था कि जर्मन दौड़ते-रेंगते बढ़ रहे हैं।

"यह लो।" चचा किरपू ने उसे सिगरेट और दियासलाई की डिबिया थमाते हुए कहा।

लालू ने डिबिया ले ली और चुपके से एक निगाह यों किरपू पर डाली जैसे वह उसे देखने से डर रहा हो।

उसने जल्दी-जल्दी सिगरेट के कई कश लगाए और बहुत-सा धुआं भीतर निगल लिया, जिससे गले में कुरकुरी हुई और खांसी उठी। जब खांसी थमी तो उसकी आंखों में आंसू थे। वह घबराहट

में मुस्कराया और उसने कुछ शान्ति महसूस की।

सुबह और दोपहर से पहले शत्रु की गोलाबारी और तीव्र हो गई।

अपने होश बनाए रखने के लिए डोगरा कम्पनी अपनी बंदूकों से जर्मनों की ओर गोलियां चलाती और आदेश का इंतज़ार करती रही। कोलाहल में उन्माद-सा फैला था। लालू गोलियों के राउड के बाद राउंड चला रहा था, जैसे उसे दवा पिलाकर हिंसक बना दिया गया हो।

किरपू भी ऐसा ही कर रहा था।

अचानक दायें किनारे पर भयंकर शोर सुनाई दिया।

"वे हमपर चढ़ आए हैं।" हवलदार लछमनसिंह चिल्लाया।

"क्या हमला शुरू हो गया?" ध्यानसिंह ने पूछा।

लछमन ने आकुलता में सिर हिलाया, उसे पसीना आ गया था। फिर उसने अपनी बन्दूक संभाली।

लालू ने रेत की बोरियों से अपनी बंदूक निकाल ली और सामने देखने लगा। जहां तक आंख देख आती थीं पचास गज़ तक कुछ भी नहीं था पर उससे परे आदमी एक-दूसरे से गुत्थमगुत्था हो रहे थे। सहसा उसे ख्याल आया कि सुरक्षा-रेखा चंद चौकियों पर निर्भर करती है। मुसीबत यही थी कि जर्मनों ने रेखा के एक भाग पर कब्ज़ा कर लिया था, जहां से वे चौकी के बाद चौकी सर करते बढ़ रहे थे।

जर्मनों ने भारी कोट और लोहे की टोपियां पहन रखी थीं, वे कद के लम्बे थे और चिल्लाते, भागते, कूदते, गैलरियां फांद रहे थे और हिन्दुस्तानी पल्टन की गोलियों का शिकार होकर गिर पड़ते थे।

"हुर्रा!" सिपाही उत्तेजित अवस्था में दाई ओर भागते हुए चिल्ला रहे थे।

"गोली चलाओ! गोली चलाओ।" लालू के पीछे आर्डर गूंज उठे।

ज्योंही उसने पीछे मुड़कर देखा ओवेन साहब, आडले साहब, सूबेदार सुचेतसिंह, जमादार सूबासिंह और लैंस-नायक लोकनाथ सिपाहियों के साथ खंदकों में भागते आ रहे थे। सिपाहियों में से कुछ गलियारे फांदते, आड़ लेकर लेटते और उठकर फिर दौड़ते थे।

"उन्हें आने दो!" लछमनसिंह चिल्लाया और एक निपुण शिकारी की तरह वह खंदक की दीवार फांद गया और गैलरी में अफसरों से आगे निकल गया।

"बोलो काली माई की जय!" सिपाही चिल्लाए और उसके पीछे दौड़े।

उन्हें लगा जैसे धरती फट गई है और वे दरारों में धंस गए हैं। कुछ ने दौड़कर दुश्मन को अपनी नंगी संगीनों से बीच में ही रोक लिया और बाकी गिर पड़े। बंदूकों और मशीनगनों की गोलियों से घायल होकर उनके शरीर भयंकर रूप से विकृत हो गए थे।

लालू ने महसूस किया कि उसकी बंदूक अंगारे की तरह तप रही है, पर उसने उसे थामे रखा। वह किरपू के साथ गैलरी के अन्दर एक मकान में कूद गया था और उसकी टूटी हुई दीवार की ओट से बराबर गोली चला रहा था। हवलदार लछमनसिंह शत्रु के बहुत निकट खतरे में था।

"हौलदार!" लालू उसे खतरे से चेताने के लिए चिल्लाया।

"यह बात करने का समय नहीं, बेटा।" किरपू बोला, "विश्वास रखो और गोली चलाओ···"

हरेक जैसे भंवर में घिरा था, इसलिए अपने लिए या किसीके लिए भी डरने का कोई लाभ नहीं था। अब तो सिर्फ एक ही उपाय था कि थकान से बचा जाए और ठीक बीच में आगे बढ़ने का प्रयत्न किया जाए।

"संगीनों से हमला करो!" लेफ्टिनेन्ट आडले चिल्लाया और वह एक मृत सिपाही की बंदूक लेकर दीवार पर चढ़ गया।

पर चढ़ने की देर थी कि गोली लगी और वह सिर के बल नीचे जा गिरा। उससे परे अग्रिम दस्ता भयंकर आक्रमण का मुकाबला कर रहा था।

और फिर शत्रु जहां छिप गए थे, वहां से निकलकर टूट पड़े। वे अपनी संगीने सिपाहियों को घोंप रहे थे और गोलियों की बौछार के बावजूद लोहे की दीवार की तरह बड़ी क्रूरता से आगे बढ़ रहे थे।

"गोली चलाते रहो।" ओवेन साहब ने जमादार सूबासिंह से कहा, "यहां एक क्षण भी मत रुको। गोली चलाते-चलाते पीछे लौटो।"

"पीछे लौटो।" सूबेदार सुचेतसिंह चिल्लाया।

सिपाही शराबियों की तरह लड़खड़ाते हुए पसीने में सराबोर और कीचड़ में लथपथ गोली चलाते हुए धीरे-धीरे लौट रहे थे। जिन साथियों को वे पीछे छोड़ रहे थे उनकी कोई आशा नहीं थी।

उन्होंने गोली चलाना जारी रखा, पर अब इसका कोई लाभ नहीं था क्योंकि वे एक गैलरी के कोने पर थे। उन्होंने खंदक की सड़ी हुई मिट्टी को जल्दी-जल्दी पार किया।

"मादर…!" हनुमन्तसिंह ने ज़िंदगी में पहली बार गाली दी।

जब लालू खंदकों की भूलभुलैयों में से लौट रहा था तब शत्रु की गोलाबारी तेज़ हो गई थी, लेकिन कम्पनी की बन्दूकें खामोश थीं। वहां जो नरक की भयंकरता फैली थी लालू उससे प्रभावित हवलदार लछमनसिंह के बारे में सोच रहा था, जो पीछे छूट गया था। पर कम्पनी के जो सिपाही बच निकले थे, सामने के मैदान में उन्हें रोकनेवाला कोई नहीं था। सिर्फ कभी-कभी गोलों की कतरनें उड़ती थीं या तोपों की आवाज़ सुनाई पड़ती थी।

वह नहीं जानता था कि हमले में कितना समय लगा। लेकिन वह खंदक से निकलकर उन सिपाहियों के पीछे चला जो एक फार्म-हाउस की टूटी हुई दीवार के पीछे चक्करदार मार्ग में खड़े थे। वे इतने थक गए थे कि उनमें सोचने और महसूस करने का भी सामर्थ्य नहीं था। सब मौत के मुंह से निकलकर आए थे।

7

मेसीने के खंडहरों पर अंधेरा फैल रहा था और आकाश पर लड़ाई के धुएं के बादल छाए थे। कभी-कभी कोई गोला इन खंडहरों को जगमगा देता था जिनमें सिपाही अपना रास्ता टटोल रहे थे या फिर तोप का उजाला किसीके चेहरे पर पड़ता था। गोली बराबर चल रही थी। वे खंदकों से दूर जाने के बजाय उनकी ओर बढ़ रहे जान पड़ते थे।

लालू आगे कदम बढ़ाने से पहले बड़ी सावधानी से ज़मीन को टटोल लेता था। फिर वह किसी चीज़ से ठोकर खाकर एक गड्ढे में

जा गिरा और कलाबाज़ी खा गया।

"ओह, मुझे क्या हुआ है। मादर···" उसने गाली दी।

इस चिन्ता में कि कहीं साथियों से पीछे न रह जाए, उसने झट उठकर कीचड़-भरे हाथों को अपने कोट से पोंछा। वह गड्ढे से बाहर निकलने वाला ही था कि जिस चीज़ से उसने ठोकर खाई थी, वह भी उसके ऊपर से आ गिरी। उसने पलटकर देखा तो यह एक शव था।···

उसने चीख मुश्किल से रोकी और वह घुटने अपनी बन्दूक से टकराता हुआ दौड़ा। उसके मन में सिर्फ एक ही विचार था कि उस भूत से बचे जो उसका पीछा कर रहा था। सिपाहियों की अस्पष्ट आकृतियां सड़क पर बने उस फार्म हाउस की टूटी दीवारों के पीछे लुप्त हो रही थीं जहां वे पौ फटे इन खंदकों में जाने से पहले इकट्ठे हुए थे। वह इस डर से कि कहीं फिर न गिर पड़े, दौड़ना नहीं चाहता था, पर शव का प्रेत धन्नू का भूत बनकर उसका पीछा कर रहा था। उसके विक्षिप्त मस्तिष्क को जान पड़ता था कि बूढ़ा हर जगह उसका पीछा कर रहा है और अपने दत्तक पुत्र के रूप में उससे कह रहा है कि मेरे शव का अन्तिम संस्कार करो।

वह तब तक दौड़ता रहा जब तक कि किरपू से न जा मिला, जो सड़क के किनारे खड़ा बड़ी अधीरता से उसका इन्तज़ार कर रहा था। लगता था कि उसके मस्तिष्क के भयंकर प्रेत अब पीछे छूट गए थे। वह अपने साथियों के साथ उधर चला, जहां सिपाही ध्वस्त फार्म हाउस के पीछे एकत्रित हो गए थे।

"फाल-इन! फाल-इन!" लैंस-नायक लोकनाथ यों चिल्ला रहा था जैसे युद्ध के धुएं ने उसे उन्मत्त कर दिया हो।

"फाल-इन की कोई ज़रूरत नहीं।" सूबेदार सुचेतसिंह ने कहा। और जैसे उसे विश्वास न हो वह पहले जमादार सूबासिंह और फिर ओवेन साहब की ओर मुड़ा जो मेजर पीकॉक के पास खड़े थे। अफसर मशीनों की तरह चल-फिर रहे जान पड़ते थे।

कैप्टन ओवेन आगे आया। उसके बाल बिखरे हुए थे और वह कीचड़ में लथपथ था। उसने सिपाहियों को देखा, जो आधे पंक्ति बना चुके थे और फिर सिर को झटककर सूबेदार सुचेतसिंह से कुछ

कहा। इस कुछ का अर्थ शायद 'डिसमिस' था।

"जवानो आओ, हम कुछ देर अफसरों की खंदकों में आराम करेंगे।" सूबेदार सुचेतसिंह ने कहा।

सिपाहियों ने रात के कोहरे में सड़क पार करके एक तहखाने में दाखिल होना शुरू किया।

किसी कारण चचा किरपू सूबेदार सुचेतसिंह के पास गया और चिन्तित स्वर में बात करने लगा। लालू आगे बढ़ गया।

"हम अपने ठिकानों पर जाएंगे या कहीं और?" उसने हनुमंत-सिंह से पूछा जो लंगूर-सा दिखाई पड़ता था। उसका चेहरा मलिन और काला था, जिसपर पाशविक क्रूरता अंकित थी।

"भाई, हरेक अपने लिए लड़ता है।" हनुमन्त ने उत्तर दिया।

उन्होंने तहखाने में प्रवेश किया।

कुछ सिपाही पत्थर के फर्श पर बैठ गए, कुछ यों पसरे कि सारी जगह घेर ली, जबकि बाकी एक दहक रही अंगीठी के गिर्द यों जमा हो रहे थे जैसे किसीके दाह-संस्कार के समय बिरादरी के लोग इकट्ठे हो जाते हैं।

काफी देर तक कोई कुछ नहीं बोला।

वे सब चुप बैठे थे। उदास और गम्भीर चेहरे थकान से रिक्त और विकृत थे। और गर्दनें लड़ाई के अथाह दुःख से झुकी हुई थीं।

लालू तहखाने के अंदर अर्धनिद्रा में लेटा हुआ था। जब उसकी आंखें अचानक खुली तो उसका शरीर एक सपने के आतंक से कांप रहा था। उसने एक क्षण के लिए अपनी आंखें यह निश्चित करने के लिए खोली कि आया वह सुरक्षित है और किरपू उसके निकट है। बूढ़ा बैठा सिगरेट पी रहा था और दूसरे सिपाही कांपते, कराहते और खुर्राटे भरते इधर-उधर लेटे हुए थे। तो अब भी पूरी भयं-करता से गरज रही थीं। उसने झुरझुरी ली और सर्दी से बचने और हनुमंत को बचाने के लिए, जो उसके निकट ही लेटा हुआ था, टांगें सिकोड़ लीं।

उसने सोने का प्रयत्न किया। पर उसके सक्रिय और उत्तेजित मस्तिष्क में धन्नू का चेहरा उभर आया जो लकड़ी-सा निर्जीव और

कठोर था। जब उसने धन्नू को भुलाने के लिए झुरझुरी ली, तो उसे वे लोग स्मरण हो आए, जो जर्मन आक्रान्ताओं के विरुद्ध लड़ते हुए मारे गए थे, जिन्होंने गोलियों के आगे सीने तान दिए थे।

विक्षुब्धता से बचने के लिए उसने सोने का प्रयत्न किया। पर उसके सक्रिय मन ने एक और जाला बुन दिया, जिसमें सिपाही-दर-सिपाही उलझे हुए थे। उसने एक झुरझुरी लेकर आंखें खोल दी और उठकर बैठ गया। बाहर के शोर ने उसे घबरा दिया और उसने चचा किरपू की ओर देखा।

"बमों की आवाज़ सुन रहे हो?" एक क्षण बाद उसने चचा किरपू से पूछा।

"क्या?" किरपू चौंका, तब होंठों पर ज़बान फेरकर उन्हें गीला किया और गला साफ करने के लिए खंखारकर, जिसकी आवाज़ एक कराह के सदृश थी, उसने बात जारी रखी, "वे कुएं के अन्दर चिल्ला रहे हैं।"

"कौन चिल्ला रहे हैं?"

चचा किरपू ने अंधेरे में लालू की ओर देखा और फिर बिना उत्तर दिए ही आंखें बंद कर लीं। थोड़ी देर दीवार का सहारा लिए वह चुप बैठा रहा और फिर उसने व्यथित स्वर में कहा :

"पटुआ कुएं में गिर पड़ा है और वे खुन के आंसू बहा रहे हैं।"

इसे क्या हो गया है, क्या यह भी सपना देख रहा है? थोड़ी देर पहले यह आंखें पूरी खोले चुप बैठा सिगरेट पी रहा था। शायद इसे उस विकलता की छूत लग गई, जो उन लोगों के शरीर से निकल रही है जो इधर-उधर लेटे हुए बड़बड़ा रहे हैं और जाने किस दुःख से कराह रहे हैं।

"तुम्हें कुछ होश भी है?" लालू ने विद्रूप-भाव से कहा, "मुझे तो थोड़ा होश है।"

"ओह, उल्लू!" चचा किरपू तीखे स्वर में चीखा, "हौलदार लछमनसिंह मर गया···" और उसने जान-बूझकर सिर दीवार से टकराया और माथा पीटकर रोने लगा।

लालू घबरा गया और उसने किरपू से सवाल पर सवाल पूछना शुरू किया।

"क्या वह उस हड़बड़ी में मारा गया? तुम्हें किसने बताया। क्या तुम्हें पक्का पता है? क्या वह तुरन्त मर गया?"

"ओह, वह शेर था।" किरपू ने लालू के किसी सवाल का जवाब दिए बिना आह भरी। "बेटा, वह बहुत ही विचित्र व्यक्ति था, हौलदार लछमनसिंह! शेर चला गया, अब गीदड़ राज करेंगे। ऐ मेरी मां!—यह क्या हुआ?···ईश्वर ने ऐसा क्यों किया?··· पर बेटा, वह बहादुर की तरह मरा, बहादुर की तरह! कायरता को उसने अपने पास भी नहीं फटकने दिया। सुचेतसिंह कहता है कि जब गैलरी में जर्मन उसपर टूट पड़े तो वह अकेला लड़ता रहा और इससे पहले कि उसकी संगीन टूटे उसने पांच जर्मनों को ढेर कर दिया। हमारे शेर ने तब भी हिम्मत नहीं हारी। उसने एक टूटी हुई संगीन उठाई और जब तक गिर न पड़ा तीन दुश्मनों से एकसाथ लड़ता रहा।" किरपू का गला रुंध गया और वह आह भरकर चिल्लाया, "ओह, मेरे शेर! तुमने उस कोख की लाज रख ली जिसने तुम्हें जन्म दिया, मेरे लछमन···"

लालू अपने साथी के मुख की ओर देखने लगा। बड़े से बड़े संकट में भी मुस्करानेवाला साहसी और चंचल मुख। पर अब उसपर दुःख और विषाद की झुर्रियां थीं। लालू ने कभी नहीं सोचा था कि बुद्धिमान और सनकी चचा किरपू किसी भी बात से इतना विचलित होगा। इस वृद्ध का एक बच्चे की तरह फफक-फफककर रोना उससे सहन नहीं हो पाया जबकि वह खुद इतना निलिप्त था। और उसने किरपू को सांत्वना देने का प्रयत्न किया। "आओ, चचा!" लालू ने उसके कंधे पर हाथ रखकर कहा, "हम अब भी इकट्ठे हैं, इकट्ठे रहेंगे। क्यों, रहेंगे न?"

"ठीक है बेटा, मैं मूर्ख बावला आदमी हूं, मुझे क्षमा करो। बेशक हम इकट्ठे रहेंगे।"

वह फिर दीवार के सहारे झुक गया और गला रुंध जाने के के कारण खांसा।

"जागो, जागो!" सूबेदार सुचेतसिंह की आवाज़ सुनाई पड़ी।

"उठो, चौंधी आंखों वाले हरामियो!" जमादार सूबासिंह ने आर्डर दिया।

"खड़े हो जाओ! कुत्ती के बच्चे! मादर···यह चाय पियो और चलने की तैयारी करो।" लैंस-नायक चिल्लाया और उसने पागल की तरह लपककर एक गठरी बने सिपाही को ठोकर मारी और दूसरे को कन्धे से हिलाया।

किरपू ने लालू को हिलाया जो आंखें बन्द किए पड़ा था।

इससे लोकनाथ का ध्यान इधर आकर्षित हुआ। "साहब के भैंगे बेटे, उठो!" लोकनाथ ने लालू पर झपटते हुए कहा, "कुत्ते, उठो, क्योंकि अब हवलदार लछमनसिंह नहीं रहा जो तुम्हें कम्बल उढ़ाकर सुलाएगा। तोप की औलाद उठो!···"

और फिर किरपू की ओर पलटकर उसे कंधे से हिलाया और पतले होंठों में से लम्बे-लम्बे दांत निकाले।

"ओए, उन्हें जगाओ, पर उठने के लिए समय भी दो।"

सूबेदार सुचेतसिंह लोकनाथ को रोकने के लिए दूर से चिल्लाया। "हम चलकर देखें कि क्या हो रहा है, आओ जमादार सूबासिंह।"

लालू बैठा सोच रहा था कि यह सब क्या है। रात का सन्नाटा था और भोजन का समय बीत चुका था। बाहर अब भी बमबारी हो रही थी।

"तैयार हो जाओ!" लोकनाथ ने छाती फुलाकर बाहर की ओर जाते हुए कहा, "अपने बिस्कुट और चाय ले लो।"

"वाह, ओए मिस्टर लोकनाथ!" लालू लोकनाथ की साहबी पर बड़बड़ाया, "वाह!"

"चुप रहो!" किरपू ने होंठों पर अंगुली रखकर विशेष संकेत किया।

"हुआ क्या है?" लालू ने पूछा, जो ठोकर लगने से विक्षिप्त था।

किरपू ने अपना सिर आप निकल रही चाय के डोल की ओर उठाया जो राशन-पार्टी ला रही थी।

"अब हम किस बात का इन्तज़ार कर रहे हैं, चचा?"

लालू ने राशन-पार्टी को स्थिर खड़े देखकर कहा जबकि लोकनाथ सीढ़ियां चढ़ रहा था।!

"आर्डर का, ऊपर से आनेवाले आर्डर का।" किरपू ने अपने भीतर के क्षोभ और अवज्ञा को दबाते हुए कहा, "हम हमेशा आर्डरों

का इन्तज़ार करते हैं, बेटा, हम सालों और महीनों से आर्डरों का इन्तज़ार कर रहे हैं बेटा। हमेशा आर्डरों का इन्तज़ार! ···और एक सिपाही का फर्ज़ हुक्म मानना है बेटा, हुक्म मानना। और जैसाकि उस सांप ने अभी कहा है, हौलदार लछमनसिंह मर चुका है!"

"लाओ, अब चाय तो दो हरामियो, जबकि तुमने हमें जगा दिया है।" ध्यानसिंह ने रसोइयों से यहा।

"लाओ, चाय लाओ। हमें किस बात का इन्तज़ार है?" रिखी चिल्लाया।

"कयामत का।" लालू ने स्वतः कहा।

"जवानो, हम तुम्हें रम से गर्म करेंगे।" राशन-पार्टी में से किसीने कहा, "इससे पहले कि तुम लड़ने जाओ, चाय और रम।"

"तो हम खन्दकों में वापस जा रहे हैं।" लालू बोला, "पर अजीटन साहब ने हमें तो हाज़िरी के बाद डिसमिस कर दिया था। उसने हमें तब क्यों नहीं बताया?

"अजीटन साहब जनरल़ साहब नहीं है।" किरपू ने साधारण रूप से कहा, "अगर वह अपने-आप इस प्रकार के आर्डर दे देता तो उसे अपनी बन्दूक और पेटी उतारकर 'क्वार्टर गार्द' में कैद हो जाना पड़ता। हम फौज में हैं, घर पर गाजरें नहीं छील रहे। चीन में दूसरी बात है, वहां एक नायक अथवा सिपाही भी स्थिति को भांप सकता है। सीमान्त पर अफ्रीदियों में भी ऐसा ही होता है। पर अंग्रेज़ जनरल तो खुदा है, जो कभी जल्दी नहीं करता और कभी गलती नहीं करता!···"

लोकनाथ वापस आया। उसका लम्बा शरीर भय की तरह कठोर था।

"लो, यह सबकी चाय में थोड़ी-थोड़ी डालो।" लैंस नायक ने तीनों रसोइयों को रम की एक-एक बोतल देते हुए कहा।

"चाय पीकर सबके सब ऊपर आ जाओ।" लोकनाथ के मुंह से हर शब्द गोली की तरह निकल रहा था।

एक क्षण सब यों बैठे रहे जैसे उन्हें मृत्यु-दण्ड सुनाया गया हो।

"आओ, जवानो।" राशन-पार्टी वालों ने कहा और चाय और शराब बांटना शुरू किया।

सिपाहियों ने अपना-अपना सामान इकट्ठा किया और बर्तन संभाले।

लालू उठा और अपना तसला रसोइयों की ओर बढ़ाकर आगे चला।

"यह आपको गर्म कर देगी, हुज़ूर!" संतू ने कहा और झुर-झुरी ली।

लालू ने गर्म द्रव्य गटगट पी लिया और अपने आपको स्थिर करने के लिए जम्हाई ली।

बाहर स्वच्छ रात थी और आकाश में तारे यों टिमटिमा रहे थे जैसे समुद्र में लालटेनें। ऐसे भूभाग में जहां सिपाहियों का खयाल था कि तारों का अस्तित्व ही नहीं होगा, इतने तारे देखकर विश्वास नहीं हो रहा था। तीन-चौथाई चांद भी नज़र आ रहा था जो धुंधला और पीला था, शायद वह बराबर हो रही गोलाबारी से डरा हुआ था।

"उठो!" आर्डर गूंज उठा और उसकी विचार-मुद्रा भंग हुई।

जब लालू लाइन में खड़ा हुआ तो उसे इस बात का सन्तोष था कि वह कुछ न कुछ कर रहा है।

सुबेदार सुचेतसिंह ने उन्हें सरल ढंग से बताया कि जवाबी हमला करने के आर्डर आए हैं। जवान वीरता दिखाएं और अफसरों का अनुसरण करें।

सिपाहियों को इस प्रकार के आर्डर को पहले ही आशा थी, पर अब उनके चेहरे उतर गए क्योंकि हमले का मतलब था कि दुश्मन पर संगीनों से झपटो और मशीनगन की गोलियों का शिकार हो जाओ।

अचानक लाइन के दूसरे सिरे पर शोर सुनाई दिया, "उठो, उठो, हरामियो उठो!" सूबेदार सुचेतसिंह चिल्ला रहा था।

"ओह सूबेदार जी मुझे क्षमा करो, मुझे यहीं छोड़ जाओ। मैं बुखार से बीमार हूं। मुझे क्षमा करो!" लंगूरनुमा हनुमंतसिंह की आवाज़ अफसर को चुनौती दे रही थी, "ओह, मैं नहीं लड़ूंगा। इस गंदी सरकार के लिए मैं नहीं लड़ूंगा।

"खड़े हो जाओ! बुज़दिल!"

“उठो!”

“सूअर के बच्चे!”

अफसरों की आवाज़ें गूंज उठीं।

पर हनुमंतसिंह बदस्तूर लेटा रहा और बालक के सदृश हठ पकड़कर धरती पर लौटता और उठने से इनकार करता रहा।

“खड़े हो जाओ!” लोकनाथ चिल्लाया।

“ओए, हरामज़ादे!” सूबा चिल्लाया।

“ठहरो, मैं इससे निपटता हूं।” सुचेतसिंह ने पिस्तौल निकालकर कहा, “अगर तुम मेरे तीन गिनते-गिनते न उठे···एक···दो···तीन···” उसने हनुमंत पर गोली चलाई और वह दोहरा होकर चिल्लाया, हाय, हाय! ओह मेरी···”

“सूबेदार साहब!” लोकनाथ भय से कांपता हुआ चिल्लाया।

“जवानो चलो! आगे बढ़ो! इस हरामी को यहीं पड़ा रहने दो!” सुचेतसिंह ने हांफते हुए कहा।

सिपाही चकित और विमूढ़-से आगे बढ़े।

फिर भी जब वे धीरे-धीरे, चिंतित-से चल रहे थे, एक-दूसरे से मज़ाक भी कर रहे थे।

अब वे खंदक के दाईं ओर एक मैदान में पहुंच गए। वहां वे पिछले आक्रमण में भी इकट्ठे हुए थे और अब शत्रु की गोलाबारी की पहुंच में थे।

‘प्लग स्ट्रीट वुड’ के नज़दीक से दो जर्मन तोपों ने उनपर गोले दागे और लालू ने कतरनें अपने इधर-उधर उड़ती देखीं।

अपने को संतुलित करने के लिए उसने गाली दी।

एक कम्पनी के कुछ टॉमियों को, जो उन्हींकी दिशा में बढ़ रहे थे, एक गोला लगा। उनकी टांगें, हाथ, सिर, कपड़े और संगीनें सब हवा में उड़ी, फिर उसी गड्ढे में गिर पड़ी जिसमें कि गोला गिरा था।

लालू की टांगें कांप रही थीं, वह शान्त रहा और उसे अपने सामने सब कुछ साफ दिखाई दे रहा था। टॉमी जो कद में डोगरों से छोटे थे, लड़खड़ाते हुए, पर दृढ़ता से आगे बढ़ रहे थे और वे प्रकाश में पीले जान पड़ते थे।

उसने किरपू से मिलने के लिए कदम तेज़ किए।

अलसी हुई वनस्पति और जल रहे मांस की दुर्गन्ध चारों ओर फैली थी।

एक और गोले के विस्फोट से आकाश गूंज उठा। उससे आग भड़की और धुआं उठना बन्द हो गया।

उन्होंने एक-दूसरे पर गिरते-पड़ते खंदक में प्रवेश किया। तंग रास्ते में दम घुट रहा था क्योंकि ओवेन साहब और दूसरे अफसर हिल नहीं रहे थे। पीछे आदमी चीख-चिल्ला रहे थे और गोलों के विस्फोट से आतंक फैल रहा था। किसीने लालू को पीछे से धकेला और उसने अपने-आपको क्रुद्ध, घिरा हुआ और परेशान महसूस किया।

जब अग्रिम दस्ता चलने लगा तो लालू भी धकेलता हुआ आगे बढ़ा। मगर उसने थोड़ी ही देर में क्रोध और अधीरता पर नियंत्रण कर लिया और उसका भय शांत हो गया।

जब वे चक्करदार खंदकों में आगे बढ़ रहे थे, रास्ता किसी हद तक साफ था, सिर्फ कुछ दूर गोलाबारी की आवाज़ सुनाई देती थी।

यद्यपि भय ने फिर सिर उठाया, पर लालू अब अपने आपे में था। उसके कदम एक विजेता की भांति धरती पर धीरे-धीरे पड़ रहे थे। अपने मन की यही स्थिति बनाए रखने के लिए वह पैंतालीस के कोण पर चलते हुए पादरी अनण्डेल की तरह बड़बड़ाया, "सूरज, चांद और तारे बुझ रहे हैं···दिन··· रात···"

इससे पहले कि लालू को यह मालूम हो कि वह कहां है, अग्रिम दस्ते की जर्मनों से एक खंदक में, जो एक गोला फटने से फैल गई थी, मुठभेड़ हो गई। चाचा किरपू युद्ध के बीच कूद गया था।

लालू ने क्षण-भर के लिए इधर-उधर देखा और फिर वह भी बीच में जा घुसा। एक जर्मन ने दीवार की आड़ से निशाना साधा पर वह झिझक गया और घोड़ा तब दबाया जब लालू ने गड्ढे में कूद जाने का निश्चय कर लिया था।

लालू फौरी निश्चय के साथ शेर की तरह शिकार पर झपटा और संगीन से प्रहार किया। संगीन उसने इतने ज़ोर से घोंपी कि बंदूक का कुंदा उसकी अपनी छाती में जा लगा। जर्मन ने दांत कट-कटाए और आह भरकर गिर पड़ा। अपने शिकार को खत्म करने के लिए लालू ने अंधेरे में टटोला और वह बड़बड़ाया, "रो, साले रो !"

उसे अपने से इस क्रूरता की आशा नहीं थी। पर इससे पहले कि भय और दया उसपर हावी होती, एक गोला आकाश में उड़ता हुआ गुज़रा और उसने अपने शिकार की कलाई पर बंधी घड़ी देखी। वह घड़ी पर झपटा। उसे घड़ी की बड़ी हसरत थी। उसने कांपते हुए चमड़े का फीता खोला और घड़ी उतारकर हाथ, जो अब भी गर्म था, जर्मन के पहलू में गिरा दिया।

"आगे बढ़ो, जल्दी करो।" उसे अपने पीछे आवाज़ें सुनाई दी।

और वह अग्रिम दस्ते से मिलने के लिए दौड़ा जो संगीनों की दूबदू लड़ाई में जर्मनों का सफाया कर रहा था।

उसके पीछे वाले सिपाहियों ने गड्ढा पार कर लिया था। फिर वे दरिंदों की तरह पागल और हताश दौड़कर दीवार पर चढ़ गए। मशीनों की धीमी पड़ रही गोलाबारी के बावजूद वे आगे की लाइन की ओर बढ़ रहे थे, जैसे उन्होंने मृत्यु के आलिंगन का निर्णय कर लिया हो।

खंदके यहां इतनी तंग थीं कि मृतकों से पटी होने के कारण रास्ता लगभग बन्द हो गया था।

लालू घूमकर एक कठिन मार्ग से अगली लाइन की ओर बढ़ा। यह मार्ग एक दूसरे गड्ढे में से गुज़रता था जिसमें से अब किरपू बाहर निकल रहा था।

"चचा, क्या हाल है?" उसने पुकारा।

"आलू राईट।" किरपू ने अंग्रेज़ी की नकल उतारी।

जब वे एक खुले मैदान के टुकड़े में से रेंगकर आगे की खंदक की ओर बढ़ रहे थे, डोगरों और टॉमियों के दस्ते के दस्ते वहां चन्द बचे-खुचे जर्मनों पर टूट पड़े थे।

"नीचे लेटे रहो।" किरपू ने लालू को चेतावनी दी।

डोगरों ने फ्रंट लाइन पर कब्ज़ा कर लिया था और अब वे उस-पर फैल रहे थे। जो आदमी रास्ते में मरे पड़े थे, उन्हें खोकर डोगरों ने खंदक के एक छोटे-से भाग पर कब्ज़ा कर लिया था।

"चलो बेटा।" किरपू ने कहा।

लालू खुश था कि चलने का मौका मिला क्योंकि वह अपने-आपको दुश्मन की गोलाबारी की जद में महसूस कर रहा था और

उसे हरेक विस्फोट के साथ सांस थामनी पड़ती थी।

ओवेन साहब अपना बायां बाज़ू छाती पर थामे किसीके ऊपर झुका हुआ था।

लालू ने मन से चाहा कि वह जमादार सूबासिंह न हो। निष्ठुरता के बावजूद वह उसका पुराना साथी था। नहीं, यह सूबेदार···

"सुचेतसिंह चल बसा।" उसने लौटकर किरपू से कहा, "समझ लो परमात्मा ने उससे हनुमन्त का बदला लिया है।"

"कौन? कौन?" खंदकों में से सिपाहियों ने पूछा। वे सिर झुकाए खड़े या बैठे थे और थूकते, खांसते या थककर दीवार का सहारा लेते हुए एक-दूसरे को देख रहे थे।

"तुम दोनों गधे के बच्चे कहां थे?" लोकनाथ ने उन्हें पहचानकर पूछा।

"आर्डर पूरा कर रहे थे।" किरपू ने उत्तर दिया।

"ओह, अपनी खाल बचा रहे थे, यों कहो न···"

उनकी खंदक के दोनों तरफ बराबर गोलियों की वर्षा हो रही थी और दाई ओर से, जहां जर्मनों ने मित्रराष्ट्रों की फ्रंट लाइन के बड़े भाग पर अधिकार जमा रखा था, मशीनगने छूट रही थीं।··· सिपाहियों को वहीं रुककर दण्ड भुगतना था। इस भय से कि कहीं उनपर अधिक गोलाबारी न होने लगे वे जर्मनों पर जवाबी गोली नहीं चला रहे थे। पूरी कम्पनी में से वे सिर्फ मुट्ठी-भर बच रहे थे।

उसे अधिक आश्चर्य तब हुआ जब उसने दूसरे सिपाहियों को, जिन्हें वह मामूली पहचानता था या सिर्फ नाम से जानता था, इधर-उधर घूमते देखा। वे धीरे-धीरे अनमने-से चल रहे थे या अपनी फटी हुई खाकी वर्दियों के कारण चल रहे जान पड़ते थे। वरना वे असाधारण ढंग से सिकुड़कर बैठे या लेटे हुए थे।

और सिगरेट या दियासलाई मांगने के लिए आवश्यक शब्द कहने के अतिरिक्त वे चुप थे।

मेजर पीकॉक जो कर्नल ग्रीन के घायल होने के बाद रेजिमेंट का बड़ा अफसर बन गया था, पंजाबी मुस्लिम कम्पनी के कुछ सिपाहियों के साथ आया और फौजियों को बाईं ओर फैल जाने का हुक्म मिला। कहा जाता था कि सिख कम्पनी के सौ जवान मेजर डनलप

की कमान में अब भी लड़ रहे हैं। आदेश सुनते ही सिपाही उठ बैठे और अर्धतप्त निराशा का वह धुआं बुझ गया जो उनके शरीरों में झुरझुरी, पीड़ा और टीसें उत्पन्न कर रहा था।

"हौलदार लछमनसिंह कहां है?" पंजाबी मुस्लिम कम्पनी के लेस नायक असलमखां ने, जब वे लाइन में खड़े थे, किरपू से पूछा।

"वह—वह तो जन्नत का बासी बन गया!" किरपू ने कहा। उसका निचला होंठ कांप रहा था। चाहे असलमखां ने और किसीके बारे में नहीं पूछा था, पर किरपू ने बात जारी रखी, "धन्नू भी, वह हरामी डूब गया और उसकी प्रेतात्मा अब भी भटक रही है। और हनुमंतसिंह को, जिसने उसके अपने कथानुसार 'इस गन्दी सरकार' के लिए लड़ने से इनकार कर दिया था, सूबेदार सुचेतसिह ने गोली मार दी और फिर वहां खुद उसकी भी धज्जियां उड़ गईं।" और उसने सिर हिलाकर रात के जवाबी हमले के स्थान की ओर संकेत किया, उसके मलिन और निष्ठुर चेहरे पर त्योरी चढ़ी हुई थी, "और मेरा खयाल है कि अब आप मेरी इस फटी हुई वर्दी के बारे में पूछेंगे?"

असलमखां ने अपने मित्र की कटुता का आदर किया और वह चुप रहा।

एक क्षण के लिए चचा किरपू के स्वर की घृणा और अवज्ञा वातावरण में ध्वनित-प्रतिध्वनित हो उठी।

जब वे गड्ढों और कीचड़ से अटी हुई एक तंग सड़क पर से थके-हारे सैनिक ठिकानों की ओर चले तो एक मैली स्याह धुंध रात के अंधकार को चूस रही थी। कभी वे मुड़कर वह फासला नापते थे जो उन्होंने तय किया था और कभी उन गोलों से चौंक पड़ते थे जो उन खंदकों के पास पेड़ों पर फटते थे जिनमें एक दूसरी कम्पनी आ गई थी। फिर उन्होंने अपने किट अपनी कमरों पर बांधे और झुकी हुई गर्दनें उठाकर आगे की ओर देखने लगे।···

वह समय, जिसमें उन्होंने अपना स्थान ग्रहण करनेवाली कम्पनी का इन्तज़ार किया, अनन्त जान पड़ा। आखिर जब पंद्रहवीं सिख बटालियन, जो जालन्धर ब्रिगेड ही का एक भाग थी, कीचड़ में से

छप-छप करती, सैनिक ठिकानों से एकदम ताज़ा और बच्चों की तरह हंसती-खेलती और उत्साह में भरी आई तो उन्होंने चार्ज लेने में काफी समय लगाया। वे इस बात पर झगड़ते थे कि खंदक के 'मुख्य स्थानों' पर कौन खड़ा हो।

"बेटा, इन्तज़ार करो। युद्ध में कोई भी अमरत्व प्राप्त नहीं करता।" चचा किरपू ने खेतों के दलदल में से निकलने से पहले सिखों से कहा।

मेजर पीकॉक ने सिपाहियों को संकेत से रोक लिया जबकि डनलप साहब कुछ दूसरे अफसरों के साथ आगे चला गया।

मेजर ने आर्डर देने के लिए मुंह नहीं खोला, पर सिपाही आप ही एक प्रकार की उदास और मलिन व्यूह-रचना में खड़े हो गए। और फिर उखड़े हुए स्वरों में आप ही आप अपने नम्बर बोलने लगे। 750 की कुल संख्या में से वे सिर्फ 250 रह गए थे।

कुछ क्षण सन्नाटा रहा।

फिर 'डिसमिस' शब्द चिरइच्छित मंत्र की तरह सुनाई पड़ा।

सिपाही चार-चार की पंक्ति में चल रहे थे जैसे वे अब भी अनुशासन के अदृश्य सूत्र ने बंधे हुए हों। सड़क से उतरते ही वे तितर-बितर हो गए और हलके कदमों से चलते हुए अफसरों के ठिकाने के पीछे वाली गलियों में घुस गए।

उस रात कम्पनी नम्बर 2 फार्म-हाउस के निकट स्रोत के किनारे एक बड़े गन्दे खलिहान में फंस के बिस्तरों पर सोई। अधिकांश सिपाहियों ने न तो अपनी वर्दियां उतारी और न भोजन का एक ग्रास तक चखा।

8

सुबह सवेरे उन्हें चाय दी गई, जिसे पीकर ताज़गी पाई। उन्होंने बूट, पट्टियां, पेटियां और पानी की बोतलें उतार दीं। वे टोलियां बनाकर बैठ गए। वे सिगरेट पी रहे थे और आराम कर रहे थे।

"बाहर साफ पानी का स्रोत बह रहा है।" चचा किरपू ने लौट-

कर कहा। वह मुंह-अंधेरे ही शौच के लिए बाहर चला गया था और अब भजन गाता वापस आया था।

"मैं उसमें नहा आया हूं। बेटा, तुम भी जाकर क्यों नहीं नहा आते?"

लालू नहाने की सख्त ज़रूरत महसूस कर रहा था, पर उसे बाहर की सर्दी के विचार ही से कंपकंपी आ रही थी। वह अपने सामान के तकिये पर झुक गया और नहाने या न नहाने के बारे में सोचने लगा।

"जाओ, बेटा। जाओ।" किरपू ने उकसाया, "बेशक सर्दी है, पर बाद में तुम अपने को ताज़ा महसूस करोगे।"

पर लालू के होंठों पर एक भीरु मुस्कान थी।

"तुम कितने गन्दे सूअर हो!" चचा किरपू ने भर्त्सना की, "इतने दिनों से तुम नहाए नहीं हो और अब अवसर मिला है तब भी तुम एक बच्चे की तरह सहमे बैठे हो।"

लालू हिम्मत करके उठा और नहाने चला। बाहर सुबह का सूरज चमक रहा था और हलकी-हलकी हवा चल रही थी। खंदकों के धुंधले नीरस आकाश के बाद दुनिया प्रकाश से जगमगा रही जान पड़ती थी।

और खलिहान के पीछे स्रोत पवन चक्की के विचित्र पंखे से टकराता हुआ पहाड़ी नाले की तरह फेन उगलता हुआ बह रहा था।

वह उन सिपाहियों की ओर बढ़ा जो एक-दूसरे पर पानी उछाल-कर अथवा अपने संकोची साथियों को ठंडे पानी में धकेलकर हंस-खेल रहे थे।

उनकी शरारतों में एक संक्रामक प्रसन्नता थी। लालू बचपन की उन स्मृतियों से कांपने लगा जब वह अपने हमजोलियों के साथ सुबह-सुबह गांव के कुएं पर नहाया करता था। उनके व्यवहार की यह सरलता लालू को प्रशंसनीय और आदरणीय जान पड़ती। यह एक ऐसा दृश्य था जिसे नहर के किनारे बैठे कुछ टॉमी भी देख रहे थे और वे उसके साथ सहमत जान पड़ते थे।

वातावरण के उल्लास से मुग्ध होकर वह सोचने लगा कि उसने और दूसरे सिपाहियों ने कितनी जल्दी मौत के भय को भुला दिया है। इतनी कठिनाइयों और मुसीबतों को सहने के फौरन बाद वे हंस-

खेल रहे थे और आन्नद मना रहे थे।

"आओ, आओ।" सिपाही चिल्लाए, "जल्दी करो! इसे पकड़-कर पानी में फेंक दो!....."

दो आदमी उसके लिए घात में बैठे थे, वह उनसे कन्नी काट गया। पर उन्होंने लपककर उसे पकड़ लिया, एक ने टांगों से और दूसरे ने कंधों से?"

"अब बताओ।" एक ने कहा, "क्या तुम हमसे भाग सकते हो?"

"मुझे माफ कर दो।" लालू बोला, "भागूंगा नहीं।"

"वादा?"

"हां, मैं वादा करता हूं।"

उन्होंने लालू को धीरे से छोड़ दिया और दूसरे की तलाश में चले।

लकड़ी के छोटे पुल के पास, जहां एक दूसरे फार्म हाउस का धुआं उठ रहा था, कुछ फ्रांसीसी औरतें हिन्दुस्तानी औरतों की तरह कपड़े धो रही थीं। वे आपस में गपशप कर रही थीं अथवा अपने बच्चों पर चिल्ला रही थीं जो टोली बनाए सिपाहियों को नहाते, भजन गुनगुनाते और भगवान का नाम लेते देख रहे थे। लगता था कि इन औरतों को सिपाहियों की अर्धनग्नता की कोई परवाह नहीं थी क्योंकि वे कपड़े छांट रही थीं और मुर्गियों के झुंड की तरह एक-दूसरी पर हंस रही थीं।

स्रोत का हुलसता-हुमकता पानी नहाने की दावत दे रहा था। लालू ने कपड़े उतारे और एक जांघिया रहने दिया। इसी समय एक पंजाबी मुसलमान, जिसके पास तन पर बांधने के लिए कपड़ा तक नहीं था, बिलकुल नंगा पानी में दाखिल हुआ, जिससे सिपाहियों की भीड़ और फ्रांसीसी औरतों में दबी-दबी हंसी की आवाज़ उठी।

लालू धीरे-धीरे पानी के भीतर चला गया। पहले-पहल उसने पानी से खेलने की कोशिश की। कांपते, झिझकते और मुस्कराते हुए उसने डुबकी लगाई और वह शरीर को ज़ोर-ज़ोर से मसलने लगा फिर बर्फीले पानी से भागकर बाहर निकला और अपनी ओर देख रही बच्चों की टोली की ओर मुस्कराते हुए तौलिये से शरीर पोंछने लगा।

"चो!" सबसे आगे वाले बच्चे ने सर्दी से कांप रहे सिपाहियों की नकल उतारते हुए कहा।

"तुम क्या कह रहे हो?" लालू ने बच्चे से पंजाबी में पूछा। और फिर खुद उसकी नकल उतारी "चो, अह चो!"

"ये बच्चे क्या कह रहे हैं?" एक सिपाही ने पूछा, जो स्रोत के तट पर बैठा धूप सेंक रहा था और तमाशा देख रहा था।

सिपाहियों की समझ न आने वाली बात पर बच्चे हंसे। सिपाही भी जवाब में हंसे और उन्होंने अपनी तरफ से छोटे बच्चों को खुश करने का भरसक प्रयत्न किया।

"आंद्रे-आंद्रे!" पुल पर से एक तीखी आवाज़ सुनाई पड़ी। कपड़े धो रही एक औरत ने इसका उत्तर दिया। उसने अपनी आस्तीने कंधों तक ऊपर चढ़ाईं, हाथ का कपड़ा पानी में डुबोया, उसे तख्ते पर पटका और फिर डुबोया।

आंद्रे ने, जो बच्चों की इस टोली में शामिल था, पलटकर देखा फिर उस ओर कोई ध्यान न देकर उसने लालू की ओर देखा और वह यों मुस्कराया जैसे कह रहा हो, "मुझे इन झिड़कियों की ज़रा भी परवाह नहीं, मैं तुमसे बातें करना चाहता हूं।"

मगर जब लालू अपना कोट पहन रहा था, फार्म हाउस में से एक लड़की दौड़ती हुई आई और आंद्रे को पकड़कर खींचने लगी। आंद्रे उसके हाथ से छूट जाने के लिए छटपटाने लगा।

"मामा!" लड़की चिल्लाई। उसके लम्बे स्याह चमकीले बाल उसके सुर्ख गालों पर लहरा रहे थे।

मामा भी चिल्लाई। आंद्रे पर झिड़कियों और गालियों की बौछार पड़ रही मालूम होती थी।

आंद्रे ने 'मेरी, मेरी' कहते हुए प्रतिवाद किया।

दोनों में खींचातानी शुरू हुई। आंद्रे जिद्दी था और मुंह बिसूरकर हाथ-पैर चला रहा था। मेरी भाई को खींचते हुए हंस रही थी और रो रही थी।

"लड़ो मत, ओह तुम बेटी···" धूप सेंक रहे सिपाही ने कहा।

पर इस नसीहत का, उनपर कोई असर नहीं हुआ। अजनबी की बात से प्रोत्साहित होकर आंद्रे ने मेरी की गिरफ्त से निकलने के लिए उसे दांतों से काट लिया और मेरी झल्लाकर फिर चिल्लाई, "मामा! मामा!"

लालू आगे बढ़ा और वह आंद्रे को गोद में उठाकर उसकी मां की ओर ले चला। अब लड़का शांत हो गया और मेरी के साथ, जो पीछे-पीछे आ रही थी, अपनी लड़ाई भूल गया।

जब वे पुल के निकट घर के दरवाज़े पर पहुंचे, लालू ने लड़के को गोद से उतार दिया।

ज्योंही लालू ने पीठ घुमाई आंद्रे ने विजय-भाव से मेरी को जीभ दिखाई और मेरी ने जवाब में आंद्रे और लालू दोनों पर जीभ निकाली।

छातियों के उभार से चाहे लड़की पूरी जवान मालूम होती थी, पर उसे बच्चे की तरह मुंह बनाते देख लालू मुस्कराए बगैर न रह सका। उसमें कुछ ऐसी चंचलता थी कि लालू ने पलटकर उसकी ओर देखा और गहरी दिलचस्पी से क्षण-भर देखता रहा। लड़की ने उसे झांकते देख लिया और शरारत से फिर जीभ निकाली। वह खूब खिलखिलाकर हंसा और फार्म-हाउस की ओर लौट आया।

उस दिन रसोइयों ने जो भोजन तैयार किया सिपाहियों ने खूब पेट भर-भर खाया।

लालू बैठा सिगरेट पी रहा था। चंचल स्मृति उसे सोने नहीं देती थी। धन्नू और लछमन का प्रभाव उसे खटक रहा था। विभिन्न विचार और प्राकृतियां इस प्रभाव को और बढ़ा रही थीं। इसी समय जमादार सूबासिंह ने खलिहान में प्रवेश किया।

"किरपू कहां है?" उसने अपने पुराने अधिकारपूर्ण ढंग से पूछा।

"ओए, जमादार साहब! जमादार साहब आए हैं।" लालू ने किरपू को हिलाते हुए कहा।

"अह, जमादार साहब, आइए मेरी सिर-आंखों पर!" किरपू ने उठते हुए और 'जमादार साहब' पर विशेष ज़ोर देते हुए कहा, "ओए, जमादार साहब को कोई चीज़ बैठने को दो।"

"नहीं, नहीं, मुझे सिर्फ तुम्हें बताना है, जो कुछ मैंने तुम्हारे लिए किया है।" सूबा ने कहा, "चाहे तुम हमेशा की तरह कृतघ्न बने रहो···"

"बैठो, बेटा बैठो। चाय पियो।" किरपू ने उस सहज स्वभाव से कहा जो उसकी सरलता का प्रतीक था, "तुम मुझे बुरी से बुरी खबर सुना सकते हो···" और फिर उसने लालू की ओर पलटकर कहा,

"जाओ रसोइये से चाय लाओ···"

लालू उठकर जाने ही वाला था कि जमादार ने अफसरी ढंग से हाथ उठाकर उसे मना किया।

"शोर मत मचाओ, दूसरों को सोने दो।"

"अच्छा, तुम एक भले आदमी की तरह खड़े रह सकते हो।" किरपू बोला, "पर मेरे अंग जंग में ज़रा सिकुड़ गए हैं। इसलिए तुम मुझे माफ करोगे, क्यों ठीक है न जमादार साहब?"

"नहीं, मुझे बाबू खुशीराम को कल के आक्रमण की रिपोर्ट देनी है।" सूबा बोला, "कमाण्डर-इन-चीफ साहब निरीक्षण के लिए आ रहे हैं, उसका इन्तज़ाम करना है।

"सचमुच, जमादार साहब?" ध्यानसिंह ने पूछा।

"परेड कहां होगी?" रिखीराम ने पूछा।

"हुज़ूर, क्या आपका मतलब है, खुद जंगी लाट?" एक सिख सिपाही बोला।

"किसकी शान ज्यादा है—सिपाही की या जनरल की?" जमादार समाचार में जो नाटकीय तत्त्व लाना चाहता था किरपू ने उसे समाप्त कर दिया।

"सुनते हैं कि वे सीमान्त पर लड़ रहे हैं।" लालू बोला।

"हां, बेटा, यह भी अफवाह है कि वे अफ्रीका में भी लड़े हैं।" किरपू ने बात आगे बढ़ाई।

"गप न मारो और अफवाहें मत फैलाओ।" सूबा ने हुक्म दिया।

"बेटा, यह तुम्हारे जन्म से पहले की बात है।" किरपू ने व्याख्या शुरू की।

"चुप रहो!" जमादार कठोर हो उठा। उसकी आंखें क्रोध से लाल हो गई और वह जाने के लिए मुड़ा।

फिर सहसा उसने महसूस किया कि वह किरपू को जो बात बताने आया था वह तो बताई ही नहीं। उसने चिल्लाकर अपने और अपने मित्रों के दरमियान एक दीवार खड़ी कर ली थी।

वह एक क्षण असमंजस में पड़ा सोचता रहा कि इस अप्रिय स्थिति से लौटने का बेहतर ढंग क्या हो सकता है और उसने भावुकता से ऊपर उठकर अफसरी की कठोर मुद्रा धारण करने का

प्रयत्न किया।

पर अब तक उसने सो रहे सिपाहियों को भी जगा दिया था। उसके कर्कश व्यवहार से जो व्यग्रता उत्पन्न हुई थी, वह उसकी हठी प्रवृत्ति को उकसा रही थी कि वह अधिकार का प्रदर्शन किए बिना न लौटे।

सौभाग्य से उसी समय लैंस-नायक लोकनाय उधर आ निकला।

"लैंस-नायक लोकनाथ," जमादार ने सीधे उससे कहा, "कल तुम्हें सिपाही किरपू के साथ अपने-अपने फीतों के लिए कमांडर साहब बहादुर के सामने पेश होना है।"

और वह लौटने के लिए नाटकीय ढंग से मुड़ा।

"हौलदार, क्या मेरी तरक्की हो गई?" लोकनाथ ने कहा। और उसका चेहरा एक ऐसी मुस्कराहट से खिल गया, जिससे उसके पतले होंठ पहले परिचित नहीं थे।

"हां, मैं तुम्हारी तरक्की के बारे में ही कहने आया था।" सूबा ने कहा, "पर वह मूर्ख किरपू सुनता ही नहीं···" और वह लम्बे-लम्बे डग भरता हुआ चल पड़ा।

लोकनाथ कृतज्ञता में भरा उसके पीछे-पीछे चला।

"अपने-आपको भेड़ बना लो तो भेड़िया तुम्हें खा जाएगा।" किरपू धीरे से बड़बड़ाया। फिर उसने जेब में से सिगरेट निकालकर उसे होंठों से गीला किया और कहा, "लाओ बेटा, दियासलाई निकालो। किसी अफसर पर हंसना बड़ी बुद्धि का काम है।"

"तुमने उसे बोलने क्यों नहीं दिया।" लालू ने बूढ़े को फटकारा, "वह तुम्हें तुम्हारी तरक्की के बारे में बताने आया था।"

"अब मैं उसका क्या करूं?" किरपू बोला, "वह मेरे हाथों में पलकर बड़ा हुआ है और मेरे लिए वह आज भी पांच साल का बच्चा है। और वह शेखी बघारता है···"

"पर तुम फौज में हो और वह तुम्हारा अफसर है। लालू ने प्रतिवाद किया।

चचा किरपू ने निःश्वास छोड़ा जैसे वह जमादार के व्यवहार से दुखी हो।

"खुश हो जाओ, अब तुम खुद एक अफसर हो।" लालू ने कहा,

"लैंस-नायक! चचा, साला! लैंस-नायक का बेटा हो।"

"उस फीते से मेरी गर्दन स्थायी रूप से नहीं अकड़ेगी।" किरपू बोला, "शान के दो दिन! मुझे आधा साहब, आधा इंसान, आधा तीतर, आधा बटेर होना पसंद नहीं··· लछमन की मौत के बाद।"

"आओ हम घूमने चलें।" थोड़ी देर बाद लालू ने कहा और वह चचा किरपू को वहां से खींच ले गया जहां वह बैठा सोच रहा था।

वह अपने ठिकाने से बाहर निकले और एक खेत के किनारे बने घरों में से मोड़ काटने की कोशिश की।

पर ज्योंही उन्होंने घास का एक अम्बार पार किया वे एक छप्पर तले जा पहुंचे।

मुर्गियां कुत्-कुत् करती अपने चूज़ों के झोल के साथ दौड़ी और खाद के एक ढेर पर, जो एक कोने में पड़ा था, बहुत-से पंख छोड़ गईं, कहीं से गायें डकराईं और सूअरों की मनहूस आवाज़ सुनाई पड़ी।

वे लौटने ही वाले थे कि मकान में तीखे स्वर सुनाई पड़े। पहले आंद्रे और मेरी, फिर बाबू खुशीराम और घनी मेंहदी-रंगी दाढ़ीवाला एक बूढ़ा फ्रांसीसी अहाते में आया।

"मुर्दो, तुम किधर से टपक पड़े?" बाबू खुशीराम ने उनका स्वागत किया।

"हमारे मुर्दे तुम्हारे ज़िन्दों से अच्छे हैं, बाबूजी।" किरपू ने कहा, "पर हम आपसे मिलकर खुश हैं।"

"मैं तुम्हें तुम्हारी तरक्की पर बधाई देता हूं।" खुशीराम ने किरपू का आलिंगन करते हुए कहा, फिर उसने लालू की ओर पलट-कर ऐसे स्वर में कहा जो इतने दिनों की जुदाई के बाद नया जान पड़ता था, "बेटा, मैंने सुना है कि तुमने लड़ाई में बड़ी वीरता दिखाई।"

दाढ़ी वाला बूढ़ा खड़ा मुस्करा रहा था। उसने मकान की ओर संकेत करके खुशीराम से कुछ कहा।

"पापा कह रहे हैं कि तुम भीतर आओ।" बाबू ने बताया।

"अगर वह हमें कांटों में न घसीटे तो हम उसका फार्म देखना

पसन्द करेंगे।" किरपू बोला।

लालू घर में जाने के लिए उत्सुक था, जहां मेरी अपनी मां के पुकारने पर चली गई थी। पर अब वह खुशी-खुशी पापा और दूसरों के साथ 'कांटों में से' चला जिससे किरपू का अभिप्राय सब्ज़ी की अलग-अलग क्यारियों से था, जिनसे परे अस्तबल, मुर्गियों के दरबे और सूअरों के बाड़े थे।

उन्होंने विचित्र पिंजड़ों के ऊपर वाले खुले दरवाज़ों में से एक गर्म आरामदेह बाड़ा देखा, जिसमें साफ-साफ मोटे-ताज़े सुर्ख रंग के सूअर बैठे थे।

"इतने ही साफ-सुथरे जितने साहब।" किरपू ने लालू की ओर देखते हुए कहा।

"बेशक इस बाड़े में हमारे गांवों की तरह बालिश्त-बालिश्त-भर कूड़ा नहीं है।" लालू ने व्यंग्य किया, "और ये सूअर वैसे मरियल चूहे नहीं हैं जो हमारे खेतों में प्लेग की तरह फैले रहते हैं..."

"अच्छा हुज़ूर!" किरपू ने स्वीकार किया और वे गायें बांधने के स्थान पर आए, जिसका पक्का फर्श एकदम स्वच्छ और निर्मल था। छोटे-छोटे सींगों वाली चमकीली और पुष्ट गायों ने अपनी थूथनियां उनकी ओर उठा दीं और उन्हें ध्यान से देखकर फिर गर्दनें झुका ली।

"हमारी अच्छी से अच्छी गाय से ये तीन-गुना ज्यादा दूध देती हैं।" बाबू खुशीराम ने बतलाया, "इन्हें दूहने के लिए टांगें नहीं बांधनी पड़ती। पापा लाबूजेयर के पास दूध दुहने की मशीन है।"

"दूध दुहने की मशीन, वाकई?" लालू ने विस्मय में भरकर पूछा।

"इन्हें सोते देखो।" बाबू खुशीराम ने कहा।

"कहां?" किरपू ने चौंककर पूछा।

"वहां!" लालू ने संकेत किया, "तुम्हारा खयाल है कि वे डर गई हैं और सहमकर कोने में दुबक गई हैं?"

पर वे तो बीमार हैं, जैसे दीमक लगी हो।" किरपू अपनी बात रखने के लिए चिल्लाया।

किसान ने उनके मुंड़े हुए शरीर पर पाउडर-लगे टुकड़ों के बारे

में समझ में न आनेवाले शब्दों और संकेतों में कुछ बताया। बाबू खुशीराम ने व्याख्या की कि उन्हें कोई दवाई लगाई है, जो अद्‌भुत है। चचा किरपू ने कुछ जड़ी-बूटियों के नाम गिनवाए। बाबू खुशी-राम ने उसका अर्थ फ्रांसीसी को समझाया।

लालू आगे निकल गया था। वह दो शानदार घोड़ों को देख रहा था, जिनके काले मखमली सर्दी के कोट थे और जो एक साफ-सुथरे अस्तबल में खड़े घास खा रहे थे। वह इस विचित्र फार्म को देखकर हैरान हो रहा था।

"अब बताओ, क्या तुम चाहते हो कि हम बैलों की ज़िन्दगी बिताएं या तुम यह चाहोगे कि तुम्हारे बैल आदमी बनें?" लालू ने प्रभावित होकर कहा।

"यह पक्के फ़र्शों की शान्तिमय साफ-सुथरी दुनिया बहुत भली लगती है, बेटा।" किरपू बोला, "पर···"

"पर क्या?" लालू ने तीखे स्वर में पूछा, "तुम समझते हो यहां भगवान का निवास नहीं है क्योंकि यहां पशुओं के शरीर गर्मा-गर्म गोबर और पेशाब में लथ-पथ नहीं हैं?"

"नहीं बेटा, पर साहब के घर के चूहे भी चालाक हैं।" किरपू बोला, "वे बड़े लोग हैं···हालांकि मैं हैरान हूं कि वे एक-दूसरे की हत्या करके इस देश को कब्रिस्तान क्यों बना रहे हैं!···"

किसान अब भी मुस्करा रहा था और फार्म के बारे में बता रहा था। उसका बेटा आंद्रे हिन्दुओं को चूज़े दिखाने के लिए अधीर था।

बाबू खुशीराम के शहरी दिमाग को इस सबमें कोई दिलचस्पी नहीं थी।

"आओ," उसने कहा, "कैफे में चलकर थोड़ी-सी कॉफी पिएं।"

उन्होंने किसान को सादर प्रणाम किया और वे फार्म के अहाते से निकलकर बड़ी सड़क पर आए।

लालू ने देखा कि खुशीराम, जो 'कलर' हवलदारी की वर्दी में होने के बावजूद सिर्फ एक क्लर्क था और परेड नहीं जानता था, कदम मिलाकर चलने के बजाय इधर-उधर झांक रहा है और कोई बात पूछने का मन बना रहा है। उसे विश्वास था कि खुशीराम उनके

अनुभव के बारे में और उनके मारे गए साथियों के बारे में पूछेगा अथवा युद्ध के बारे में कोई दूसरी बात छेड़ेगा क्योंकि यही उनके विचार की सीमा थी, जिससे परे विचारों का अस्तित्व ही नहीं था। अपने खंदकों के दिनों की बातें याद आ जाने से उसने एक प्रकार की कोमलता अनुभव की।

"फार्म का मोर्चे के इतना निकट होना अजीब बात है।" खुशी-राम के सवाल से बचने के लिए वह बोला।

"बड़ा प्यारा परिवार है।" बाबू ने कहा। वह समझ गया कि सिपाही बड़े भावुक हैं और खंदकों की बात करना नहीं चाहते, "बच्चे मुझसे बहुत हिलमिल गए हैं।"

और वे फिर चुप हो गए।

बाज़ार के चौक में सिपाहियों की भीड़ थी। टॉमी दो-दो की पंक्ति में तेज़-तेज़ कदमों से चल रहे थे। 129वीं बलूच पल्टन का एक अफसर करीब से गुज़रा तो उन्होंने झट अटैंशन होकर और गर्दनें उठाकर सैल्यूट किया।

लालू ने एक युवती को उधर से आते देखा जिधर वे जा रहे थे और उसे मेरी और उसके भाई आंद्रे को सुबह वाली घटना स्मरण हो पाई। और इत्तिफाक से मेरी उसी किसान की लड़की निकली जिसके फार्म में उनकी कम्पनी और अंग्रेज़ अफसर ठहरे हुए थे। फिर उसे मेरी की वह दृष्टि याद आई जिसने उसे पहचान लिया था और वह खुद भी चुपके-चुपके एक निरर्थक दृष्टि डालकर अपने साथियों की उपस्थिति में यों पीछे हट गया था जैसे कोई जान-पहचान न हो। दोनों की आंखें चार हुई और वह इस दृष्टि का एक विशेष अर्थ पहचानना चाहता था, ताकि उस रमणी से दोबारा मिलने का वादा पूरा करने की आकांक्षा और अभिलाषा में जी सके···।

भीड़, धुएं और कोलाहल से भरे एक कमरे में पहुंचकर वे विमूढ़-से रह गए और एक क्षण व्यग्र-से सोचते रहे।

लालू एक मेज़ की ओर बढ़ा जहां चार कुर्सियां थीं और अधि-कारपूर्ण स्वर में अपने साथियों को बुलाया।

किरपू और खुशीराम उसके पास पहुंचे ही थे कि एक फ्रांसीसी

अफसर लड़खड़ाता हुआ उनकी ओर बढ़ा। उसने बैठकर बम की एक कतरन निकाली और शब्दों और संकेतों में कुछ कहना शुरू किया जिससे वे इतना ही समझ पाए कि यह कतरन कहीं बाहर गिरी थी।

एक काली, पतली-दुबली और हरी आंखों वाली लड़की उनके आर्डर लेने आई। इससे पहले कि लड़की यह मालूम करे कि वे क्या चाहते हैं फ्रांसीसी ने उसकी कमर में हाथ डाल दिया। लड़की छटपटाई और चिल्लाई, पर कुत्सित भाव से मुस्कराई भी।

लालू ने घूमकर देखा तो सबकी आंख उनार केन्द्रित थीं। हंसी, सीटियों और मेज़ों के थपथपाने की आवाज़ें और भांति-भांति की बोलियां सुनाई पड़ी, जैसे लोगों की भूख का बांध सहसा टूट गया हो। अफसर ने लड़की को छोड़ दिया और भारतीयों की ओर संकेत करके कहा, "कोइयांक!"

खुशीराम ने सिर हिलाकर अनुमति दी और लड़की चली गई।

अफसर ने अब टूटी-फूटी अंग्रेज़ी में कतरन के बारे में कहना शुरू किया—"जर्मन गोला!···जर्मन बड़ा हमला···खंदकों में। हिन्दू बहादुर, बहुत बहादुर! ···"

फिर उसने बड़े तपाक से तीनों हिन्दुस्तानियों से हाथ मिलाया और संकेतों से समझाते हुए बात जारी रखी।

"यह कस्बा, कई बार तोपें! गोला, भयंकर···यह युद्ध है। ···फ्रण्ट, मशीनगन, गोला, गोला, गोला भूचाल···"

युद्ध के परिहास में उसके मूल अभिनय पर लालू और किरपू नीरस भाव से हंसे। उन्होंने बाबू खुशीराम की ओर यों सिर उठाकर देखा जैसे कह रहे हों, "तुमने सुना, यह युद्ध है, कोई मज़ाक···"

शराब आ गई।

फ्रांसीसी अफसर उनका बिल चुकाने लगा, पर खुशीराम ने उसे रोका कि मैं खुद दूंगा और यों तकरार शुरू हुई। इसी बीच में एक गोरा लेफ्टिनेंट वहां आया और उसने बिना किसी औपचारिकता के हिन्दुस्तानियों की ओर हाथ बढ़ाया! और बड़े आदर से "बहादुर सिपाही!" कहकर चला गया।

इस सम्मान ने और कैफे के हलके-हलके आनन्दमय वातावरण

और कोलाहल ने उन्हें गुदगुदाया और अब वे अपने यहां आने से खुश थे।

फ्रांसीसी ने बिल चुकाया, अपनी शराब पी और ऊंचे स्वर में गाने लगा।

दूसरे फ्रांसीसी सिपाहियों ने भी उसके स्वर में स्वर मिलाया और सब मिलकर गाने लगे। लालू, किरपू और बाबू गीत न समझ पाने के कारण परेशान थे, पर इसमें जो घुमाव आते थे उनसे वे खुश थे, जैसे वे पशु की डकारें हों जिसे अभी काटा जाना हो।

वातावरण को अधिक उत्तेजित करने के लिए टॉमियों ने भी अपना एक गीत शुरू कर दिया। वे गला फाड़-फाड़कर गा रहे थे, और न समझ सकने के कारण हिन्दुस्तानियों के चेहरे सुर्ख थे।

अपनी देहाती प्रचंडता से, जिसे ड्यूटी का भय भी ठंडा नहीं कर पाया था, लालू ने बड़ी वीरता से देहाती गीत 'तूम्बा' शुरू किया।

"आहा, तूम्बा, की कहने···अहा···"

खुशीराम शामिल नहीं हुआ, पर किरपू ने स्वर में स्वर मिलाया और कैफे में जो सिख थे और जिन्होंने लालू से अधिक शराब पी थी उन्होंने न सिर्फ अपनी आवाज़ें बुलंद की बल्कि तालियां बजाना शुरू कर दिया।

गीत के अन्त में लालू अपने ही कहकहे से लाल हो गया। आह्लाद की भावना को बनाए रखने के लिए उसने खूब पी। कैफे में बैठे लोगों को उसकी आंखें यों निहार रही थीं जैसे वह दुनिया-भर से चिरपरिचित हो, चाहे अनुशासन की कड़ी भावना, जो हरेक सिपाही में भरी जाती है, अब भी उसके हृदय में कहीं न कहीं विद्यमान थी।

"मुझे हौलदार लछमनसिंह और धन्नू के बारे में बताओ।" खुशीराम ने कहा।

"ओह, बाबू खुशीराम जाने भी दो भाइयो, मुझे भूख लगी है।" किरपू बोला। वह उठा और खूब संभल-संभलकर चलते हुए बोला, "मैं भूखा हूं।"

लालू उसके पीछे चला।

अब खुशीराम भी एक लम्बी सांस छोड़कर उठा।

तीखी आवाज़ आई और अंधेरी रात में एक चमकीला राकेट दिखाई पड़ा जो बूंदाबांदी में नक्षत्र-सा बन गया और फिर मीलों परे कहीं खेतों में छप से गिरकर बुझ गया।

बाबू खुशीराम घबराया-सा दौड़ा।

"कोई बात नहीं, कोई बात नहीं।" किरपू ने उसमें विश्वास उत्पन्न करने के लिए कहा।

"दिन-रात यही कुछ होता है।" खुशीराम ने मोटी-सी गाली देकर कहा, "मैं तो पागल हो जाऊंगा।"

सरकार फौजियों को दो दिन के विश्राम की छूट देती थी। चाहे उन्हें इसके बाद भी विश्राम-ठिकानों पर रहना था, पर उन्हें लगातार मशक्कत और परेड करनी होती थी। ख्याल था कि खंदकों के अस्त-व्यस्त जीवन में सिपाही अनुशासन की भावना खो बैठते हैं।

लैंस-नायक किरपाराम ने अपने कंधे पर फीता लगाने के बाद दफ्तर से लौटकर उन्हें जो कुछ बताया था, कम से कम लालू ने उसका यही अर्थ समझा था।

"जब कुत्ते थक गए हैं, मालिक शिकार की सोच रहा है।" किरपू बोला, "और आदेश यह है कि अगर सिपाही कसरत नहीं करेंगे तो उन्हें गठिया हो जाएगा। इसलिए कल इतवार को सुबह पांच बजे वे 'फोन फोन फोन' नाम की एक जगह जाएंगे। वहां वे रेल के डिब्बों से सीमेंट, लोहा, तख्ते और कांटेदार तार उतारकर खच्चरगाड़ियों और मोटरलारियों पर लादेंगे। उससे अगले दिन सोमवार को सुबह आठ बजे निरीक्षण-परेड होगी। जो कुछ तुम्हारे पास है दिखाना होगा। कुछ खो गया है तो क्वार्टर-मास्टर हौलदारों को लिखा दो, फिर संगीनों की प्रैक्टिस, कसरत और ड्रिल होगी। छुट्टी। खाना खाओ। रात को मशक्कत पार्टी के साथ जाने को तैयार रहो। मंगलवार : फूट-परेड, स्नान और विश्राम। बुधवार : संगीन-प्रैक्टिस, कसरत, ड्रिल। गुरुवार : सुबह रूट-मार्च और रात को खंदकें खोदना। शुक्रवार

"ओए, बस कर!" लालू ने टोका, "हम यह सब करेंगे।"

"बेटा, तुम्हें शिकायत की ज़रूरत नहीं।" किरपू ने लालू से कहा, "तुम्हें दफ्तर के काम में लगाया जाएगा। उन्हें ऐसा आदमी चाहिए जो अनपढ़ों के खत लिख सके। इस बारे में तुम जाकर बाबू खुशीराम से बात कर लेना। अजीटन साहब जो बांह में घायल हुआ था, वापस आ रहा है। लैंस-नायक लोकनाथ कोहौलदार बना दिया गया है। सिपाही किरपूराम को लैंस-नायक बनाया गया है। इस-लिए अगर कोई तुमसे आगे निकलना चाहे तो मुझे बताओ मैं देखूंगा···" और उसने हाथ ऊपर उठाकर यों संकेत किया जैसे लोकनाथ क्रोध में किया करता था और 'लैंस-नायकी' का मज़ाक उड़ाया।

चचा किरपूराम ने विश्राम का जो प्रोग्राम सुनाया था, लालू ने दफ्तर के स्वर्ग में जाना उससे बेहतर समझा। नरक में संतरी होने के बजाय स्वर्ग में क्लर्की करना कहीं अच्छा था। इसके अलावा स्वर्ग-कन्या के निकट होने की सम्भावना भी थी।

वह जाकर खुशीराम से मिलने की तैयारी करने लगा। पर इससे पहले कि वह अपनी टांगों पर पट्टियां लपेटे, खुद खुशीराम वहां आ गया और उसने लालू को खबर सुनाई।

भारतीय सरकार का तकाज़ा था कि जब बाबू जैसा महान व्यक्ति उनके ठिकाने पर आए तो एन॰ सी॰ ओ॰ सिपाही और रसोइये चाय बनाने के लिए इधर-उधर दौड़ते फिरें। आज उन्हें चचा किरसू के फीते का जश्न भी मनाना था और उसके अलावा हर सिपाही की दृष्टि से महत्त्वपूर्ण बात यह थी कि बाबू पर चाप-लूसी के सारे हथकंडे आज़माए जाएं ताकि यह मालूम हो सके कि खंदकों में विशेष वीरता दिखाने के लिए किसे क्या इनाम, मैडल, जागीर अथवा आजीवन पेंशन मिली है।

"बाबू जी, समाचार क्या है?" एक सिख सिपाही ने खुशीराम के लिए कम्बल बिछाकर और चाय देकर पूछा।

"हेड क्वार्टर में जनरल बहुत व्यस्त हैं।" बाबू ने टालने के लिए कहा, "इसलिए क्या होगा यह बताना कठिन है। सिर्फ भगवान ही जानता है।"

"फिर भी बाबूजी, खबर क्या है?" सिख सिपाही मुस्कराया, "हमारी पल्टन बड़ी बहादुरी से लड़ी···और हम आपको क्या बताएं हालात बड़े खराब थे···"

"हौलदार लछमनसिंह को क्या हुआ?" खुशीराम ने सिख को टालने के लिए जान-बूझकर पूछा।

"फिर तुम पूछोगे, दादा धन्नू कहां है, खड़कू कहां है।" चचा किरपू ने कटु स्वर में कहा, "क्या तुम इतना भी नहीं समझ सकते कि लछमन मर चुका है? और वह हमारे जनरलों की तरह गठिये से नहीं, कर्नलों की तरह दमे से नहीं और बाबुओ की तरह बवासीर से नहीं, बल्कि शेर की भांति लड़ता हुआ मरा है! ···"

"उसे इंडियन आर्डर आफ मैरिट का मैडल देने की सिफारिश की गई है, जिसके साथ आजीवन पेंशन होती है।" खुशीराम ने चाय कण्ठ से उतारकर कहा।

"उत्साह बढ़ाना अच्छी बात है।" किरपू ने उखड़े स्वर में कहा, "तरक्की देना उससे भी अच्छी बात है। हवलदार लछमनसिंह के नाम की पेंशन गांव रक्त का ताल, तहसील श्मशान, ज़िला नरक··· वाह क्या बात है।" यह बढ़ा सिपाही जिन आंखों से खुशीराम को देख रहा था, वैसी आंखें क्रोध की भी कहां होती हैं!

"सरकार भारतीय सैनिकों द्वारा जीते गए इनाम देने के लिए बड़ी इच्छुक है।" किरपू के क्रोध और आक्रोश की अवहेलना करते हुए बाबू खुशीराम ने धीमे स्वर में कहा, "कर्नल साहब ने मुझे बताया है कि हमारे जनरल ने कमांडर-इन-चीफ से कहा है कि सरकार भारतीयों को इनाम देने में कंजूसी न करे। इसलिए चाहे कमांडर-इन-चीफ कुछ नाम काट देना चाहता है, पर जिनकी सिफारिश की गई है, उन सबको इनाम मिलने की सम्भावना है। और शायद तुम्हें पता हो कि युद्ध का सबसे बड़ा पुरस्कार विक्टोरिया क्रॉस भी सन् 1911 के दिल्ली दरबार के बाद से हिन्दुस्तानियों को मिल सकता है। अब एक सिपाही के लिए सिफारिश की गई है तुम तसल्ली रखो···"

"जवानो, लैंस-नायक के नाते तुम्हें यह बता देना मेरी ड्यूटी है कि 'लाल बत्ती वाली' दुकानों में औरतों द्वारा भी कुछ सोने के मैडल

दिए जा रहे हैं।" किरपू ने कहा और उठकर सभा विसर्जित की। "और अब काम के लिए तैयार हो जाओ। किसीने ठीक ही कहा है, 'आदमी काम में परखे जाते हैं।' "

क्या ज़मीन नहीं मिलेगी, बाबूजी?" लालू ने यों पूछा जैसे घर पर बैठे किसी सम्बन्धी की प्रतिध्वनि उसके मस्तिष्क पर दस्तक दे रही हो। वह अब तक चुप और क्रुद्ध बैठा था, पर भूमि के परम्परागत प्रेम ने उसे उकसाया।

"ज़मीन के बच्चे!" किरपू ने गाली दी, "अपने भाग्य को धन्यवाद दो कि तुम खंदकों के खतरों के बाद भी जीवित हो! साला कहता है, ज़मीन!"

कम्पनी का दफ्तर फार्म के रिहायशी मकान की निचली मंज़िल में स्थित था। उसके सामने स्रोत के निकट कुछ खुली जगह थी, बड़ी सड़क और पुल से लगभग पचास गज़ का फासला था।

लालू जब सुबह दफ्तर में पहुंचा तो बाबू खुशीराम ने उसे आगे वाले कमरे में खिड़की के पास एक मेज़ दी जिसपर पल्टन की फाइलें पड़ी थीं। बाबू ने उसे कहा कि बैठने के लिए एक स्टूल या कोई बक्सा ले लो और इसे निपटाओ।

उस दिन चूंकि सारी कम्पनी मशक्कत के लिए गई हुई थी, इसलिए कोई भी आदमी पत्र लिखवाने नहीं आया। खुशीराम ने उसे कमरा साफ करने का काम सौंपा और कहा कि ओवेन साहब आनेवाले हैं और दो कम्पनी क्लर्क थानूसिंह और मुहम्मददीन इतने व्यस्त हैं कि उन्हें झाड़ने-पोंछने की फुरसत नहीं।

लालू ने समझ लिया कि दफ्तर में उसकी हैसियत अर्दलीनुमा मुंशी की है। और वह खुश था कि इधर-उधर घूमते रहने का अवसर मिलेगा क्योंकि सी॰ओ॰ के कमरे के अलावा जो हेडक्लर्क का कमरा भी था और कहीं आग नहीं थी।

वह चीज़ों को झाड़ने-पोंछने और सजाने लगा। एक नंगी औरत के बड़े चित्र को जिसके कंधे पर घड़े से पानी पड़ रहा था और उसके नीचे 'इंग्रे-ला-सूर्स' लिखा हुआ था वह चुपके-चुपके बार-बार देख लेता था। नाम से उसे कोई प्रयोजन नहीं था। वह तो चित्र में

प्रदर्शित खुली नग्नता से उत्तेज़ित था।

"यह कैसा बेशर्म गधा हमपर ठोंस दिया गया है!" तीखी नाक और साफे की लम्बी नोक वाले मुस्लिम क्लर्क मुहम्मददीन ने कहा। वह इस बात से चिढ़ गया था कि लालू अनमना-सा मेज़ की टांग साफ करते हुए उस सरल और निरीह रमणी के रूप को निहारने में मस्त था, जो खड़ी घड़े से कधे पर पानी डाल रही थी। दरअसल मुहम्मददीन इस बात से चिढ़ा हुआ था कि वह चित्र उसके काम करने के कमरे में क्यों रखा हुआ है।

जब वह झाड़न से चीज़ साफ कर रहा था और कलाकृतियों को कमरे में यथास्थान रखते हुए उनके सजाने में यूरोपियन निपुणता प्राप्त करने के सपने देख रहा था, बाहर हाल में लोगों के आने-जाने की आवाज़ सुनाई दी और अर्दली किसीको सैल्यूट कर रहा था जो 'सलाम' के हिन्दुस्तानी सरल और कोमल स्वर से ओवेन साहब जान पड़ता था।

लालू अनुशासन की सीमाएं तोड़कर बड़ी तेज़ी से भागा और दरवाज़े पर जाकर साहब को सैल्यूट किया। "आह, लालसिंह!" साहब ने उसी मुस्कान के साथ उसका स्वागत किया, जो उसके मुख पर उस समय भी थी जब लालू पहली बार भर्ती होकर आया था, "ओह, तुम सही-सलामत लौट आए?" और ऐसी जान-पहचान के साथ जिसमें अनुशासन का लेश-मात्र भी नहीं था और जो निरी सहृदयता थी, ओवेन साहब ने लालू का गाल खींचा और हंस पड़ा।

"और हुज़ूर" "हुज़ुर की बांह?" साहब का बायां बाज़ू गले में बंधी पट्टी में लटकते देखकर लालू ने पूछा।

बाबू खुशीराम, थानसिंह और मुहम्मददीन हाल में आए, और जिस फुर्ती से वे कलम चलाते थे उसी फुर्ती से सैल्यूट किया।

"हैलो, खुशीराम, अब भी ज़िन्दा हो? थानूसिंह, तुम्हारी हड्डियों पर और मांस नहीं चढ़ा?" "मुहम्मददीन, हिंदसों में कितनी गलतियां हैं?" ओवेन साहब ने हरेक का उचित अभिवादन किया और हैट स्टैंड पर टांगकर हेड क्लर्क की ओर चला गया।

"मेरा दफ्तर कहां है?" उसने पूछा।

"यहां हुज़ूर। सी॰ ओ॰ और आप एक ही कमरे में हैं।" खुशी-

राम ने कहा। वह घबराया हुआ आगे-आगे दौड़ रहा था।

"ओए लालू, साहब की कुर्सी साफ कर।" सफाई का खयाल आते ही उसने पुकारा।

"खुशीराम, सब ठीक है। तुम चिन्ता न करो।" साहब ने कहा, "मेजर पीकॉक कहां हैं?"

"हुज़ूर, हेडक्वार्टर्ज़ गए हैं।" खुशीराम ने अटैंशन होकर उत्तर दिया, जबकि साहब आग के पास जा खड़ा हुआ और केस में से सिगरेट निकालने लगा।

खुशीराम अपनी चापलूसी में यह भी न देख पाया कि बांह बंधी होने के कारण साहब सिगरेट नहीं जला सकता और वह आज भी स्थिर खड़ा रहा। पर हेडक्लर्क की तीखी नज़रों की परवा न करते हुए लालू आगे बढ़ा और कार्निस से दियासलाई की डिब्बी उठाकर उसने साहब की सिगरेट सलगवाई फिर वह फर्नीचर झाड़ने लगा।

"हुज़ूर, आज आप बिलकुल ठीक हैं?" बाबू खुशीराम ने पूछा।

साहब ने तनिक सकुचाकर सिर हिलाया।

साहब ने कहा, "क्या लालू यहां अर्दली है?"

"हां, हुज़ूर। चूंकि वह पढ़ा-लिखा है, इसलिए सिपाहियों के खत लिखेगा।" खुशीराम ने सादर उत्तर दिया और भयभीत पदाधिकारी की तरह लालू की ओर पलटकर कहा, "लालसिंह, जाओ, साहब काम करेंगे।"

लालू जब चला तो वह जानता था कि उसे साहब की सहानुभूति प्राप्त है।

लालू जब कभी दफ्तर से खलिहान में लौटता अथवा खलिहान से दफ्तर जाता तो वह लड़कों की एक पूरी पल्टन को आंद्रे के कमांड में सन्तू और दूसरे रसोइयों के पास खड़े देखता, जो अस्थायी किचनों में भोजन बना रहे होते। वे हिन्दुओं की चूल्हा बनाने की कला अथवा नये ढंग के भोजन को देखते थे, यह बताना मुश्किल है। पर बच्चे आश्चर्यचकित-से खड़े उस अहाते की ओर देखते रहते जिसमें इंटों के बड़े-बड़े चूल्हों के नीचे भारी-भारी लकड़ियां जलती, आग

की लपटें निकलतीं और काले पेंदों वाले देगचों में दाल उबलती थी। निस्सन्देह आधे ढके देगचों में से मसालों की गंध निकल-निकलकर सारे गांव में फैल जाती, जिससे टॉमी और फ्रांसीसी सिपाही भी खलिहान की ओर खिंचे चले आते। गाय और सूअर का मांस खाने वाले साहबों के विरुद्ध धार्मिक रूढ़ियां मिट चुकी थीं, इसलिए गोरे न सिर्फ देखकर आंखें प्रसन्न करते बल्कि उनके डबल रोटी खाने के आदी पेटों की दावत भी होती। सफेद आटे की चौड़ी-चौड़ी चपातियां, जो भारी तवों पर पकाई जाती थीं, दाल या सब्ज़ी रखकर उन्हें खाने को दी जाती।

आंद्रे अब लालू को पहचानने लगा था और आम तौर पर देखते ही उसकी ओर लपकता था।

"उन्हें यहां से हटा दो।" कोई एन० सी० ओ० सन्तरी को हुक्म देता, "कोई साहब इधर आ निकला तो उन्हें देखकर नाराज़ होगा।"

पर संतरी स्नेह-भावना के कारण इन आदेशों पर ध्यान न देते। बच्चों को अपने जीवन का सबसे अद्भुत अनुभव प्राप्त होता। सिख, जो अपनी असाधारण वेश-भूषा के कारण बच्चों को अधिक प्रिय थे, उन्हें अपने कंधों पर उठा लेते और ऊंट या हाथी की सवारी का खेल खेलते। सिपाही बच्चों से इतने हिलमिल गए थे कि वे अपने साफे उतारकर उन्हें अपने केशों के जूड़े दिखाते और अपनी दाढ़ियों की गांठे खोलकर बताते कि वे उन्हें कैसे काले धागों से बांधे रखते हैं। बच्चे सवाल पूछते, जिन्हें सिपाही समझ नहीं पाते थे। पर आंद्रे एक बात पर अड़ा हुआ था और वह दुभाषिये के रूप में एक साहब को पकड़ लाया। सवाल जो वह सिख सिपाहियों से पूछना चाहता था, यह था :

"जब तुम्हें दाढ़ी और सिर के बाल अजीब ढंग से गांठ देकर बांधने पड़ते हैं तो तुम इन्हें कटवा क्यों नहीं देते?"

"तुम मेरे जुड़वां भाई हो।" लालू कहकहा लगाकर उससे कहता, "इस बारे में हम दोनों की एक ही राय है।

और वह आंद्रे और उसके साथियों को किचन के पास एक पंक्ति में बिठा लेता और संतू से उन्हें मीठा दलिया देने को कहता।

यह मीठा दलिया उन्हें इतना पसन्द आता कि उसके आगे ऊंट अथवा हाथी की सवारी कुछ भी नहीं थी। अतएव आंद्रे लालू का अंतरंग साथी बन गया।

आंद्रे ने अपनी मां से आग्रह किया कि वह लालू को एक दिन खाने पर बुलाए। जो अफसर उनके घर ठहरे हुए थे, मां उन्हींकी सेवा में इतनी व्यस्त थी कि कोई दूसरा मेहमान नहीं बुला सकती थी। पर आंद्रे बराबर हठ किए जा रहा था। यह न जानते हुए कि कि साहबों और सिपाहियों में कड़ा जाति-भेद है और कोई भी हिन्दुस्तानी सिपाही ब्रिटिश अफसरों के साथ एक ही मेज़ पर बैठकर भोजन करने का साहस नहीं कर सकता, मादाम लाबूज़ेयर ने आंद्रे को यह आज्ञा दे दी कि वह लालू को लंच के बाद कॉफी पीने के लिए ले आए।

लालू को निचली छत वाले एक किचन-डाइनिंग रूम में लाया गया। सौभाग्य से उस समय वहां मामा, पापा, मेरी और आंद्रे के अलावा सिर्फ ओवेन साहब मौजूद थे।

लालू आवाक् रह गया। उसने दूर खड़े-खड़े सादर सैल्यूट किया और उसके मुख पर भय और उग्रता अंकित थी। पर साहब ने उसे आश्वस्त किया।

"सलाम, लालसिंह।" उसने कहा, "तो तुम्हारा दोस्त तुम्हारे बिना अकेला नहीं खाता! बैठ जाओ। तुम खुशकिस्मत हो। दूसरे साहब डाइनिंग-रूम में भोजन करते हैं। मुझे आज देर हो गई, इसलिए मैं परिवार के साथ खा रहा हूं···आओ मैं तुम्हारा परिचय कराऊं।" और उसने प्रत्येक व्यक्ति का नाम लेते हुए उसकी ओर संकेत किया : "वे हैं मोसियो लाबूज़ेयर, मादाम, उनकी बेटी मेरी और वह तुम्हारा मसखरा दोस्त, आंद्रे···"

लालू ने झुककर प्रणाम किया, उसकी आंखें ज़मीन पर गड़ी थीं। अब भी उसके चेहरे पर इतनी व्यग्रता अंकित थी जैसे उसके प्राण ही निकल जाएंगे और वह अटैंशन की स्थिति में अकड़ा खड़ा था। एक क्षण के लिए उसने चुपके-चुपके मेरी के मुख की ओर देखा। फिर उसने नज़रें घुमा लीं और वह पहले से भी अधिक व्यग्र था उसके भीतर खून खौल रहा था। और गर्म तरंगें यों उठ रही थीं

जैसे नैराश्य का धुआं उसके सिर को चकरा रहा हो।

आंद्रे उसे खींचकर एक कुर्सी की ओर ले जाने लगा।

लालू ने अपने-आपको संभाला और पेड़ के सदृश खड़ा रहा। वह आंद्रे के दबाव से झुक गया पर अपने स्थान से हिला नहीं। मेरी उसे वैसी ही दिखाई दे रही थी जैसीकि उस दिन स्रोत पर पहली बार दिखाई दी थी। वह उसे उस अल्हड़ बछेड़ी-सी लगी थी, जिसे शेर के बच्चे आंद्रे ने चिढ़ा दिया था। और वह उसे चिढ़ा रही थी। उसकी उठती जवानी उसकी चीखों में इतनी तीव्रता से प्रकट हो रही थी कि लालू उसकी ओर यों देखता रह गया था जैसे पहचानने का प्रयत्न कर रहा हो···और अब वह शान्त, गम्भीर और स्थिर बैठी थी, निकट भी और दूर भी। उसकी बड़ी-बड़ी आंखें सारे मुख पर फैल गई जान पड़ती थीं। वह सुन्दर नहीं थी, पर उसके मुख पर एक ऐसी ज्योति थी जो उसके काले बालों वाले सिर से बह रही जान पड़ती थी।

अपनी लासानी सहज-बुद्धि से कैप्टेन ओवेन ने जाने का निर्णय किया ताकि लालू इत्मीनान से बैठ सके।

"इधर आकर बैठो, लालूसिंह!" उसने एक ही घूंट में अपनी कॉफी सुड़ककर कहा और जाने के लिए उठ खड़ा हुआ।

लालू डरते-डरते उस कुर्सी की ओर बढ़ा जिसकी ओर आंद्रे उसे खींच रहा था।

इसी समय मादाम ने लालू के पीछे से साहब के साथ बात शुरू की। वह फिर घबरा गया। अपराधी की तरह सुर्ख और सकुचाया हुआ वह उनकी ओर देख रहा था।

पर ओवेन साहब ने हिन्दुस्तानी में व्याख्या की, "वे कहती हैं कि तुम यहां अपने घर की तरह ही हो। उनका खयाल यह है कि हिन्दुस्तानी बड़े अच्छे होते हैं। जर्मन ऐसे नहीं। वे कहती हैं कि जर्मन इस गांव पर दोबारा कब्ज़ा कर चुके हैं और वे जर्मन अफसरों के लिए खाना बनाती रही हैं। अच्छे नहीं···"

मादाम ने बहुत-सी बातें एकदम फिर कहीं। "वे कहती हैं," अजीटन ने फिर बताया, "हिन्दुस्तानी लम्बे, सुन्दर, सज्जन और सहृदय होते हैं। उन्हें तुम्हारा चमकदार चेहरा पसन्द है, विशेषकर

जब तुम मुस्कराते हो। इसलिए मुस्कराओ…”

यह कहकर साहब उसकी संकोचशीलता पर हंसा।

लालू मुस्कराया।

मादाम ने फिर कोई बात शुरू की। इस बार वह अप्रसन्न थी और उसका स्वर सहसा उखड़ गया था और उसने मुंह घुमाकर अपने ऐप्रन से आंसू पोंछे। साहब ने उसे थपथपाकर बैठ जाने को कहा। उसका पति भी उठकर उसके निकट आ गया।

“इनका बड़ा लड़का युद्ध में मारा गया है।” ओवेन साहब ने बताया।

साहब मां के शोक में बाधक नहीं बनना चाहता था, इसलिए वह चला गया।

पापा ने मामा को सान्त्वना दी, वह उठ खड़ी हुई और सायास मुस्कराई।

थोड़ी ही देर में लालू सारे परिवार के साथ संकेतों की भाषा में बात कर रहा था और बिलकुल आश्वस्त था। उसने मेज़ साफ करने में सहायता की और मेरी और आंद्रे के साथ सांप-सीढ़ी का खेल खेला।

11 नवम्बर के आर्डर में घोषणा की गई कि जनरल राबर्ट्स साहब, जो भारतीय सेना का कमांडर-इन-चीफ था और फ्रांस में भारतीय कोर का कर्नल-इन-चीफ बना दिया गया है, कल सिपाहियों का निरीक्षण करने आएगा।

चाचा किरपू ने अपने हिन्दी अनुवाद से आदेश पूरी शक्ति और अधिकार से पढ़कर सुनाया। वह बीच-बीच में आंखें उठाकर यों देख लेता था जैसे व्यक्ति को खोज रहा हो जो उससे यह शब्द कहलवा रहा हो और उसपर निगाह रखे हुए हो।

सिपाही कपड़ों की सीवनों में जुएं ढूंढ़ रहे थे और इन ओर उनका ध्यान नहीं जान पड़ता था।

“क्या मुझे इस परेड से छुट्टी होगी, हौलदार?” लालू ने सस्वर पूछा।

“नहीं, इस शुभ अवसर पर परेड से किसीको भी, चाहे वह पल्टन

के खत लिखने वाला 'मिस्टर पाटेखां' ही क्यों न हो, छूट नहीं मिलेगी।" लैंस-नायक किरपूराम ने कड़ककर उत्तर दिया, पर 'मिस्टर पाटेखां' कहकर अपनी विनोदशीलता को बनाए रखा। वह सब प्रकार की परेडों के खिलाफ था, पर एक एन॰ सी॰ ओ॰ के नाते आर्डर देना और अनुशासन बनाए रखना उसका कर्तव्य था, इसलिए वह कड़ा शासक होने का अभिनय कर रहा था। या शायद उसे यह डर था कि कहीं बड़े अफसर उसमें दोष न निकालें। लेकिन जब उसने इधर-उधर झांककर विश्वास कर लिया कि कोई उसे देख या सुन नहीं रहा तो अपने बेहतर एन॰ सी॰ ओ॰ होने का परिहास शुरू किया :

"आखिर आर्डर आर्डर है। यह मैं तुम्हें लैंस-नायक की हैसियत से बता रहा हूं, जैसे पहले चचा की हैसियत से बताया करता था···" और उसने फुंक मारकर अपने कंधे के फीते पर से धूल का कल्पित कण झाड़ा और कुछ इस ढंग से अपने प्रति सम्मान का भाव प्रकट किया कि हंसते-हंसते सिपाहियों के पेट में बल पड़ गए।

"सिपाही को अफसर के आर्डर पर ऐतराज़ नहीं करना चाहिए।" अब उसने अफसरी ढंग से सैनिक विधान की व्याख्या शुरू की, "वह बिना चूं-चरां आज्ञा का पालन करे। हो सके तो अफसर के सामने रेंगे या फिर अफसर के बूट का तस्मा बनने की कोशिश करे। अफसर मां-बाप और बादशाह के समान है। चाहे जार्ज पंचम की तरह उसके दाढ़ी नहीं होती, पर वह शहंशाह सलामत जार्ज द्वारा नियुक्त किया जाता है और वह 'शाम ब्राउन' पेटी पहनता है। अगर तुम अब भी अफसर का महत्त्व नहीं समझे, जो बादशाह की नियुक्ति द्वारा उसे प्राप्त होता है, तो मुझे देखो!" उसने मुंह बनाया और मूंछों के सिरे मरोड़कर उन्हें नुकीले बनाने का प्रयत्न किया।

"आपको थोड़ी-सी चरबी चाहिए।" किसीने हंसते हुए कहा।

"अनुशासन!" चचा किरपू ने कृत्रिम क्रोध से कहा, "अगर तुम ज़्यादा हंसोगे तो फौज का अनुशासन नहीं रहेगा और बिना अनुशासन की फौज एक भीड़ है, जिसपर 'एमर्जेंसी' में भरोसा नहीं किया जा सकता···"

"एमर्जेंसी क्या?" लालू ने टोका।

"एमर्जेंसी वही जिसका हमें कल सामना करना है।" किरपू

चिल्लाया "हमें अपने रहे-सहे सिपाहियों को इस तरह खड़ा करना होगा कि लाट राबर्ट्स साहब को पूरी पल्टन मालूम हो और जंगी लाट को यह विश्वास हो जाए जिस तरह हमारे दादा-परदादा ने गदर में उसका साथ देखर सरकार का नमक हलाल किया था और विद्रोहियों को तोपों से भून डाला था, जैसे हमारे पूर्वजों ने उसके आदेश पर कंधार के किले के बाहर आखिरी खंदकों पर धावा बोला था, उसी तरह हम भी बादशाह सलामत और सरकार के लिए वफादारी से लड़ने और शान से मरने को तैयार हैं। ···"

"ओह हौलदार!" लालू ने अति विनम्रता और घबराहट का अभिनय करते हुए कहा, "मैं किट-परीक्षण में नहीं गया था। जिस सिपाही ने परेड में मेरी वर्दी दिखाई थी उसने मुझे लौटकर बताया कि मुझे नई जुर्राबें लेनी होंगी।"

"तुम्हें क्वार्टर हौलदार से विनम्र होना पड़ेगा। जैसे मुझे हौलदार कहा है वैसे ही उसे सूबेदार कहना और बस आज ही जिस चीज़ की कमी हो जाकर पूरी कर लो। अगर तुम्हें क्वार्टर मास्टर से और कुछ नहीं सिर्फ गालियां मिलें तो तुम इसीके भागी हो क्योंकि किट स्टोर में रखने के लिए है या चहेतों को दी जाती है, लड़ाके सिपाहियों को नहीं। अगर अगली परेड में मैं या दूसरा एन॰ सी॰ ओ॰ तुम्हें कमी पूरी न करने के लिए डांटे तो तुम बड़बड़ाना नहीं, इसे फौज का नियम समझकर चुप रहना, जिसके अनुसार सिपाही एक गधा है जिसे फौज का सारा बोझ अपनी पीठ पर उठाना चाहिए। ···"

"लैंस-नायक किरपाराम!" हौलदार लोकनाथ की आवाज़ सुनाई पड़ी।

"हुज़ूर।" किरपू ने उत्तर दिया।

पर इतने ही में मनहूस हवलदार खुद आ धमका। वह इतना कठोर और गम्भीर जान पड़ता था कि अपने पतले-पतले होंठों से किसी मासूम का खून पी जाने को तैयार हो।

"तुम्हें मालूम है कि जंग जारी है।" उसने दरवाज़े ही से सिपाहियों पर एक नज़र डाली और देखा कि वे बैठे आराम कर रहे हैं। "क्या तुम्हारे पास सोने के अलावा करने को कुछ नहीं? लैंस-नायक किरपाराम, क्या आज कोई परेड या मशक्कत नहीं कि ये यहां बैठे

मक्खियां मार रहे हैं?"

"मक्खियां नहीं, हौलदार। क्योंकि यहां एक भी मक्खी नहीं। सिर्फ पिस्सू और जुएं हैं।" चचा किरपू ने कहा, "इस खलिहान में पिस्सू बहुत हैं। बेटी···जैसे आदमी की खाल में घुस जाते हैं और चूतड़ों, बगलों, पांव के तलवों, गर्दन और···तक में ज़ोर से काटते है।···"

"लैंस-नायक किरपाराम, फिजूल बातों के लिए वक्त नहीं है।" हवलदार लोकनाथ ने पिस्सूओं और जूओं के बारे में किरपू की व्याख्या को भांप लिया था, "जंग जारी है और बहुत-सा काम करने को है।"

"ओह, जंग! —मैंने इन्हें आर्डर सुना दिया है।" किरपू बोला। फिर सिपाहियों की ओर पलटकर वह तन गया और गरजकर कहा, "सुनो जवानो, तुम कल की परेड के लिए तैयार हो जाओ। मंडी चौक में जमा हो जाना। खूब टिप-टॉप! बूट पालिश से यों चमक उठे कि जंगी लाट उनमें अपना मुंह देख सके। अगर वह अपनी मोटर में आता है, थोड़ी देर के लिए उतरता है, अफसरों से हाथ मिलाता है, और चमड़े में अपना चेहरा देखे बिना ही गिटपिट करके चला जाता है, तब भी बूटों पर पालिश करो क्योंकि बूट बहुत ज़रूरी हैं। बूट ठीक हों तो तुम आज्ञा-पालन, साहस और वफादारी सब कुछ भूल सकते हो!"

"आर्डर देने का यह अनोखा ढंग है।" लोकनाथ ने चिढ़कर कहा, हालांकि वह किरपू की किसी खास बात पर ऐतराज़ नहीं कर सकता था।

"और मेरा खयाल है कि तुम सादर सैल्यूट करना सिर्फ इस कारण भूले नहीं होगे कि कुछ दिनों से स्वर्ग में दिन बिता रहे हो" किरपू ने बात जारी रखी।

"लेंस-नायक किरपाराम, मेरे साथ आओ।" लोकनाथ ने कठोर होकर कहा।

"आपका सेवक!" किरपू ने अति विनम्रता से कहा और उसके पीछे-पीछे चल पड़ा।

"यह सूअर चचा किरपू की शिकायत न कर दे।" जब वे आवाज़ की पहुंच से बाहर चले गए तो लालू ने कहा, "बूढ़े को चाहिए कि अपने शब्दों का ध्यान रखे और यो खुल्लमखुल्ला मज़ाक न करे।"

दूसरे दिन जब वे गैस-लैम्पों के खम्भों के पास मंडी चौक के खुले मैदान में पंक्तिबद्ध हुए तो सतह पर कोई तरंग नहीं थी,आकाश धुंधला-धुंधला था, कुछ मील परे तोपें बराबर चल रही थीं और पश्चिम से ठंडी हवा आ रही थी। फौजी मशीन हमेशा की तरह पूरी शक्ति से काम कर रही थी और उसने तमाम व्यक्तिगत भावनाओं को दबा दिया था फिर भी इच्छाओं के सशक्त संघर्ष का तनाव वातावरण में फैला हुआ था और यह तनाव कदम उखड़ जाने से, किट में किसी चीज़ की कमी से और परेड में, जिसमें शामिल होना प्रत्येक व्यक्ति के लिए मान और प्रतिष्ठा की बात थी, किसी गलत शब्द के उच्चारण से उत्पन्न होता था।

चौक की असमतल भूमि पर उनकी यह परेड एक मानव-प्रदर्शन-मात्र जान पड़ती थी। वरना जिस निष्ठा के नाम पर उन्हें यहां बुलाया गया था, उसका कहीं लेश-मात्र भी नहीं था। उनमें से अधिकांश यह आशा लगाए हुए थे कि शायद साहब एकाएक तनख्वाह में वृद्धि की घोषणा करे अथवा उनमें से किसीकी इनाम के लिए सिफारिश कर दे। यह सब न हुआ तो उन्हें एक जनरल को देखने का अवसर तो प्राप्त होगा ही। उनके मन में एक धारणा यह भी थी कि चूंकि वे युद्ध में हैं, इसलिए विश्राम-काल के लिए उन्हें परेड से मुक्त कर दिया जाएगा। हालांकि छावनी के शान्तिमय वातावरण में परेड का दिन बड़ी खुशी का दिन होता था। वे किसी भी जनरल को दूसरे से अलग नहीं पहचानते थे। चाहे उन्होंने अपने पुराने साथियों से जनरल राबर्ट्स साहब के कारनामे सुन रखे थे, पर यह मालूम नहीं था कि वह कौन है। अब उसके स्वागत में यह परेड हो रही थी और वे उसे देखने के लिए अधीर थे।

लालू इस बात से खुश था कि शहरी मर्द, औरतें और बच्चे, टॉमी और फ्रांसीसी सिपाही चौक के इर्द-गिर्द खड़े उन्हें देख रहे थे। चूंकि एक अंग्रेज़ जनरल, जिसने हिन्दुस्तान में बड़ा नाम पाया था, उन्हें देखने आ रहा था, इसलिए आज भारतीय सैनिकों का बड़ा महत्त्व था और वे वीर जान पड़ते थे। आम तौर पर स्थानीय लोग वैंचित्रय के कारण उन्हें प्यार करते थे।

ओवेन साहब सूबेदार मेजर अर्बेलसिंह के साथ आए। एन० सी०

ओ॰ लोगों ने 'आईज़ फ्रण्ट' कहा। तब मेजर पीकॉक साहब मेजर डनलप के साथ आया और कम्पनी कमाण्डर भी, जो अब तक लाइन में नहीं खड़े हुए थे, आ गए। सब स्थिर और गम्भीर थे कुछ क्षण आंख तक नहीं झपकी। लगता था कि वे इन्तज़ार करते-करते लकड़ी के सिपाहियों की तरह टूट जाएंगे। मोटर के इंजन की आवाज सुनाई दी और तोपों के धमाके से सामने के मकान की खिड़कियां हिल गई। जैसे दुश्मन भी हिन्दुस्तान के इस बड़ जनरल का स्वागत कर रहा हो। वह फील्ड मार्शल की वर्दी में मोटर से उतरा; दुबला-ठिगना बूढ़ा आदमी। लम्बा जनरल विलकाक साहब और स्टाफ के दूसरे लोग उसके पीछे थे। उन्होंने मिली-जुली ब्रिटिश और भारतीय सेना का सैल्यूट लिया। ड्यूटी की सतर्कता का तकाज़ा इतना कड़ा था कि सिपाही यह नहीं देख सकते थे कि महान जनरल क्या कह रहा है। मगर लालू ने सूबेदार मेजर अर्बलसिंह के साथ बातें करते हुए उनकी एक झलक देखी। एक ऐसे व्यक्ति की तरह जिसका भारतीयों से तादात्म्य हो, वह पहली कुछ लाइनों में घूमा-फिरा यहां एक-दो शब्द कहे, वहां अफसरों से हाथ मिलाया और टूटी-फूटी साहबी हिन्दुस्तानी में भाषण करने खड़ा हुआ।

आखिर उसने सैल्यूट किया, और एक पुतली की सी स्फूर्ति से कार में बैठकर चला गया। सिपाहियों के हृदय गर्म थे क्योंकि साहब में कुछ आकर्षण था। पर उनके शरीर सर्द थे, क्योंकि इस देश में उनकी ज़िन्दगी का यह शायद सबसे ठंडा दिन था। ठंडी तेज़ हवा तमाम गर्म कपड़ों में से होती हुई उनके हाथों और पैरों को बर्फीला बना रही थी।

'डिसमिस' कहने पर वे बिखर गए और ठिठुरते हुए चले।

"ईद का चांद चला गया।" किरपू ने पंजाबी मुसलमान कम्पनी के लैंस-नायक असलमखां को मुखातिब करके कहा।

"कुछ ग्रहण में था," लालू ने बात आगे बढ़ाई।

"वह मेरी तरफ देखकर मुस्कराया नहीं।"असलमखां ने विद्रुप-भाव से कहा। लालू को उससे इसकी आशा नहीं थी क्योंकि असलम हमेशा सरकार का पक्ष धारण करता था।

"मैंने तुम्हें तुम्हारी तरक्की पर मुबारकबाद नहीं दिया।"असलम-

खां ने किरपू की पीठ थपथपाते हुए कहा। और दोनों साथी गपशप करते चले और लालू पीछे रह गया।

वह दो-तीन कदम चला होगा कि पीछे से मेरी ने आकर अपनी बांह उसकी बांह में डाल दी।

पल्टन के अफसर और सिपाही गली में चल रहे थे, इसलिए लालू लड़की के साथ ठिकाने की ओर चलते हुए काफी परेशान था।

"आंद्रे?" उसने मेरी के साथ अपने सहज-सम्बन्ध का प्रदर्शन किया।

"इल एला।"[1] मेरी बोली। वह बिलकुल अनमनी-सी प्रसन्नचित्त उसके साथ-साथ चल रही थी। फिर वह बड़े उत्साह से परेड की बातें करने लगी, जिन्हें लालू बिना समझे ही ध्यान से सुनता रहा, ताकि सिपाहियों को, जो तरह-तरह की आवाज़ें निकाल रहे थे और सीटियां बजा रहे थे, यह जान पड़े कि 'दाल में काला' नहीं है।

पर मेरी गर्व और बाल-सुलभ स्नेह के साथ उसकी बांह थामे हुए थी, जबकि लालू मन में डर रहा था कि इसे कहीं सरकारी तौर पर लिखित कानून का उल्लंघन न समझा जाए। इस कानून के अनुसार सिपाहियों को इस देश की किसी भी स्त्री के साथ घनिष्ठता बढ़ाने की मनाही थी, इसके साथ ही वह मेरी की बांह के स्पर्श से सिहरन महसूस कर रहा था। और उसके पहल-ब-पहल चलने का गर्व उसके खून को गर्मा रहा था। धीरे-धीरे सैनिक और सामाजिक प्रतिबन्ध टूट गए और वे दीवारें ढह गई जो हिन्दुस्तान में उसके और ज़मींदार की लड़की के दरमियान बनी हुई थीं।

"ओए, इससे मेरा परिचय कराओ।" पीछे से जमादार सूबासिंह की आवाज़ सुनाई पड़ी।

"जमादार सूबा।" लालू यह सोचकर आश्वस्त हुआ कि अब लड़की से बातें करने की कुछ ज़िम्मेदारी अफसर पर भी आएगी।

और उसने मेरी की ओर पलटकर कहा, "मोसिए आफिसर।"

"बौं जूर।" सूबा तुरन्त बोला।

"बौं जूर, मोसिए।"[2] मेरी ने उत्तर दिया। पर उसने लालू के

---

1. वह वहां है

2. सुबह का प्रणाम

साथ परेड की बात जारी रखी।

"क्या यह तुम्हारी दोस्त है, ओए?" जमादार ने लालू से पूछा।

"तुम्हारा साथी क्या चाहता है?" मेरी ने फ्रांसीसी भाषा में लालू से पूछा और अपनी बांह मज़बूती से कस ली।

"मोसिए," लालू ने घबराकर पंजाबी और फ्रांसीसी को गडमडा दिया और जमादार की ओर संकेत करके कहना चाहा, "मेरा दोस्त तुम्हें चाय पिलाएगा।" पर उसे अपनी बात कहने के लिए फ्रांसीसी शब्द नहीं मिले। इसलिए जल्दी-जल्दी कहा 'मौं अमी, मौं अमी'[1] और ज़रूरी काम का बहाना करके अपनी बांह छुड़ाई और वह किरपू की ओर दौड़ा।

लेकिन बीच ही में आंद्रे मिल गया। वह उसकी टांगों से लिपट गया और राइफल पकड़कर उसे जाने से रोक लिया।

इसी समय मेरी भी सूबा को छोड़कर कुलांचे भरती वहां आ गई।

"हे भगवान!" लालू बड़बड़ाया। इस विचार से कि जमादार के इस अपमान का परिणाम क्या होगा, उसके गाल और कानों के कोये जल रहे थे।

अगले चंद दिन में ईर्ष्या और प्रतिकार की मूक आग ने प्रेम की कोंपलों को झुलसना शुरू किया।

जमादार सूबासिंह से इस कोमलता की आशंका तक भी सहन नहीं होती थी।

पहले उसने मेरी को एक नज़र देखने के लिए किसी न किसी बहाने अक्सर दफ्तर जाना शुरू किया। अंग्रेज़ अफसरों का भोजन आदि तैयार करने मे मादाम लाबूज़ेयर को बेटी से जो भी सहायता मिल सके, वह लेना ज़रूरी समझती थी। इसलिए मेरी किचन में होती। वह सिर्फ उसी वक्त नज़र आती, जब वह एक कमरे से दूसरे में जाती अथवा आंद्रे को नदी से बुलाकर लाती। अब 'लूलू', जिसका काम दफ्तर में सिर्फ खत लिखना ही नहीं था, बल्कि जो अजीटन साहब का अर्दली भी था, घर के भीतर भी जा सकता था और जब अफसर खाना खा चुकते थे, वह कई बार परिवार के साथ बैठकर

---

1. मेरा दोस्त, मेरा दोस्त

भोजन करता था। मगर सूबासिंह को, जो दफ्तरी काम के बहाने से आता था, बाबू खुशीराम के कमरे में रहना पड़ता और अधिक से अधिक वह आगे की उस बैठक में चला जाता जहां थानूसिंह और मुहम्मददीन बैठते थे। वहां वह मेरी की एक झलक आ जाने की प्रतीक्षा किया करता।

उसने मेरी को सिर्फ एक बार तब देखा था जब वह अपनी मां के साथ बाज़ार से लौटी थी। उस खिड़की से गुज़रते हुए जहां लालू बैठा करता था, उसने खिड़की के शीशे पर माथा टेककर अपनी भूरी आंखें फैला दी, अंगूठे से खटखटाया और 'लूलू' कहकर पुकारा।

"ऐ मेरी जान!" सूबा ने सीने पर हाथ रखकर आह भरी। उसके मुंह में पानी भर पाया और वह खिड़की की ओर लपका।

पर एक अजनबी को आते देख मेरी मां के पीछे भाग गई।

लेकिन सूबा निराश नहीं हुआ। वह उससे सम्पर्क स्थापित करने के दूसरे उपाय सोचने लगा "ओए, यार," उसने लालू से कहा, "तुम उसे जानते हो। किसी बहाने उसे बाहर क्यों नहीं ले पाते, ताकि मैं उसे खेत में ले जा सकूं। वह मुंह बनाकर मुझे उत्तेजित करती है, उसका बेंत जैसा शरीर मुझे ललचाता है...मैं उसके लिए जान दे दूं, उसपर कुर्बान हो जाऊं और उसे बांहों में भरकर भींचूं..."

"धोखा और फरेब, औरत और क्या है!" बाबू मुहम्मददीन ने त्योरी चढ़ाकर कहा। पर उसके होंठों पर जो मुस्कान थी, वह इसका प्रतिवाद कर रही थी।

"धोखा और फरेब—वाह, वाह! क्या फरमा रहे हैं बाबू मुहम्मददीन!" थानूसिंह बोला, "तुम इसे उन सब फ्रांसीसी औरतों के पैर सहलाते देख सकते हो जो दरिया पर कपड़े धोने आती हैं। पल्टन में इससे बड़ा कामी नहीं होगा, सिवाय जमादार सूबा..."

"खुदा मुझे बचाए।" मुहम्मददीन ने प्रतिवाद किया।

"खुदा का बेटा!" थानू सिंह ने फब्ती कसी, "यह बड़ा पारसा बनता है। 'तुम काफिर हिन्दू सूअर का मांस क्यों खाते हो?' यह मुझसे कहता है। और अगर इसे खुशीराम के खिलाफ साज़िश में कामयाब होने की उम्मीद हो तो यह मेजर पीकॉक के जूठे लुकमे भी खा सकता है। बेटा! जन्नत में हूरें पा लेना गुनाह नहीं, पर

यहां तुम उसे धोखा और फरेब बताते हो···"

"मुहम्मददीन ठीक कहता है।" सूबा ने कहा, "यहां की वेश्याएं बड़ी चालाक हैं। उस दिन मैं उनके बाज़ार में गया। एक लड़की जो पचास गाहक भुगता चुकी थी, मेरे पास आते ही आहें भरने और सटपटाने लगी। मैंने बगलों में दो-चार घूंसे लगाकर उसे चुप कराया।"

"क्या यहां ऐसी जगहें हैं, जमादार साहब? तोबा! मेरा खयाल है, आप सिर्फ दिल्लगी कर रहे हैं···" मुहम्मददीन ने फिर त्योरी चढ़ाकर कहा। पर वह कुर्सी में पहलू बदलते हुए सूखी हंसी हंसा, जिससे कामातुरता का वातावरण और गहरा हो गया। फिर उसने आगे पूछा, "क्या वह अच्छी थी, जमादार साहब?"

"बिलकुल, जब मैंने उसे एक-दो घूंसे लगाकर ठीक किया तो उसने मेरे पैसे की कीमत चुका दी। उसने मुझे काफी वक्त दिया। मैं दोबारा जाना पसंद करूंगा···"

"वह जगह कहां है?" थानूसिंह ने हाथ से कलम रखते हुए पूछा।

"जमादार साहब, यह गुनाहों का अड्डा कहां है?" मुहम्मददीन ने पूछा।

"इस दफ्तर में।" लालू ने धीरे से कहा क्योंकि अफसरों के सामने वह ऊंचे स्वर में नहीं बोल सकता था।

"तब तो मुहम्मददीन को गर्म लोहे से दागा जाएगा!" थानसिंह बोला।

"लेकिन मैं तो इत्तला के लिए पूछ रहा था, ताकि मेजर पीकॉक साहब को बताऊं कि सिपाहियों का इखलाक कैसे बिगड़ रहा है।"

"यकीनन तुम धोखा और फरेब हो!" सूबा ने कहा, "आओ लालू, चलें। कहीं मौलवी हमारी शिकायत न कर दे।"

"इस बात से मत डरो, जमादार साहब।" मुहम्मददीन ने उत्तर दिया, "आपके वालिद साहब का मुझपर बड़ा एहसान है। उन्हींकी सिफारिश से मुझे यह क्वार्टर-मास्टर क्लर्की की जगह मिली है।"

पर सूबा लालसिंह से अलग में बात करना चाहता था और वह बाबुओं को फाइलें पलटते छोड़कर चला गया।

लालू ने कहा कि मुझे दफ्तर से जाने के लिए बाबू खुशीराम से इजाज़त लेनी होगी। और बाबू खुशीराम पीकॉक साहब के कमरे में था, जहां जाने की किसीकी हिम्मत नहीं थी। इसलिए लालू ने जमादार से इन्तज़ार करने को कहा।

पर सूबा न तो अपनी कामुकता को संयत रख सकता था और न वह अपनी इच्छा के सामने लालू की मजबूरी समझने को तैयार था।

"तुम्हें इस गुस्ताखी का मजा चखना होगा।" उसने क्रोध में भरकर कहा और चला गया।

दूसरे दिन लालू को परेड में जाने का आदेश मिला।

असल बात कहने से पहले चचा किरपू ने बेपर की उड़ान शुरू की।

"जवानो!" उसने कहा, "वह महान जनरल, लाट राबर्ट्स साहब, जो कभी हिन्दुस्तान का कमाण्डर-इन-चीफ था, जिसने उस दिन निरीक्षण किया था, स्वर्ग का वासी बन गया।···" वह जान-बूझकर रुका, क्योंकि ऐसी घोषणा के बाद समय का तकाज़ा भी यही था। सिपाही इसपर मुस्कराए।

"मैं जानता हूं," अपनी कृत्रिम-गम्भीरता को उसने इतना बढ़ाया कि चेहरे की सारी नसें तन गई, "तुम्हें इससे बड़ा दुःख हुआ होगा। तुम और मैं जो उस कड़कड़ाती सर्दी में खड़े ठिठुरते रहे, निमोनिया से मरने की बात सोच सकते थे। पर वह जनरल तो, जिसने हमारा परीक्षण किया था, साक्षात् भगवान था और हम नश्वर इंसानों की बीमारियों से परे जान पड़ता था। अगर वह गठिये से चारपाई पर पड़ा रहता तो शायद हम उससे सहानुभूति जताते, पर एक ऐसे आदमी का जिसने बड़े बूट, गर्म कोट, मंडल और रिबन पहन रखे थे, महज़ सर्दी से मर जाना उनके लिए कुछ अच्छा उदाहरण नहीं, जिन्हें खन्दकों में जाकर लड़ना है और मशक्कत करनी है···"

"अब मशक्कत पर किसे जाना है?" लालू ने सानन्द मुस्कराते, पर झिझकते हुए पूछा।

"हौलदार लोकनाथ का खयाल है कि कुछ लोग मशक्कत या ड्रिल न करने से सुस्त पड़ गए हैं।" किरपू ने कहा।

"तब मुझे मशक्कत करनी होगी?" लालू ने तुरन्त पूछा।

"तुम्हें, मुझे देखने दो, अगर तुम्हें रात को राशन-पार्टी के साथ न भेजा गया तो तुम्हें सुबह परेड और दोपहर के बाद खत लिखने होंगे।"

"ओह, मैं इसके बावजूद ज़िन्दा रहूंगा।" लालू ने स्वाभिमान का अभिनय करते हुए कहा, "सिपाही अफसर की चपत से मरता नहीं।"

"बेटा, तुम इसमें कैसे आ फंसे?" किरपू ने पूछा।

"जमादार साहब का दलाल बनने से इनकार कर दिया था।" लालू ने उत्तर दिया।

"कोढ़ और खुजली हमें लग गई।" किरपू ने आक्रोश में भरकर कहा, "और यह सिर्फ जोड़ों ही में नहीं होती। आखिर इस बर्बरता से बचने के लिए प्रेम की खुजली भी तो होती है। मालूम होता है कि हमारे कण-कण में कीड़ा है और यह कीड़ा ही खुजली पैदा करता है। यह द्वेष का कीड़ा है। कभी इसका कारण यह होता था कि फलां आदमी मरते दम तक मेरी तरक्की रोके रहा। अब यह ईर्ष्या का कीड़ा है, जिसका कारण एक आदमी का किसी औरत से मेल-जोल पैदा कर लेना है। कोई क्या कह सकता है? हम नीच हैं। किसीको गिराकर और आप उठकर खुश होते हैं। यह कभी विचारते तक नहीं कि हमें एक दिन मरना है। कोई लाज और भय नहीं! खास तौर पर ये दो सूअर-लोकनाथ और सूबा! कोढ़ी और मूर्ख!"

"अच्छा, छोड़ो चचा, ये सब बातें भुला दो।" लालू ने क्रोध शान्त करने के लिए कहा।

पर वे इन सब बातों को भुला नहीं पाए। भुलाते कैसे, कोढ़ी और मूर्ख उन्हें बार-बार याद दिलाते रहे कि वे त्रिकालदर्शी ही नहीं सर्वव्यापी भी हैं, विशेषकर जब उन्हें तीव्र खुजली हो रही थी।

"क्या कारण है कि इस कैम्प में बहुत-से लोग नींद में बड़बड़ाते हैं?" हवलदार लोकनाथ ने आंगन से भीतर आकर पूछा। वहां वह निरीक्षण के लिए मंडरा रहा था।

"अगर एक दरवाज़ा बन्द कर दिया जाए तो बहुत-से दरवाज़े

खुल जाते हैं।" चचा किरपू ने कहा।

"तुम अपने मुंह का दरवाज़ा बन्द करो।" हवलदार धरती पर पैर पटककर और ठुड्डी ऊपर उठाकर बोला, "हिम्मत हो तो मेरे सामने 'कोढ़ी और मूर्ख' कहो। अब भी मुझे पता लगा कि तुमने मेरे बारे में बात की है तो मैं तुम्हें वह मज़ा चखाऊंगा कि उम्र-भर याद रखोगे!" उसके मुंह से भाग निकली और उसने कोष से लाल होकर फिर कहा, "बदबख्त, सूअर, मैंने तुम्हें इस रेजिमेंट को पहली ही बार भ्रष्ट करते नहीं सुना। जवानो, चलो, लाइन बनाओ।" और वह जवानों के चेहरे पढ़ता एक सिरे से दूसरे सिरे तक घूम गया कि आज्ञा के उल्लंघन का चिह्न तो नहीं है।

सिपाही चुप रहे। वे बिस्तरे लपेटकर साफे और पट्टियां बांधकर परेड में जाने की तैयारी कर रहे थे। पर उनकी मूकता में आक्रोश था।

"क्या तुमने उस आदमी को परेड का आर्डर दे दिया है।" लोकनाथ ने उत्तेज़ित होकर कहा।

"नहीं, वह परेड के लिए नहीं जाएगा।" किरपू ने सिर्फ उसे चिढ़ाने के लिए कहा।

"क्यों नहीं?"

"वह मेरी वसीयत और आखिरी बयान लिखने दफ्तर जा रहा है।" किरपू ने विद्रूप-भाव से कहा।

"तब बेहतर है कि वह अपनी वसीयत भी लिख ले क्योंकि उसे तुम्हारे साथ कमांडिंग आफिसर के सामने पेश किया जाएगा।" लोकनाथ ने कहा।

किरपू द्वारा अपनी इस हिमायत पर लालू से ज्यादा किसीको भी आश्चर्य नहीं हुआ।

"अभी तुम अकेले मेरे साथ आओ और जमादार से बात करो।"

"सुनो लोकनाथ, मुझे परेड के सिलसिले में काम करना है।"

"मुझे फिर लोकनाथ कहो, मैं तुम्हें अभी हथकड़ी लगवाकर गिरफ्तार करवाता हूं।" लोकनाथ के भिंचे हुए होंठ खुले और वह गुर्राया।

"हवलदार साहब, मैंने आपको बताया कि मुझे काम करना है।"

किरपू ने चिढ़कर, पर मुस्कराते हुए कहा, "सबको आर्डर···"

"तुम्हारी पहली ड्यूटी अपने बड़े अफसरों का हुक्म मानना है।" लोकनाथ चिल्लाया और उसने लपककर किरपू के कंधे से लैस-नायकी का फीता नोच डाला, जिसे वह इतने दिनों से घृणा से देखता रहा था।

"ओह हौलदार! हौलदार!" सिपाही शोर करते हुए लोकनाथ के पास आए।

"हौलदार लोकनाथ, आप जानते हैं, चचा किरपू मज़ाक कर रहा था।" लालू ने स्थिति को गम्भीर देखकर कहा, "मज़ाक करना उसका स्वभाव है। वरना, वह मुझे कल से परेड करने का आर्डर दे चुका है।"

"तुम चुप रहो।" लोकनाथ चिल्लाया, "मैं उसका मज़ाक, उसकी चिल्लपों और आचार-भ्रष्ट बातें काफी सुन चुका हूं। यह समझता है कि फीता क्या मिला, वह कैप्टन बन गया। अगर मैं नहीं चाहता तो मुझे लोकनाथ कहकर मत पुकारो। जहां तक तुम्हारी बात है अगर तुम्हें आर्डर मिल चुका है तब तुम परेड के लिए जानो। अभिमानी लैंस-नायक, क्वार्टर-गारद को आओ···"

"ओह हौलदार, उसे माफ़ करो, माफ करो।" रिखीराम ने कहा।

"ओह हौलदार, मैं आपके पांव पड़ता है, उसे गारद के कमरे में न ले जाओ।" मोटे ध्यानसिंह ने कहा।

"ओह हौलदार, उसके बुढ़ापे का अपमान न करो!"

"दोष मेरा है, हौलदार!" लालू ने विनती की, "उसने मुझे आर्डर दे दिया था और वह मज़ाक कर रहा था"

"मैं जानता हूं कि अन्त में कौन हंसेगा।" लोकनाथ ने कहा। वह उन सबको अलग हटाकर किरपू को धकेलता हुआ ले चला। वह मामले को अन्त तक पहुंचाने का निश्चय कर चुका था।

लोकनाथ को किरपू के साथ खलिहान से निकलते ही महसूस हुआ कि बात कुछ गलत हो गई है। वह मुख्यतः यह आदेश देने आया था कि जवान दोबारा फ्रंट पर जाने के लिए तैयार हो जाएं और कोई न कोई बहाना खोजकर लालू पर बरसना चाहता था। लोकनाथ

खुद फिरोज़पुर छावनी के दिनों ही से उसके विरुद्ध द्वेष पाले हुए था और अब जमादार सूबासिंह भी उससे नाराज़ हो गया था। परेड और मशक्कत से वह लालू की सारी हेकड़ी निकाल देना चाहता था। इसके बजाय वह बूढ़े किरपू से उलझ गया। वह हठी और स्वच्छंद स्वभाव का अवश्य था, पर निरीह और निर्दोष था। यों भी पल्टन में उसकी लोकप्रियता और सूबेदार मेजर से उसके सम्बन्ध के कारण उसे कोई कड़ी सजा देना भी सम्भव नहीं था। पर चूंकि लोकनाथ ने किरपू के कंधे से लैंस-नायक का फीता नोच लिया था, इसलिए बात इतनी बढ़ गई थी कि अपनी लाज बचाकर पीछे हटना मुश्किल हो गया था।

लालू ने निश्चय किया कि तुरन्त जमादार सूबासिंह के पास जाकर घटना की ज़िम्मेदारी अपने ऊपर ले और पुरानी मित्रता के नाम पर उससे अपील करे कि वह इस झगड़े को यहीं खत्म कर दे। उसने अपनी पट्टियां बांधी और साफे को हथेली से ठीक करके चल पड़ा।

जमादार सूबासिंह इस समय सड़क के पार अपने ठिकाने—किसान की झोपड़ी में नहीं था। शायद वह दफ्तर गया हो। वहां वह अक्सर मंडराया करता था।

लोकनाथ भी उसे ढूंढता हुआ उधर चला गया था, क्योंकि लालू जब वहां पहुंचा तो हवलदार किरपू के साथ दफ्तर के बाहर इन्तज़ार कर रहा था।

मुश्किल यह थी कि वह लोकनाथ के पास से गुज़रकर भीतर कैसे जाए, ताकि बाबू खुशीराम को स्थिति समझाई जा सके और शायद वह अजीटन साहब से भी मिल सके। कुछ देर वह गारद-रूम में खड़ा सन्तरी से बातें करता और दफ्तर के दरवाज़े पर लोकनाथ की गतिविधि देखता रहा। हवलदार एक अर्दली से बातें करने में व्यस्त जान पड़ता था। लालू ने निश्चय किया कि वह अब उसके पास से गुज़रकर भीतर चला जाए।

पर जब वह किरपू के निकट पहुंचा तो उससे दो बातें किए बिना न रह सका।

"क्या तुम किसीसे मिले हो, चचा?"

"नहीं।" किरपू ने निगाहें घुमाकर कहा। वह ठुड्डी हाथों में दबाए शान्त और स्थिर बैठा था।

"मैं अपने बाप का बेटा नहीं अगर इसे सीधा सी॰ ओ॰ के पास पेश न करूं, क्योंकि जमादार साहब और अजीटन साहब यहां नहीं हैं।" लोकनाथ ने शब्दों को चबाते हुए कहा, "अब तुम उसकी मदद को आए हो, इसलिए तुम भी यहीं बैठ जाओ···मैं तुम दोनों को पेश करूंगा।"

"हौलदार, मैं बाबू खशीराम से मिलना चाहता हूं ताकि रात को मशक्कती दस्ते के साथ जाने से पहले मैं उन्हें चार्ज दे दूं।" लालू झूठ बोला।

"तुम, कुतिया के बच्चे, जब तक मैं तुमसे निपट न लूं, तुम यहां से एक इंच भी हिल नहीं सकते!" लोकनाथ गरजकर बोला।

वे तिपहरी की ठंड में बैठे इन्तज़ार कर रहे थे। एक उदास निस्तब्धता छाई थी, जो कमांडर-इन-चीफ के कमरे से आ रही जान पड़ती थी। एछ क्षण के लिए लालू के मन में विचार आया कि जब वह मशक्कत के अलावा तमाम ज़िम्मेदारी से बच गया था, अब खामखाह यह मुसीबत गले पड़ गई। फिर इस नीच विचार के लिए उसने अपनी भर्त्सना की और उस वीर पुरुष का भाव धारण किया जो किरपू जैसे वफादार मित्र के लिए मरने से भी संकोच नहीं करेगा। आखिर वह भी तो उसीके कारण मुसीबत में फंसा है।

"ओए, जाकर खुशीराम को एक मिनट के लिए मेरे पास बुला-कर लाओ।" लोकनाथ ने मुस्लिम अर्दली से कहा।

"बाबू मेजर साहब के कमरे में हैं।" अर्दली ने उपेक्षा-भाव से उत्तर दिया। क्योंकि दफ्तर में ड्यूटी होने के कारण वह महत्त्वपूर्ण खबरें और अफवाहें सुनता रहता था, इसलिए किसी भी सिपाही और हवलदार से अपने आपको बड़ा समझता था।

स्थान और हवा बदलने से लोकनाथ का क्रोध कुछ ठंडा पड़ गया था। पर जब उसने अपने-आपको कोर्ट मार्शल कराने में एकदम असफल पाया तो उसका यह क्रोध फिर भड़क उठा और वह पहले से भी अधिक दृढ़निश्चय हो गया।

इसी समय उसकी नज़र हॉल में मेजर पीकॉक पर पड़ी। उसके

पीछे बाबू खुशीराम था।

वह लपककर गया। एड़ियां मिलाकर सैल्यूट मारा और फिर कहा :

"हुज़ूर, मैंने लैंस-नायक किरपूराम को हुक्म न मानने और बड़े अफसर का अपमान करने के लिए गिरफ्तार किया है।"

"क्या, क्या, तुम क्या चाहते हो?" सी॰ ओ॰ ने त्योरी चढ़ाकर कहा, जिससे हवलदार की सिट्टी गुम हो गई।

मेजर पीकॉक अपने ही विचारों में उलझा जान पड़ता था। उसके चौड़े माथे पर चितन की कई रेखाएं अंकित थीं, उसकी कठोर भूरी आंखें थक गई थीं और सिर झुका हुआ था। उसे बहुत-सी समस्याओं की ओर ध्यान देना पड़ रहा था और उन्हींकी पृष्ठभूमि से वह लोकनाथ की ओर देख रहा था। एक क्षण पहले वह हेडक्लर्क के साथ इन्हीं समस्याओं पर विचार कर रहा था।

"हुज़ूर," लोकनाथ डरते-डरते बोला, उसका रंग पीला पड़ गया था, "मैं लैंस-नायक किरपूराम को हुक्म न मानने के लिए पेश करना चाहता हूं।"

मेजर साहब ने उसे वाक्य पूरा नहीं करने दिया :

"ओह ले जाओ, उसे गारद-रूम में ले जाओ और कल पेश करो, हवलदार साहब। मेरे पास किसीके लिए भी समय नहीं। अपनी कम्पनी के किसी हिन्दुस्तानी अफसर या कम्पनी-कमांडर से उसकी शिकायत करो।"

मेजर पीकॉक का व्यवहार पहले अधीर, फिर सहृदय और फिर दफ्तरी और निलिप्त था। वह शिकायत को उसी फासले से देख रहा था, जिस फासले से पल्टन की घरेलू शिकायतों को वह आम तौर पर देखा करता था। बहुत समय तक कंपनी-कमांडर रह चुकने के कारण, वह अगर सिपाहियों को नहीं तो कम से कम अपने हिन्दुस्तानी अफसरों और एन॰ सी॰ ओ॰ लोगों को जानता था। लेकिन अब जबकि उसका पद बढ़ गया था और वह लेफ्टिनेण्ट कर्नल से दूसरे दर्जे पर था, वह अफसरों से भी सम्पर्क खो रहा था और चाहता था कि अन्दर की छोटी-छोटी शिकायतें वे लोग ही सुनें।

लोकनाथ ने एड़ियां जोड़कर सैल्यूट मारा और खिन्न मन से

लौट आया। क्योंकि वह समझता था कि मेजर साहब ने उसे बुरी तरह झिड़क दिया है।

लोकनाथ की शिकायत के बारे में बाबू खुशीराम भी कुछ कहना चाहता था, पर साहब को चिढ़ा हुआ देख उसे कहने का साहस नहीं पड़ा। पर उसने सोचा कि ओवेन साहब से भेंट होते ही मैं उनके कान में यह बात डाल दूंगा। वह जानता था कि लोकनाथ मृतक हवलदार लछमनसिंह के आदमियों के प्रति अपने मन में वैर-भाव रखता है। वह जानता था कि मामला क्या है, इसलिए मेजर साहब के चले जाने का इन्तज़ार करने लगा। वह लोकनाथ के पीछे-पीछे हॉल में आया और बाहर झांककर देखा।

"क्यों, किरपू हवलदार, लोकनाथ से तुमने क्या झगड़ा लिया है?" उसने धीमे स्वर में पूछा।

"कुछ नहीं, बाबूजी।" किरपू ने खिन्न भाव से मुस्कराते हुए सिर हिलाया। वह अपना विनोदप्रिय रंग दबा नहीं पाया, "एक कोढ़ी को खुजली उठी, और जब आदमी को खुजली उठे तो वह साथी चाहता है।"

"मैं तुम्हें दिखाऊंगा कि किसे खुजली उठी हुई है!"

लोकनाथ ने सबको अपने विरुद्ध देखकर कहा, "आओ मैं तुम्हारी मां, दादी, फिर उसकी मां, दस पीढ़ियों तक···मेजर साहब का हुक्म है क्वार्टर-गारद में चलो! तुम सूअर, कोर्ट-मार्शल से तुम्हें नरक में न पहुंचाया···"

"ओह लालू, तुम भी यहां हो?" खुशीराम ने उसे देखकर कहा, "चलो बेटा, मेरे पास एक फाइल है जो तुम्हें गोरा पल्टन के दफ्तर पहुंचानी है।"

"वह मेरे साथ क्वार्टर-गारद जा रहा है।" लोकनाथ बोला।

"नहीं, वह नहीं जाएगा।" खुशीराम ने धीरे से, पर दृढ़ स्वर में उत्तर दिया, "उसकी ड्यूटी यहां है।"

"पर बाबूजी, यही तो झगड़े की जड़ है।" लोकनाथ ने प्रतिवाद किया, "जमादार सूबासिंह ने उसे रात को फटीक-पार्टी के साथ जाने का हुक्म दिया है और कल से वह परेड पर जाएगा।"

"वह इस दफ्तर में मेरे चार्ज में है और जब तक तुम अजीटन

साहब का आर्डर न ला दो वह यहीं रहेगा।" खुशीराम ने कहा और पलटकर लालू से बोला, "आओ बेटा, तुम्हारे लिए एक ज़रूरी काम है। पल्टन को कल फ्रंट पर जाना है और लोकनाथ सिर्फ यह सोचता है कि इस आदमी से लड़ो, उससे झगड़ा मोल लो और किसी एन॰ सी॰ ओ॰ के विरुद्ध षड्यन्त्र रचो···।"

"बाबू खुशीराम, जबान को लगाम दो।" लोकनाथ चिढ़ गया, "और तुम लैंस-नायक, क्वार्टर-गारद जाओ। तुम हिरासत में हो।"

"उसे ले जाओ, पर मेरे साथ बक-बक मत करो।" खुशीराम बोला, "मैंने तुम-से बहुत देख रखे हैं जो जाने कहां से आकर लाट साहब के बेटे बन जाते हैं! इसलिए मुझपर रोव गांठने की कोशिश न करो।"

"हम कल देखेंगे।" लोकनाथ ने कहा और किरपू को धकेला।

"क्रोधी आदमी किसीकी नहीं सुनता, बाबू खुशीराम।" चचा किरपू ने कहा और चुपचाप उसके साथ चल पड़ा।

किरपू को रात-भर के लिए गारद-रूम में बन्द कर दिया गया था। उसकी सुविधाओं की व्यवस्था करके लालू जब खलिहान में लौटा तो लोग सोने के लिए लेट गए थे। सब ठीक-ठाक जान पड़ता था। लालू ने सारी बात खुशीराम को बता दी थी और खुशीराम सूबेदार-मेजर अर्बेलसिंह से मिल आया था। सूबेदार ने कहा था कि वह सी॰ ओ॰ के आर्डर के विरुद्ध उसे रिहा नहीं कर सकता। पर जब किरपू को कम्पनी नम्बर दो के कमांडर, एडजटेंट के सामने पेश किया जाएगा तब उसे कोई नुकसान नहीं पहुंचने दिया जाएगा। इसके अलावा उसने अपने बेटे जमादार सूबासिंह को बुलाकर उसके व्यवहार की निन्दा की और सबा ने हवलदार लोकनाथ को दण्ड देने का वादा किया। इस सबके बावजूद जब लालू सिर से पांव तक भीगा हुआ ठिकाने पर आया तो वह उदास था, क्योंकि बाहर मूसलाधार वर्षा हो रही थी और उसे घंटों घूमते रहना पड़ा था। और जब उसने चचा किरपू से विदा ली तो वह कुछ अजीब ढंग से चुप था।

"क्या हुआ?" ध्यानसिंह ने पूछा। वह खलिहान के दूसरे सिरे पर लेटा हुआ मोमबत्ती के प्रकाश में पढ़ रहा था।

जो कुछ हुआ था, लालू ने संक्षेप में कहकर सुनाया और वह कपड़े उतारकर सोने को तैयार हुआ।

"खट्टा सेब, वह लोकनाथ!" ध्यानसिंह ने कहा।

"और वह भी सड़ा हुआ।" रिखीराम ने बात आगे बढ़ाई।

"बल्कि खट्टे आम की चूसकर फेंकी हई गुठली।" किसी और ने कहा। "ओए, चुप रहो। कहीं वह सुन न ले।" लालू ने चेतावनी दी।

"सुनने दो।" ध्यानसिंह बोला, "अगर वह चाहे तो मेरा··· उखाड़ ले। और मेजर साहब भी! उसने चचा किरपू को गारद-रूम में बन्द करने का हुक्म क्यों दिया? वह पल्टन का कर्नल बना घूमता है! ··· क्या अर्बेलसिंह उसे छोड़ नहीं सकता था?"

"ये साले अफसर मादर···सब एक जैसे हैं।" रिखीराम ने गाली दी।

"कितनी शरम की बात है कि हमारे चचा किरपू को क्वार्टर-गारद में बन्द कर दिया गया है।" ध्यानसिंह ने सिर ऊपर उठाकर कहा और फिर तकिये पर रख लिया।

फिर सब चुप हो गए। उन्होंने अपने बोझिल माथे कोहनियों पर थाम रखे थे या आंखें खोले बिस्तर पर लेटे हुए थे। शायद उन्हें लालटेन के बुझने का या फिर सोने का बिगुल बजने का इन्तज़ार था।

लालू ने वार्तालाप में योग नहीं दिया था, पर लोगों ने जो सहानुभूति प्रकट की थी उससे व्यग्र होकर वह अपने-आपमें डूब गया था और अपने विचारों को व्यवस्थित करने का प्रयत्न कर रहा था। पर तीसरे पहर उसे जो दौड़-धूप करनी पड़ी थी, उसने उसके हताश हृदय में रिक्तता उत्पन्न कर दी थी, जिसे शाम की ठण्ड ने और भी बढ़ा दिया था। उसने बिस्तर बिछाया और अर्धनग्नता की स्थिति में ठिठरता हुआ बैठा रहा।

"सुना है कि खंदकों में बर्फ पड़ी है।" रिखीराम ने कहा, "सूबेदार-मेजर के क्वार्टरों में फ्रंट की कोई खबर थी?"

"41वीं डोगरा पल्टन के कुछ सिपाहियों को अस्पताल पहुंचाया गया है, क्योंकि उनके पैरों की अंगुलियां बर्फ से सूज गई थी।" लालू ने बताया, "हमारे खन्दकों में भेजे जाने से पहले सूबेदार मेजर गर्म

वास्कटों की मांग कर रहा है।"

"गर्म वास्कटें, गर्म कोट, गर्म कमीज़, गर्म जुराबें,गर्म मफलर— हर एक चीज़ आएगी और क्वार्टर मास्टर के स्टोर में बन्द रहेगी, और मिलेगी उन्हें जो फ्रंट पर जाने के बजाय पीछे रहेंगे।" ध्यान-सिंह ने कटु स्वर में कहा।

"सुना है कि जिन नई लाइनों में हमें भेजा जा रहा है उनमें हमें कोयला और अंगीठियां भी दी जाएंगी।" लालू ने कहा।

"ये नई लाइनें कहां हैं, इस बारे में भी कुछ सुना ?"

सुबेदार-मेजर साहब जगह का नाम 'फेस्तुबर' बता रहे थे जो यहां से चन्द मील पर है।" लालू ने बताया।

"क्या ? फरिश्ताबाद ?"

"कितने मील ?"

"हम ठीक-ठीक कब जा रहे हैं ?"

"हम फरिश्ताबाद कल अवश्य जा रहे हैं।" लालू ने कहा और उसके होंठों पर एक खिन्न मुस्कान दौड़ गई, जिसके क्रोध में परिणत हो जाने की सम्भावना थी, "फरिश्तों का निवास-स्थान···"

पर बात करने का उसका मन नहीं था। वह डबडबाई आंखों से अपने पहलू में चचा किरपू का खाली बिस्तर देख रहा था। उसके मुख की रगें तन गईं और वह निस्तब्धता की प्रतिमूर्ति बना लेटा रहा। सुबेदार-मेजर अर्बेलसिंह और बाबू खुशीराम के आशाप्रद शब्दों की अनुगूंज उसके सिर की कठोर दीवारों से टकरा रही थी।

सुबह जब लालू की आंख खुली तो खलिहान में कई तरह की अफवाहें फैली हुई थीं।

एक सिपाही ने, जो सुबह शौच के लिए बाहर जाता था, आकर बताया कि रात को दुश्मन ने क्वार्टर-गारद पर हमला किया था।

एक दूसरा सिपाही कह रहा था कि पल्टन को तुरन्त फ्रंट पर भेजा जाएगा।

बिलकुल सही खबर यह थी कि सिपाही रिखीराम को, जो लैंस-नायक किरपाराम के बाद सबसे सीनियर था, सूबेदार-मेजर अर्बेलसिंह ने आधी रात को बुलवाया था।

चूंकि रिखीराम खलिहान में भी मौजूद नहीं था, इसलिए लालू

का माथा ठनका।

उसने पट्टियां बांधीं, जैसे-तैसे साफा सिर पर रखा और गारद-रूम की ओर चला।

रात वाला सन्तरी बदल गया था और जब लालू ने उस कमरे की ओर जाने की कोशिश की तो सिख सन्तरी ने उसे रोका।

"हाल्ट!"

"मैं लैंस-नायक किरपाराम से मिलने जा रहा हूं।" लालू ने कहा, "मैं कम्पनी नम्बर दो से सिपाही लालू सिंह हूं।"

"अपनी कम्पनी में वापस जाओ।" सिख सन्तरी ने कहा और राइफल ऊपर उठाकर खड़ा हो गया।

लालू ने सोचा सिख सिपाही मूर्खता कर रहा है।

"हौलदार साहब," लालू ने सन्तरी का पद बढ़ाकर चापलूसी की, "इससे पहले कि वह कम्पनी कमांडर के सामने पेश हो, मैं उसे एक सन्देंश देना चाहता हूं।"

"कौन है, यह सब झगड़ा क्या है?" हवलदार चाननसिंह की आवाज़ सुनाई पड़ी। सिख कम्पनी में वह चचा किरपू का मित्र था।

"हौलदार, मैं लालू हूं। मैं चचा किरपू को एक सन्देश देने आया हूं।" लालू ने कहा।

"आओ बेटा।" चानन ने कहा, "चचा किरपू की ओर से तुम्हारे लिए भी एक सन्देश है।" और उसने एक छोटे-से बोर्ड की ओर संकेत किया, जिसपर पल्टन के आर्डर चस्पां किए जाते थे।

लालू उत्सुकता में भरा मुस्कराता हुआ आगे बढ़ा। वह इस बात से प्रसन्न था कि उसने हवलदार के प्रभाव से सन्तरी पर विजय पाई।"

आपका क्या हाल है, हौलदार जी!" लालू ने तपाक से पूछा और बोर्ड पर हाथ का लिखा नोटिस पढ़ने लगा :

रेजिमेंट आर्डर

69वीं राइफल्स्

कम्पनी नं० 2 के लैंस नायक किरपाराम ने रात के ढाई बजे आत्महत्या कर ली, जबकि वह एक बड़े अफसर का हुक्म न मानने के कारण गारद-रूम में बन्द था।

"हे भगवान!" लालू के मुंह से निकला और वह हक्का-बक्का

चाननसिंह के मुंह की ओर देख रहा था।

लालू ने नोटिस दोबारा पढ़ा। उसे 'हुक्म न मानने के कारण गारद-रूम में बन्द था' शब्द अखरे। इनसे तो किरपू के नाम पर आत्महत्या से अधिक बट्टा लगेगा।

"पर हौलदार, बात क्या हुई? उसने आत्महत्या क्यों की? उसे गलती से हिरासत में रखा गया था। खुशीराम और मैंने सूबेदार-मेजर अर्बेलसिंह से वादा लिया था कि उसे आरोप से मुक्त करके सुबह रिहा कर दिया जाएगा..."। लालू के विक्षिप्त मन से जो शब्द निकल रहे थे, वे एक प्रकार से ऐसी चीखें थीं जिनके पीछे क्रोध और आक्रोश का विस्फोट था।

"वाहगुरु की इच्छा यही थी," चाननसिंह ने कहा, "मैं नहीं जानता कि उसने किस कारण आत्महत्या की। मुझे तो ड्यूटी पर आने के लिए आधी रात को जगाया गया। मालूम यह होता है कि किरपू ने सन्तरी की भरी हुई बन्दूक ले ली। उसकी नाली अपने मुंह में रखकर नंगे पैर की अंगुलियों से घोड़ा दबा दिया और गोली उसके भेजे में से निकल गई। गारद बदल दी गई। लाश कमरे से उठा दी गई। और सूबेदार ने वह आर्डर जारी किया जो नोटिस-बोर्ड पर लिखा है।"

सुबह नये आर्डर जारी हुए कि पल्टन तीसरे पहर फ्रंट के लिए रवाना हो जाएगी। उन्हें दक्षिण में कोई पचास मील रिशवर से एक नये स्थान फेस्तुबर जाना था। वहीं 129वीं बलोच, कनॉट गोरा की एक कम्पनी, 34वीं पायोनियर्स और 9वीं भोपाल के उनके पुराने साथी भी थे। पिछले दिनों की अफवाहें सच सिद्ध हुई। वैसे इन हिन्दुस्तानियों के नज़दीक अफवाहों और ठीक जानकारी में कोई अन्तर नहीं था, क्योंकि जगहों के नाम उनकी समझ में नहीं आते थे। वे नहीं जानते थे कि किस समय कहां हैं और उन्हें कहां ले जाया जा रहा है। मगर उन्होंने बिना किसी चूं-चरां के बल्कि एक प्रकार के उत्साह से आर्डर स्वीकार कर लिए क्योंकि किसीने कहा है, "भाइयो, पहले कमाओ और फिर विश्राम का आनन्द भोगो।" सरकार का नमक हलाल करने की भावना ने सारे भय भुला दिए।

लालू ने भी अपने मन को इसी विश्वास से तसल्ली दे ली कि

बड़ों के कथनानुसार हरेक चीज़ पिछले कर्मों का फल है। फिर भी चचा किरपू की भयंकर मृत्यु के बारे में अपने को अपराधी महसूस करते हुए वह बड़बड़ाया, "क्या कारण है कि किरपू, धन्नू और लछ-मन जैसे आदमी जो इतने नेक थे, दुःख उठाकर मर गए और मैं अधम अब तक जीवित हूं? क्या इस कारण कि भगवान एक आदमी के पापों का दंड दूसरे को देता है? पर भगवान इतना अन्यायी नहीं हो सकता। लोगों के कहने के अनुसार यह हो सकता है कि भले आदमी इसलिए दुःख उठाते हैं कि भगवान उनकी कड़ी से कड़ी परीक्षा लेता है। अगर यही बात है तो मैं कहूंगा कि भगवान मूर्ख है।…" पर वह भगवान से और मनुष्य से इतना डर गया था कि वह अपनी निरीह शंकाएं भी प्रकट नहीं करता था। सैनिक वातावरण में इसे गुण समझा जाता था।

बिगुल ने इकट्ठे होने का आवाहन किया और उन्होंने नदी-किनारे पंक्तियां बना लीं। स्थानापन्न सी॰ ओ॰ मेजर पीकॉक ने अजीटन के साथ अत्यन्त सूक्ष्मता से सेना का निरीक्षण किया। वैसे यह परस्पर निरीक्षण बन गया क्योंकि सिपाही भी अफसरों के चेहरे पढ़ रहे थे। ओवेन साहब का थका हुआ विनम्र चेहरा भला लग रहा था। इसके विपरीत मेजर पीकॉक का चेहरा पहले से अधिक कठोर जान पड़ता था, जैसे वह सी॰ ओ॰ दिखाई देने के लिए वैयक्तिक प्रवृत्तियों को दबा रहा हो। पर हिन्दुस्तानी छावनियों में भी वह हमेशा भावरिक्त और कठोर ही जान पड़ता था और वह एक निष्ठुर अफसर मशहूर था।

"अभी तो यह कर्नल भी नहीं बना, पर दस फुट लम्बे जनरल की तरह चलता है।" जब सी॰ ओ॰ गुज़र गया तो रिखीराम ने लालू से कहा और उन्होंने अपने कसे हुए चेहरों की नसें ढीली कीं।

पर लालू की निगाहें, चुपके-चुपके मर्दों, औरतों और बच्चों की उस भीड़ में, जो पुल के पास खड़ी उन्हें देख रही थी, मेरी को खोज रही थीं। वह यह सोचकर व्यथित था कि उस लड़की के बारे में जमादार सूबासिंह को उससे जो ईर्ष्या हो गई थी, किरपू की मृत्यु उसी कारण हुई और उसी कारण वह उस परिवार से विदाई तक लेने नहीं जा सका, जिसने उसके साथ इतना अच्छा व्यवहार किया था। न जा

सकने का उसे विशेष रूप से इसलिए भी खेद था कि उसने अपने मन में यह विश्वास कर लिया था कि मेरी उसे चाहती है।··· पर उसे यह डर था कि जमादार सूबासिंह या हवलदार लोकनाथ उसे देख रहा होगा, इसलिए वह अटैंशन खड़े होकर आंखें सामने रखने का प्रयत्न कर रहा था। उसके अपने मन के जंगल में जो धुआं उठ रहा था, सिर्फ उसीसे उसका दम घुटता जान पड़ता था।

कर्नल ने हुक्म दिया और वे चल पड़े। वर्दियों की फरफराहट के अतिरिक्त नितांत निस्तब्धता थी।

पुल पर खड़े बच्चे सिपाहियों के साथ-साथ दौड़े और इससे पहले कि पल्टन सड़क पर पहुंचे, आंद्रे ने लालू को खोजकर उसका कोट पकड़ लिया।

"मेरी?" लालू ने उससे पूछा।

लड़के ने फार्म के दरवाज़े की ओर संकेत किया।

लालू की नज़र पापा और मामा पर पड़ी। उनके साथ मेरी भी खड़ी थी। वे बहुत ही गम्भीर और शांत थे, शायद इसलिए कि जानते थे, कि जिस प्रकार उसका बेटा और बहुत-से लोग मरे हैं, उसी प्रकार ये सिपाही मरने जा रहे हैं। लालू उन्हें प्रणाम कहना चाहता था, पर सैनिक वर्दी के कारण कह नहीं पाया। उसने सिर्फ आंद्रे का सिर थपथपाया।

9

वे दो-तीन मील ही गए होंगे कि सूरज छिपने लगा। सड़क की अनजानी धरती पर उनकी एड़ियां आपस में टकरा रही थीं, इसलिए वे कदम मिलाकर आर्डर में नहीं चल सकते थे। पर वे यों आगे सरक रहे थे जैसे फ्रंट पर दोबारा जाने के विचार ने उन्हें निरुत्साह बना दिया हो। अपनी निरीहता में उन्होंने समझ लिया था कि दो लड़ाइयां लड़कर वे सरकार का नमक हलाल कर चुके हैं, इसलिए उन्हें अब आराम करने दिया जाएगा अथवा सही-सलामत हिन्दुस्तान भेज दिया जाएगा। पर अब 'फरिश्ताबाद' जाते हुए वे मन ही मन झुंझला रहे थे, और उनकी झुंझलाहट उदास मूकता में व्यक्त हो

रही थी।

लालू अपने पहलू में सूना-सूना महसूस कर रहा था और अपने पीछे छूट गए मित्र की याद उसे बराबर सता रही थी। अपराध-भावना उसे कोंच रही थी और साथ ही यह डर भी था कि हवलदार लोकनाथ और जमादार सूबासिंह के द्वेष का निशाना बनने के लिए वह अकेला रह गया है। वे दोनों यों मंडरा रहे थे जैसे किरपू की आत्महत्या की उनपर कुछ भी ज़िम्मेदारी न हो। पर इस समय वे अपने असली शिकार, लालू से दूर ही दूर रहते थे।

थकान और उत्तेजना ने उसके विषाद का बहुत कुछ प्रायश्चित कर दिया था। थोड़ी देर बाद उसका मन रिक्त था। वह सिपाहियों के आप ही आप उठ रहे पैरों के अतिरिक्त और कुछ नहीं देख रहा था। हालांकि वे लोग ऐसे जंगल से गुज़र रहे थे, जिसमें कोई हरियाली नहीं थी, सूखे पेड़ आकाश की ओर यों हाथ उठाए खड़े थे जैसे जीवन के लिए प्रार्थना कर रहे हों। आकाश में कुछ तारे टिमटिमा रहे थे और आधा पीला चांद सर्दी की पहाड़ियों से सिर उठा रहा था।

जब वे किसी फार्म हाउस के पास से गुज़रते थे तो लोग बाहर आकर उन्हें देखने लगते थे। स्त्री और पुरुष सिर झुकाए दीन प्राकृति से उन्हें यों देखते थे जैसे अपनी ओर से और अपने देश के गैरज़िम्मेदार जनरलों की ओर से इस युद्ध के बारे में, जिसमें लड़ने के लिए अजनबियों को बुलाना पड़ा है, क्षमा-याचना कर रहे हों।

लालू की नज़र एक बुढ़िया पर पड़ी। वह चूज़ों को चुग्गा दे रही थी और जब तक पल्टन का अंतिम सिपाही उसकी झोंपड़ी के पास से न गुज़र गया, वह कोई समझ में न आनेवाली लोरी गुनगुनाती रही। उसके झुर्रियों-भरे कुरूप चेहरे में लालू को न जाने क्यों अपनी मां की छवि दिखाई पड़ी। न चाहते हुए भी उसे घर की याद आ गई।

चलते-चलते अनुशासन का अधिक से अधिक उल्लंघन करके पंक्तियां तोड़ने लगे, क्योंकि वे थक चुके थे। रिखीराम ने मशविरा दिया कि इससे पहले कि कोई आकर उन्हें झिड़के वे खुद अपने काम का ध्यान रखें।

सामने घरों की चोटियां कुछ-कुछ दिखाई दे रही थी और लगता था कि वे एक गांव में पहुंच रहे हैं। इससे पहले कि वे उसकी मुख्य गली में दाखिल हों, रुक जाने का आदेश मिला। वे एक आलीशान गिरजे के नीचे इकट्ठे हो गए और कुछ देर ठंड में इन्तज़ार करते रहे। आखिर वे आंगन पार करके गिरजे के बाहरी मकानों में पहुंचे और उन्हें आरामदेह क्वार्टरों में ठहराया गया।

सुबह कम्पनी के रसोइये ने पैरों की अंगुलियां हिला-हिलाकर उन्हें सादर जगाया। पर जागने के बाद भी वे कम्बलों में लिपटे बैठे रहे। ये गर्म देश के वासी फ्रांस की सर्दी में जो पोशाक पहनने के आदी हो गए थे, अब एक अनिश्चित स्थिति में बैठे उसे पहनने के बारे में सोच रहे थे। आज बाहर वर्षा हो रही थी।

"चाय सरकार, छोटा हाज़री!" संतू विनम्रतापूर्वक कह रहा था।

"मादर˙˙जाओ, छोटी हाज़री का बेटा!" रिखीराम ने उसे गाली दी, क्योंकि कम्बल सिर पर ओढ़े वह अब भी सो रहा था।" "साला यह भी अपने-आपको साहब का बेटा समझता है!"

उसकी बड़बड़ाहट सुनकर लालू उठ बैठा और उसने चाय ले ली। वह सोच रहा था कि संतू सबसे पहले रिखीराम ही को क्यों चाय देने गया। शायद रसोइया जानता हो कि उसे जल्द ही तरक्की देकर चचा किरपू के स्थान पर लैंस-नायक बना दिया जाएगा और शायद वह आशा करता हो कि अगर उसे नये एन॰ सी॰ ओ॰ की हिमायत हासिल हो जाए तो जल्दी ही मैडल और पुरस्कार आ जाने की सम्भावना हो सकती है।

"महाराज, मुझे क्षमा करो। पर मैं हौलदार लोकनाथ से डरता हूं, जिसने मुझे छ: बजे चाय-बिस्कुट लेकर पहुंचने का हुक्म दिया था।" संतू ने दोबारा रिखीराम के पास जाकर कहा, "और हौलदार ने मुझे आपको खास तौर पर जगाकर यह सन्देश देने को कहा था कि जब वे आएं तो आप तैयार मिलें।"

"वह हमारी पल्टन में क्यों अपनी टांग अड़ाता है?" रिखीराम ने उठते हुए कहा। तब उसने आंखें मलीं, कंधे हिलाकर इधर-उधर

देखा और चाय लेते हुए पूछा, "हवलदार कहां है?"

"मुझे मालूम नहीं, हुज़ूर।" संतू ने एक कदम पीछे हटकर कांपते हुए उत्तर दिया।

"भाई साहब, चाय पियो।" ध्यानसिंह बोला, "देखो वे बिस्कुट पाए हैं जो साहबों और मेमों ने विलायत से अपने 'वफादार गोरखे और सिख' हिन्दुस्तानी सिपाहियों के लिए भेजे हैं।"

रिखीराम उठ बैठा।

"वाकई साहब अजीब हैं, हुज़ूर," संतू ने कहा, "इस बार सरकार ने कम्पनी के लिए जो राशन भेजा है इतना ज्यादा है कि खंदकों में आप लोगों की दावतें उड़ेंगी। चीनी, दाल, आटा, घी और आलुओं के अलावा सूखे मेवों और काले रंग की अंग्रेज़ी मिठाइयों के बक्से भी हैं। हौलदार ने मुझे बताया कि बकरियां और महाराजाओं द्वारा भेजी गई हुक्कों के लिए चिलमें, सिगरेटें और रम भी आ रही है···"

"तुम लोग जो मोर्चों के पीछे रहोगे, तुम्हारे मज़े हैं।" रिखीराम बोला, "हमें क्या!"

"हुज़ूर, आप राशन का हिसाब ले सकते हैं।" संतू गिड़गिड़ाया, "सरकार, आप लोगों के लिए जो कुछ आता है उसमें से अगर मैंने चखा भी हो तो मैं यहीं खड़ा-खड़ा मर जाऊं। हौलदार नायक निरीक्षण करने आते रहते हैं···"

"वह—वह पहरेदार बनकर आता है और चोर बन जाता है।" रिखीराम ने कहा, "जाओ, अपना काम करो, ज़्यादा बातें मत बनाओ।"

रिखीराम की झाड़ काम कर गई। अपने दायें हाथ की अंगुलियों से मूछों को बट देकर वह लालू की ओर झुक गया और कहा, "भाई, मुझे एक सिगरेट दो और लोकनाथ को भूल जाओ।"

"पर उसने तो सूबेदार-मेजर के बेटे के साथ गठजोड़ कर लिया है।" लालू बोला, "अब भगवान ही हमें बचाए।"

"पर सूबेदार मेजर साहब का लड़का एक बात है, और खुद सूबेदार मेजर साहब बिलकुल दूसरी बात।" रिखीराम ने लालू को तसल्ली देते हुए कहा, जो वह उसे अक्सर देता रहता था।

उसी समय एक अर्दली ने आकर रिखीराम से कहा कि उसे सूबेदार-मेजर अर्बेलसिंह बुला रहा है।

जब पूछा गया कि वह रिखीराम को क्यों बुला रहा है तो अर्दली ने बताया कि उसे शुभ समाचार सुनने को मिलेगा।

सिपाहियों ने अभी हाथ-मुंह धोकर कपड़े भी नहीं पहने थे कि रिखीराम ने उन्हें परेड के लिए खड़े होने का आदेश दिया, "लैंस-नायक रिखीराम का आदेश है—पंक्तियों में ढंग से खड़े हो जाओ क्योंकि हमारे रवाना होने से पहले कर्नल ग्रीन साहब पल्टन को भाषण देंगे।"

दोनों घोषणाओं से सिपाहियों को सुखद आश्चर्य हुआ।

जब वे परेड के लिए पंक्तियां बना रहे थे तो कर्नल साहब सूबेदार-मेजर अर्बेलसिंह और दूसरे अंग्रेज़ अफसरों के साथ आंगन में बातें कर रहा था।

एन० सी० ओ० लोगों ने अपनी कम्पनियों को अटैंशन किया।

कर्नल साहब ने सैल्यूट लेकर 'स्टैंड एट ईज़' का आदेश दिया। फिर उसने बातचीत के सहज ढंग से भाषण करना शुरू किया, और इसी कारण वह पल्टन में लोकप्रिय था।

"मुझे आपके दरमियान दोबारा आने की खुशी है।" उसने अपनी गोराशाही हिन्दुस्तानी में कहा, "आप लोगों ने खूब विश्राम कर लिया है। अब कुछ काम करना होगा ताकि सरकार यह न कह सके कि उसके खर्च पर तुमने खाया-पिया, पर बदले में सिर्फ सलामी ही दी।" इस सहजता पर सब मुस्कराए। पर धीरे-धीरे कर्नल का स्वर गम्भीर हो गया, "काम कड़ा और भयंकर है। पर मैं जानता हूं कि तुम साहस से सामना करोगे। तमाम अफसर तुम्हारी प्रशंसा करते हैं और खुद बड़े जनरल साहब ने मुझे बताया है कि तुमने ईप्रे में बड़ी बहादुरी दिखाई।" फिर उसने आदेश दिया, "कम्पनी कमांडर आगे आएं!"

अंग्रेज़ अफसर जिनमें आज कुछ नये साहब भी थे, जो दूसरी पल्टनों से बुलाए गए थे, आगे आए और उन्होंने कई आदेश दिए। पल्टन आंगन से बाहर निकली और गांव के ऊबड़-खाबड़ पत्थरों पर चलने लगी।

तिपहरी में आकाश पर घटा छा गई और धरती पर अंधेरा फैल गया। पर वे बोझिल कदमों से कभी न खत्म होनेवाली सड़क पर बराबर आगे बढ़ते रहे। मैदान में बने सूने घरों को पार करके वे अंधेरे सीले जंगल में दाखिल हुए।

सहसा आकाश पर बिजली चमकी, जिससे जंगल के पेड़ सोने की तरह चमक उठे। सिपाहियों ने कंधे हिलाकर अपने भारी किटों को इधर-उधर किया और सिर झुका लिए। पर उनपर मूसलाधार वर्षा और ओले गिरने लगे। हवा और पानी का झोंका उनसे गुज़रकर पेड़ों की नंगी टहनियों से टकरा रहा था। उनकी पगड़ियां, ओवर कोट और पट्टियां भीग गईं और उनकी पीठ के बोझे और भी बोझिल हो गए। वे कांपने और ठिठुरने लगे और पंक्तियां टूट गई।

तूफान गुज़र गया और सिर्फ बूंदाबांदी रह गई। सौभाग्य से वे एक गिरजे के खंडहर में पहुंचे, जिससे परे घरों की छतों से उठ रहे धुएं से वहां कोई छोटा-सा गांव मालूम होता था। उन्हें तुरन्त डिस-मिस होकर विश्राम करने का आदेश मिला। वे लंगड़ाते हुए झोंपड़ियों में चले गए, जिनमें कीचड़-भरे पैरों के निशान पड़ गए।

उन्होंने आग जलाकर पगड़ियां और पट्टियां सुखाना शुरू किया। बूट उतार दिए ताकि दिन-भर के मार्च के बाद थके हुए पैरों को आराम मिले। उन्हें चाय और रम का राशन मिला। बूंदाबांदी अब भी जारी थी। वे बूंदों की टप-टप और बंदूकों और तोपों की आवाज़ सुनते रहे, जो बहुत दूर से नहीं आ रही थी।

आदेश मिला कि सिपाहियों को गांव से परे और सड़क के पार खंदकों में जाना है। वे बार-बार पूछ रहे थे कि वे कहां जा रहे हैं और जिस गांव में वे अब ठहरे हुए हैं क्या उसीका नाम 'फरिश्ताबाद' है, इसलिए उन्हें बताया गया कि जिस मोर्चे पर अब उन्हें जाना है, वह फेस्तुबर के पूर्व में है। इस जानकारी से उन्हें कुछ लाभ नहीं हुआ, पर कुछ निश्चित विवरण भी मिला—129वीं बलोच के साथ उन्हें मोर्चे के दायें छोर पर कनॉट गोरों, 34वीं पायोनियर्स और 9वीं भोपाल से आगे जाना था। यह वाकई कुछ बात थी।

उन्होंने बंदूकों की खनखनाहट के साथ झटपट पंक्तियां बनाई और चल पड़े। सिपाही अब खंदकों में जाने के लिए बड़े प्रसन्न थे।

उनमें एक विचित्र उत्साह था। उनके मन में अगर कभी किसी प्रकार का भय या शंकाएं थीं तो उन्हें अब वीरता के स्वांग अथवा विडम्बना ने दबा लिया था, और वे अपने-अपने धर्म के नारे लगाते हुए आगे बढ़े: "काली माई की जय!"···"सत श्री अकाल!"···"अल्लाह हो अकबर!"

ज्योंही वे गांव के भीतर घुसे और कुछ ध्वस्त मकानों के मलबे के पास से गुज़रे तो उनका उत्साह कुछ कम हो गया।

"लगता है कि हम फरिश्ताबाद पहुंच गए!"एक सिपाही ने कहा।

"अंधेरे में उन प्रेतों को देखो!" दूसरे ने कहा।

"क्या तुम गोले छूटने की आवाज़ सुन रहे हो?" तीसरे ने पूछा।

"चुप!" हवलदार लोकनाथ ने चेतावनी दी, "शोर मत करो।"

टूटे घरों की परछाईयों और यदा-कदा तोपों के छूटने के अतिरिक्त कुछ भी नाटकीय नहीं था, कुछ भी ऐसा नहीं था जो उनमें झूठी वीरता भर देता।

गली मलबे के एक ढेर के पास खत्म हुई और उन्हें गोरों और बलोचियों के हरकारे और अग्रदूत मिले, जिन्होंने बताया कि सड़क का एक टुकड़ा सीधा गोलाबारी की ज़द में है। इसलिए एक-एक करके चलना है ताकि दुश्मन उन्हें देख न ले।

"चुप! सात कदम पर लाइन में।" संदेश एक सिपाही से दूसरे तक पहुंचा।

"पर आप यह सिगरेट बुझा दें।" ध्यानसिंह ने कम्पनी के आगे-आगे चल रहे सूबासिंह से कहा।

"कुछ अफसर अपने-आपको जाने क्या समझते हैं!" रिखीराम बड़बड़ाया, "सिगरेट की चमक से हम सब निशाना बन सकते हैं।"

"आपके मारे जाने की किसे परवाह है, उन्हें तो सिगरेट का मज़ा लेना है!" लालू फुसफुसाया।

"यह टुकड़ा पार करके सड़क पर फिर लाइन बनानी है। अब जाओ।" जमादार ने कहा।

दूर फासले पर कभी-कभी तोप या बन्दूक छूटती थी और फिर एकदम सन्नाटा छा जाता था।

सिपाहियों ने धीरे-धीरे पंजों के बल चलते हुए यह खतरनाक

टुकड़ा पार किया। उन्होंने बंदूकें दायें हाथों में ऊपर उठा रखी थीं और उनकी इच्छा के विपरीत भारी बूटों से निस्तब्धता भंग हो रही थी। सौ गज़ पार करके उन्होंने सुख की सांस ली। आगे की गहरी निस्तब्धता से विदित था कि अब जबकि वह टुकड़ा पार हो गया, कोई खतरा नहीं।

"क्या हम मोर्चे से दूर हैं?" ध्यानसिंह ने पूछा।

"मोर्चे की खंदकें उस खेत में चालीस गज़ पर हैं।" एक बलोच हरकारे ने उन्हें बताया जबकि वे खड़े अपने माथों का पसीना पोंछ रहे थे। देखने में लाइन सड़क से अधिक दूर नहीं थी और बीच में कुछ मकान भी पड़ते थे।

"जवानो, तुम जिस हालत में भी हो, खंदकों में घुस जाना।" रिखीराम ने कहा, "और अग्रदूत के पीछे चलना।"

उनके आगे अंधेरा और शान्त मैदान फैला था, जिसमें कहीं-कहीं पेड़ों के झुंड और पहले बने मकानों का मलबा था। दूर एक रोशनी टिमटिमाई और फिर धरती और आकाश ने अपनी गिरफ्त इतनी मज़बूत कर ली कि सिपाही एक-दूसरे की झुकी हुई पीठ भी मुश्किल देख पाते थे।

"ध्यानसिंह, तुम कहां हो?"

"ओए, तुम कहां हो?"

"कहां···"

वे फुसफुसा और चिल्ला रहे थे जबकि गर्दनें उन बैलों की तरह आगे बढ़ा रहे थे, जो पहाड़ी पर चढ़ रहे हों और कोचवान उनकी बगलों में कचाके दे रहा हो।

वे एक-एक करके पथ-प्रदर्शकों और अपने अफसरों के पास से लगभग दौड़ते हुए गुज़रकर खंदकों में जा रहे थे। वे पसीने से सराबोर थे और उनकी हड्डियां कुरकुरा रही थीं।

मुख्य खंदकें सड़क के समानान्तर थीं। जैसे खेत के गिर्द झाड़ियां होती हैं उनके गिर्द कांटेदार तारों की घनी लाइनें थीं।

"हाल्ट!" वे खंदक में अभी बहुत दूर नहीं गए थे कि आदेश सुनाई पड़ा।

एक क्षण के लिए लालू यह देखने और सुनने के लिए रुका कि

इस लाइन में नई बात क्या है। पर यहां भी सिर्फ तोपों की वही परिचित ध्वनि थी, जो उसने विस्चे-मेसीने सड़क की खंदकों में प्रवेश करते समय सुनी थी।

उसने सांस द्वारा बहुत-सी ठंडी हवा भीतर भर ली और कुछ शान्ति का अनुभव किया। उसने सोचा कि खतरा पूर्वज्ञान में है। वह ईप्रे की तरह शीघ्र ही इसका आदी हो जाएगा।

उनकी बाईं ओर, विशेषकर जहां 34वीं पायोनियर्स की लाइन थी, तमाम दिन काफी सरगर्मी रही। जर्मनों ने जो घुमावदार खन्दके बनाई थीं उनके आखिरी सिरों से उन्होंने सिखों पर संगीनों से आक्र-मण किया। बम और दस्ती बम उनकी सहायता कर रहे थे। फिर शत्रु ने मंशीनगनों का इस ढंग से इस्तेमाल किया था कि पायोनियर्स अपनी बाईं ओर कनॉटों की गोद में जा गिरने के लिए मजबूर हो गए। जर्मनों ने फिर आगे बढ़ते हुए दस्ती बमों से गलियारों को साफ किया। पायोनियर्स की एक कम्पनी ने अपनी खन्दकों को वापस लेने का प्रयत्न किया तो मशीनगनों की भारी गोलाबारी के कारण वे असफल रहे। जर्मन खन्दकों में बराबर आगे बढ़ते रहे और गोरे एक गलियारे से दूसरे गलियारे में पीछे हटते रहे, क्योंकि उनके पास गोला-बारूद काफी नहीं था। गोरे कदम-कदम पीछे हटकर आखिरी 69वीं की दाई ओर एक खंदक में मोर्चा बनाने में सफल हो गए। उन्हें वहां से हटाने के शत्रु के सारे प्रयत्न विफल रहे।

69वीं राइफल्स् सहायक दस्ते के तौर पर सतर्क थी, पर उसे लड़ना नहीं पड़ा। सैनिकों को होशियार रहना था और जो फालतू बारूद उन्हें दिया गया था उसका सदुपयोग करना था। मगर आक्रमण की तनातनी ने उन्हें थका दिया था। जर्मनों ने कड़कड़ाती सुबह में पायोनियर्स पर पूरी तीव्रता से सहसा धावा बोल दिया था। उनके पीछे दनदनाती तोपें थीं और दस्ती बम थे। हालांकि हताहतों के अम्बार लग गए थे, वे सुरक्षा करनेवालों के देखते ही देखते इतनी तीव्रता से आगे बढ़ रहे थे कि सहायक दस्तों को हर क्षण अपने विनाश की आशंका थी। शायद इस भय के कारण जो सरकार ने 'हूणों' और 'यरोपीय जंगलों के दरिन्दों' के बारे में सिपाहियों के मन में

भर दिया था, वे लम्बे कद, खाकी वर्दी और अजीबो-गरीब हेल्मेटों वाले जर्मनों को देखकर अभिभूत हो जाते और कई क्षण कौतूहल और भय में भरे विमूढ़-से खड़े रहते। और जर्मन थे कि साहसी पशुओं की भांति आगे ही आगे बढ़ते चले जाते। लेकिन 69वीं राईफल्स् उन खन्दकों से काफी दूर थी जिनमें यह हमला रोक लिया गया था। तिपहरी को जब गोरों ने जर्मनों को रोक रखा था और धरती पर गहरी धुंध छा गई थी, गोलाबारी बन्द हो गई और उन्हें दम मारने का अवकाश मिला।

जर्मन गोलाबारी के कारण राशन-पार्टी खन्दकों में नहीं पहुंच सकी थी। सिपाहियों के पास जो चाय बच गई थी, उसे उन्होंने कनस्तर में डालकर गर्म करना शुरू किया। और वे कनस्तर के गिर्द बैठे सुलगते हुए चीथड़ों को पकड़कर अपने ठंडे, ठिठुरते हाथों और चेहरों का रक्त पिघला रहे थे।

"आग मत बुझाओ। दूर रहो।" ध्यानसिंह चिल्लाया।

"हमारे पास ज्यादा ईंधन नहीं है। और तुम्हारी चाय कभी गर्म नहीं हो पाएगी।"

"मैं तुम्हें जलाने के लिए अपना रूमाल दूंगा।"

"तुम मेरी पट्टियां ले सकते हो।"

"मुझे चाय नहीं चाहिए।"

सिपाही बड़बड़ाते हुए धक्कमपेल कर रहे थे। क्षण-भर की उष्णता के लिए और एक छोटी-सी चिनगारी की उस चमक के लिए, जो उनके हृदयों को जगमगा दे, वे चाय, नाश्ते और भोजन के बिना रह सकते थे।

"अपनी-अपनी जगहों पर जाओ।" लालची ध्यानसिंह ने तंग आकर कहा, "कोई अफसर या एन॰ सी॰ ओ॰ आ सकता है। हमला शायद अब भी यहां तक आ जाए।"

लेकिन वे चुप और उदासीन, सर्दी से ठिठुरते और सी-सी करते हुए कनस्तर के गिर्द बैठते जा रहे थे। बमों के विस्फोट का उन्होंने चुपचाप सामना किया था, पर सर्दी का सामना नहीं हो पाता था। सर्दी ने उन्हें पंगु बना दिया था।...

मोर्चे पर 'हवा और पानी' भयंकर हो उठे थे, हालांकि तापमान कुछ गिर गया था फिर भी बर्फ पिघलनी शुरू हो चुकी थी। लाइनों के पीछे जो खेत थे, जिनमें गोलाबारी से गड्ढे पड़ गए थे, अब कीचड़ से भरे हुए थे और रास्ता कहीं ढूंढ़े नहीं मिलता था। खंदकें धीरे-धीरे नाले बन रही थीं। गुफाओं की मिट्टी गीली थी और हर कोने से इतनी बदबू आ रही थी कि हज़ारों सिपाहियों और टॉमियों को पेचिश हो गई थी। एन॰ सी॰ ओ॰ लोगों ने सिपाहियों को बर्फ और कीचड़ साफ करने का हुक्म दिया, पर उनके पास इसके लिए बड़े फावड़े नहीं थे। कुछ सिपाही छोटी-छोटी टुकड़ियां बनाए बैठे थे जबकि दूसरों ने बर्फ खंदकों में ढेर कर दी थी। स्थानीय लोगों के लिए, जो इस सर्दी के आदी थे, अब कुछ गर्मी थी; पर ये लोग गर्म देश से आए थे।

लालू ने उठकर फावड़ा उठा लिया और निरीक्षण-चौकी से कीचड़ साफ करने लगा। दीवारों से चिपटी हुई बर्फ उसके पैरों पर गिर पड़ी। वह फावड़े भर-भरकर कांटेदार तारों की ओर फेंकने लगा। सांस लेने को वह क्षण-भर के लिए रुका। चारों तरफ सपाट भूमि थी। पहाड़ी या खाड़ी कहीं नाम को नहीं थी; सिर्फ अनधिकृत भूमि के छोटे-छोटे टीले थे या रेत की बोरियों की दीवारें थीं, जो खंदकों पर बनी हुई थीं और जिनमें से कभी-कभी बन्दूकचियों की गोलियां जाती थीं।

"रिखीराम आ गया।" ध्यानसिंह ने कहा। वह अभी तक पसीना पोंछ रहा था।

"आज रात आम हमला होगा।" रिखीराम ने आदेश पढ़ना शुरू किया जैसे वह ध्यानसिंह की फैली हुई आंखों का उत्तर दे रहा हो, "हमें तमाम मोर्चे पर हमला करके आगे बढ़ना है। गोरों और पायोनियर्स की खंदकें सुबह होने तक वापस लेनी हैं और वहां जमे रहना है···

"कल रात लाइनों के पीछे जो ड्रेसिंग स्टेशन है उसपर गोलाबारी हुई, जिससे बिल्डिंग को आग लग जाने से 69वीं और 129वीं के डाक्टर मारे गए।···

" लेफ्टिनेंट हाब्सन साहब कल रात एक निरीक्षण-गश्त में मारा

गया। हमारे आदमियों ने मूल्यवान जानकारी प्राप्त की है। धरती बर्फ से अंटी होने के कारण उनकी गतिविधि में बाधा पड़ी, जिसके कारण दुश्मन उन्हें देख सका और निशाना बना सका, आदि-आदि।"

लालू ने कंधे हिलाए और वह फिर फावड़े से बर्फ फेकने लगा।

"हौलदार साहब, इन अफवाहों में कितनी सचाई है कि तुर्क जर्मनों के साथ हैं?" एक पंजाबी मुसलमान ने पूछा जो कुछ दूसरे सिपाहियों के साथ बोरों में रेत भर रहा था, "हमारे हौलदार हमें इस तरह की बातें नहीं करने देते क्योंकि एक-दो आदमी जर्मनों से जा मिले हैं।"

"कुछ लोग वे पर्चे पढ़ रहे थे जो जर्मनों ने खंदकों में फेंके थे।" रिखीराम ने बात टालने के लिए कहा और वहा से चल पड़ा।

दस्ती बम लानेवाले सिपाही कितना ही पंजों के बल चलते रहे, दीवारों की मरम्मत करनेवाला मशक्कती दस्ता चाहे कितना ही सतर्क रहा, जिस दस्ते को तार काटने भेजा गया था, उसने चाहे कितनी सावधानी बरती, जर्मन भावी आक्रमण के बारे में बिलकुल बेखबर नहीं रहे। दुश्मन लाइनों के पिछले भाग पर बराबर गोलाबारी करता रहा, उनके आदमी तीन कुदालों से, जो कंधों से भी ऊंची थीं गड्ढे खोदते रहे और उन्होंने तार काटनेवाली पार्टी पर मशीन गनें दाग दी। ध्यानसिंह और छः अन्य साथी खेत रहे। ज्यों-ज्यों रात का अंधेरा फैला, प्रज्ञात और अनाम का भय भी तीव्र हो गया। कोई इसके बारे में सोचना भी नहीं चाहता था क्योंकि सोचना शायद 'अशगुन' न हो क्योंकि मौत के नाम ही से ध्यानसिंह को मौत ने आ दबोचा था। यमराज अपने दूतों के साथ मंडरा रहा था और भूतों, प्रेतों और जिन्नों के झाड़-फूंक का कोई उपाय नहीं जान पड़ता था।

तोपों की भयंकर बाढ़ ने पौ फटने से पहले ही खंदकों की शान्ति भंग कर दी। इसमें आश्चर्य और विस्मय का तत्त्व—एक अवर्णनीय नयापन था, जैसे ज़िन्दगी मौत के विरुद्ध द्वंद्वयुद्ध लड़ने को तैयार हो। सिपाहियों ने अब तक बहुत-सा समय एकान्त में चुपचाप बिताया था। मशीनगनों की दनादन सुनने के अलावा उन्होंने कुछ भी नहीं देखा था; पर अब भयंकर बाढ़ ने उन्हें चौंका दिया।

शायद नई तोपें आ पहुंची थीं।

वे जहां बैठे ऊंघ रहे थे या सिगरेट पी रहे थे या पूरी युद्ध-वर्दी पहने सीढ़ियों पर बैठे थे अथवा ज्योंही नींद की एक झपकी ले रहे थे, उठ बैठे और खंदकों में इकटठे हो गए। चाहे तापमान काफी गर्म था, पर बूंदाबांदी हो रही थी। बर्फ पिघल-पिघलकर खंदकों में बह रही थी और वह नर्म मिट्टी और कीचड़ को दलदल बना रही थी। मगर इससे वे कुछ अधिक परेशान नहीं थे क्योंकि वे बड़ी-बड़ी समस्याएं सुलझाने में व्यस्त थे। ठीक-ठीक आदेश क्या है, यह प्रश्न हरेक के होंठों पर था, और उनकी किस्मत में क्या बदा है, यह हरेक के विचार में था और वे एन॰ सी॰ ओ॰ लोगों के गिर्द जमा हो गए, ताकि इन अस्थिर और महत्त्वपूर्ण प्राणियों को पकड़ सकें।

"जागो जागो, तुम सब! सीढ़ियों पर चलो! उठो! उठो!" हवलदार लोकनाथ ने खंदक में से आते हुए उत्तर दिया।

"पर हौलदार, हमें क्या करना होगा?" सिपाही बड़बड़ाए।

"हमले का वक्त क्या है?"

"तुम सूअर, अब चीं-चीं मत करो।" लोकनाथ ने उन्हें पीठ पर थपथपाते हुए कहा, "खंदक की लड़ाई ही अनुशासन की बड़ी परख है। इसके लिए साहस, धैर्य और फुर्ती दरकार है। तुमने कितने दिनों से कुछ भी नहीं किया, हराम को रोटी खाई है। अब जब कुछ करने का वक्त आया, तो तुम घबरा गए।"

"हम मालरोड पर सैर करने के लिए नहीं जा रहे।" कोई सिपाही फुसफुसाया।

"क्या?" लोकनाथ चिल्लाया और अब उसका पारा चढ़ गया, "तुम्हारी मर्दानगी कहां गई, बुज़दिलो! तुम्हें हो क्या गया? अगर तुम वाकई राजपूत हो और तुम्हारी मांओं ने तुम्हें भंगी के तुख्म से पैदा नहीं किया तो इससे अच्छा मौका और कौन-सा मिलेगा? अपने को सच्चे सपूत साबित करने और इज़्ज़त पाने के लिए और कौन-सा मौका हाथ लगेगा? तुम खुशकिस्मत हो कि तुम्हें साहबों के साथ कंधे भे कन्धा मिलाकर लड़ने का मौका दिया गया है! हरामियो, तुम्हारे बापों और तुम्हारे दादों-परदादों ने लड़ते हुए जाने दीं, तुम एकदम इतने मुर्दा क्यों बन गए?···कोई सोचे कि तुम्हारी

माएं मर गई हैं। तुम क्यों उठ खड़े नहीं होते और हंसते-हंसते लड़ते क्यों नहीं जाते? तुम्हारी बुज़दिली जल्द ही निकाल दी जाएगी।" सिपाहियों पर ज़बान के कोड़े बरसाकर उसका शरीर तन गया। उसकी राइफल पर भी संगीन लगी थी जिसके कारण वह और भी लम्बा जान पड़ता था।

"ओह हौलदार, सीधे-सीधे बात करो।" किसी साहसी व्यक्ति ने टोका, "आर्डर क्या है?"

"सीधी बात यह है कि मैं तुम्हें सीधा करना चाहता हूं।" लोकनाथ भड़क उठा, "मैं तुम्हारी मुड़ी हुई हड्डियां तोड़कर तुम्हें सीधा चलाना चाहता हूं। मैं एक ड्रिल-इंस्ट्रक्टर हूं और मेरा काम लोगों को सीधा चलाना है। सरकार की रोटी खा-खाकर तुम निखट्टू बन गए हो और तुम न तो सीधा देख सकते हो, न सोच सकते हो और न अमल कर सकते हो···"

पर तोपों का शोर बढ़ रहा था और क्रोध के मारे उसका गला रुंध गया था।

"उठो! उठो!" वह गरजा, "सब अपनी-अपनी जगह जाओ! वहां सीढ़ियों पर!"

"अच्छा हौलदार, आप छोड़िए ताकि वे मेरी बात सुन सकें।" रिखीराम ने खंदक से आते हुए कहा, "जवानो, आर्डर यह है कि बारह बजे तमाम सैनिक दीवार फांदकर आगे बढ़ेंगे और बाईं ओर गोरों और 34वीं पायोनियर्स की सहायता करेंगे। तुम्हें अपने सामने की खंदकों पर कब्ज़ा करना है। अब तुम सब अपनी-अपनी जगह पर जाओ।···"

"चलो भाइयो, चलो।" एक सिपाही ने कहा।

लालू अपनी जगह खड़ा धीरज से इन्तज़ार कर रहा था और हरेक की ओर देख रहा था अजीब बात थी कि लोकनाथ के उत्तेजक भाषण और तोपों की बाढ़ का उसपर कोई प्रभाव नहीं। लगता था कि उसका खून जम गया है और वह लोगों को सूनी आंखों से देख रहा है, जैसे उसे न अपने-आपसे कोई हमदर्दी हो और न किसी दूसरे से। वह सोच रहा था कि एक घंटे बाद कितने लोग जीवित बचेंगे। उसने

देखा कि सब लोग लाइन के साथ कपड़ों के ढेर-से यों खड़े हैं जैसे उन्हें अमृतसर जंक्शन पर पठानकोट वाली गाड़ी पकड़नी हो और हरेक को यह चिन्ता है कि कहीं वह रह न जाए और छुट्टी का एक दिन व्यर्थ खो बैठे।···शायद वे समझते थे कि यह उनकी अंतिम यात्रा है। उन्हें ज़रूर पता है क्योंकि लोकनाथ के उकसाने से पहले वे हाथ-पैर छोड़ बैठे थे। वह हैरान था कि वे क्या सोच रहे हैं।··· उसकी नज़र अपनी राइफल की संगीन की चमक पर पड़ी और वह उसके घोंप दिए जाने के विचार से कांप उठा··· एक सम्भावना तो वह सामने देख रहा था और एक दूसरी भी हो सकती थी। शायद किसी अंग में गोली लगने से वह पंगु और नाकारा हो जाए। बिलकुल ही मिट जाने से यह फिर भी अच्छा होगा। हर कोई औरत उसकी तरफ देखेगी भी नहीं। यह अपमान असह्य था। इससे बेहतर था कि वह बिलकुल ही खत्म हो जाए। हो सकता है कि वह बच ही जाए। वह मन में यही विश्वास धारण करना चाहता था इसलिए उसने विचारों पर नियंत्रण किया और तोपों की आवाज़ सुनने लगा।

जर्मनों ने भी गोले बरसाना शुरू कर दिया था। शोर के मारे कान फट रहे थे। एक गोले से अनधिकृत भूमि में पड़ी लाशें चमक उठीं। शायद वहां तार पर ध्यानसिंह का भूत उनकी ओर संकेत कर रहा था। शोर क्षण-क्षण बढ़ रहा था। उन्हें अपनी सांस भी चलती हुई महसूस नहीं होती थी। इसके बावजूद वे घातक समय का इन्तज़ार करते हुए पीले, स्थिर और दृढ़ थे।

अंग्रेज़ी तोपों ने जर्मन खंदकों के एक टीले पर गोलाबारी की और जर्मन तोपों ने इस अभिवादन का इतने तपाक से उत्तर दिया कि मित्रराष्ट्रों के मोर्चों से पीछे गांव तक तमाम इलाके पर गोलाबारी होने लगी। लालू ने सोचा कि इस स्थिति में बढ़िया नीति के तौर पर साहब हमला वापस ले लेंगे। हवा में गोले फटने की आवाज़ें गूंज रही थीं, नरक का कड़वा धुआं चारों तरफ छा गया था। और उखड़ी हुई मिट्टी और लोहे की कतरनें इधर-उधर उड़ रही थीं। एन॰ सी॰ ओ॰ लोगों के आर्डर शोर में गायब हो रहे थे। जब तोपों में गोले भरे जाते थे तब क्षणिक शांति होती थी और उसमें भी घायलों की चीख और स्ट्रेचर वालों के लिए पुकारें सुनाई पड़ती थीं। पर अब

हरेक आवाज़ बन्द थी। गोलाबारी से घबराए हुए सिपाहियों ने झुरझुरी लेकर कंधे सिकोड़े, जैसे वे अपने-आपमें सिमटकर तूफ़ान के क्रोध से बच जाएंगे।

पर सीटी की आवाज़ सुनाई पड़ी जो कूद जाने का आर्डर था।

लालू ने पीकॉक को दीवार पर चढ़ते और लोगों को अपने पीछे आने का संकेत करते देखा। तब साहब लोगों को पाने के लिए उकसाता हुआ खुले मुंह तमाम कम्पनी में घूम गया। लोकनाथ कड़े नियमवादी की वीरता और क्रोध में भरा जवानों को दीवार फांदने के लिए कह रहा था। सिपाही चढ़ने के लिए मिट्टी के ढेलों को पकड़ते अथवा उनपर पैर रखते और फिसलकर गिर पड़ते थे।···

पिस्तौल हाथ में लिए पीकॉक साहब जवानों को तारों में बने एक मार्ग की ओर ले जा रहा था।···

रिखीराम कूदकर ऊपर चढ़ा।

लालू ने उसका अनुसरण किया।

उसी समय साहब तार से घायल होकर पीछे गिर पड़ा और कुछ जवान आगे बढ़ गए।

सारे मोर्चे पर जर्मन मशीनगनों की गोलाबारी तीव्र हो गई और सिपाही सिर के बल आगे अथवा दीवार के ऊपर से अपनी ही खंदकों में गिरने लगे।

"नीचे झुक जाओ।" रिखीराम चिल्लाया।

तीन आदमी घायल होकर एक ढलवान में गिरे। लालू ने रिखी-राम को पहचाना। उसकी कनपटी में गोली लगी थी। लालू उसे देख नहीं सका। कुछ घायल रो रहे थे, कराह रहे थे और चीख रहे थे।

लालू घिराटकर आगे बढ़ा और देखने के लिए गर्दन ऊपर उठाई।

हलचल और घबराहट।

कनॉट गोरों और पायोनियरों ने जब देखा कि मध्य भाग नष्ट हो गया है तो फिर जान के भय से उन्होंने छिपना और लौटना शुरू किया।

"हमारी मशीनगनें हमें कवर करेंगी।" एक आवाज़ ने उकसाया जो लोकनाथ जैसी थी, "लपक कर खंदकपर कब्ज़ा करो। यह सिर्फ़ तीस गज़ हैं।···"

लालू गहरा सांस लेने के लिए ढलवान के किनारे रुका। आगे बढ़ना आत्महत्या थी। पर नियमवादी उन्हें बढ़ावा दे रहा था।

जवान उठे।

वे पन्द्रह गज़ तक दौड़ते हुए आगे बढ़े।

लालू खंदक तक पहुंचने के लिए उन्मत्त हो उठा और वह उठकर भागा।

पर वे जर्मन गोलियों के कारण कीचड़ में छपाछप गिर रहे थे।

लालू ने अपनी बाईं जांघ में कुछ गर्मी-सी महसूस की। वह लड़खड़ाया और गिर पड़ा।

ऊपर नज़र उठाई तो वह एक राइफल की नाली में झांक रहा था।

एक कराह उसके कंठ से निकली, चेहरा भय से बिगड़ गया और उसने उठने का प्रयास किया। उसकी आंखें आधी खुली और हाथ ऊपर उठे हुए थे।

एक गोली उसकी बाईं पिंडली में लगी और वह औंधे मुंह गिर पड़ा।

उसने सोचा कि मैं मरा नहीं। कांपते और कराहते हुए उसने आंखें ऊपर उठाई, "हे भगवान! हे मां!" उसने देखा कि एक बड़ी-बड़ी मूंछों वाला जर्मन उसे और दो दूसरे सिपाहियों को खींचकर खंदक में ले जा रहा है।

तो वह मरा नहीं था।

आक्रमण असफल रहा था।···

उसने अपने-आपको शत्रु की दया पर छोड़ दिया।

OOO